문학과 미디어의 이해

조형래, 김원호, 박상수, 이지흥, 황영경

문학과 미디어의 이해

Understanding Literature & Media

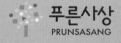

푸른사상
PRUNSASANG

우리 인간이 언어와 상징 기호를 사용하기 시작한 이래로 문학은 현생인류를 존속시켜주는 근원이 되었다. 따라서 인류 문명의 축적에 있어서 언어 문자의 영역인 문학이 기여하는 바는 대단하다. 이제는 그 문학의 몫이 미디어라는 총체적인 수단과 결합하여 더욱 시너지 효과를 발휘하고 있다. 이는 전문기술의 발달과 더불어 보다 진보된 내일을 향해서 나가려는 인간의 본성에서 비롯된 자연스런 현상이다. 미디어는 매우 현대적인 매체 같지만 사실은 인류가 처음으로 도구를 사용하고 개발시키는 선사시대부터 있어왔던 것이다. 물론 지금의 미디어와는 다른 형태로 존재해왔다.

그렇다면 문학과 미디어를 놓고 보았을 때, 순수한 문학 본연의 입장에서 미디어는 보완재적인 비중을 차지하고 있기에 그 분야가 부각된 것이다. 그러므로 여기에서 미디어는 문학에 대한 동반자적인 개념으로 이해해 나가야 할 것이다. 누군가는 IT 기술 문화를 향유하며 오늘을 살아가는 우리들을 두고 '호모 컨버전스(Homo Convergence)'라는 신인류로 분류하는 견해까지 내놓고 있다. 이제는 활자화된 문학이 차지했던 몫을 미디어와 기꺼이 나누어야 한다.

이 책은 그동안의 교양 문학에 미디어라는 텍스트를 접목시켰다. 문학과 언어라는 기본 바탕 위에 다양한 미디어를 접목함으로써 적극적인 관심을 이끌어내고 공감의 폭을 높이기 위해 마련한 기획이다. 그래서 대학 교양으로서뿐만 아니라 일반 대중도 알기 쉽게 풀어쓴 교재라고 할 수 있다. 특히 미디어와 함께 모든 영역에서 수용하고 있는 스토리텔링을 '언어와 글쓰기'장에서 함께 다루었다. 이는 이야기의 가치와 효용성을 재발견하여 그것을 다시 재창조의 요소로 사용하고 있는 시대 문화적인 요구에 따른 것이다.

모범답안 같기는 하지만 사실 대학에서 문학을 배우는 일차적인 목적은 문학작품을 통해서 타인의 삶을 이해하는 데 있다. 그리하여 이를 나의 삶에 대입하여 사고를 확장시키고 비로소 성숙한 개인으로 성장해나갈 수 있는 내면의 힘을 기르는 데 문학수업의 의의가 있다. 문학은 인간의 삶을 구체적으로 탐구하는 창조예술이다. 그것은 언어와 문자로 행하는 정신활동이기에 생에 대한 통찰을 담당하는 측면에서는 철학과 유사한 위상을 차지하고 있으며 역사와 더불어 유구한 것이다. 다만 철학이 고도로 추상화된 단계의 지적 활동을 펼치는 것이라면 문학은 반대로 가장 구체적 감정과 이야기를 추구한다는 점이 다르다. 세상에서 처음 만나는 한 개인을 통해 우리 삶의 의미와 인간에 대한 존재 의미를 묻고 더불어 상상의 즐거움과 지적 탐구를 펼치는 여정. 이 책은 바로 그러한 체험을 하기 위해 만들어졌다. 문학 작품 속의 인물과 만나서 웃고, 싸우고, 기뻐하고, 아프고, 또 다시 화해할 수 있다면 그것으로 우리의 항해는 완성될 것이다. 아마도 마지막 책장을 넘길 때 즈음이면 여러분은 자신의 존재와 이 세계를 전혀 다른 새로운 눈으로 바라보게 될지도 모른다. 충분히 그러한 변화를 이끌어낼 수 있는 것이 바로 문학이고 문학의 힘이다.

이 책은 영상과 결합하여 더 확장된 예술의 영역을 구축해 나가는 문학 장르의 변화에도 주목하였다. 현대의 디지털 기술의 발달과 인터넷 통신망의 확산은 문화의 형태에도 지대한 영향을 끼치고 있다. 이러한 문화적 추세를 감안할 때, 모든 학문과 예술의 근간이랄 수 있는 문학도 미디어와의 접목과 연계는 필수사항이 되었다. 때문에 이 책에는 기본적인 문학 영역 이외에도 영화와 드라마 등 문화에 대한 글을 각각 독립된 장으로 마련하였다. 그리고 미디어 부분을 따로 편제하여 기본적인 개념에 대한 이해를 돕고자 한다.

여러분이 이 책을 통해 대중의 생각과 시대의 흐름을 파악하는 안목과 통찰력을 기를 수 있다면, 그리하여 이 책이 보다 심도 있는 전공학문 연구를 위한 디딤돌 역할을 할 수 있다면 그보다 더 큰 성과는 없으리라고 생각한다.

다양한 장르의 문학작품 속에 재현된 세계를 들여다보고 당대 사회와 인간의 삶을 알아간다는 것은 언제나 흥미로운 일이다. 다만 여하한 사정으로 다양한 작품을 실을 수 없는 점은 실로 안타깝다. 우리들의 시작을 위해 지금부터 여러분이 준비할 것은 편안하게 열린 마음, 그것으로 충분하다.

2017. 8
저자 일동

Ⅲ. 미디어

제10장 미디어 문학의 형성

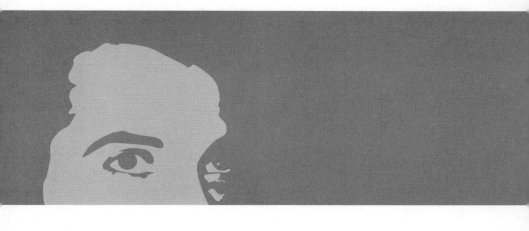

I. 언어와 글쓰기

제1장

글쓰기와 자기

1. 글쓰기라는 강요

초 · 중 · 고교 과정을 거치면서 무수한 글쓰기 과제를 해야 했던 경험이 있을 것이다. 예를 들어 초등학교 시절, 학기 중이나 방학 때 매일 매일 일기를 쓰고 교사로부터 검사를 받아야 했던 기억을 갖고 있지 않은 사람은 거의 없다고 해도 좋다. 뿐만 아니라 대학 입시 과정에서 이른바 논술을 대비하기 위해 전문적으로 글쓰기 교육을 받아야 했던 적이 있었을지도 모른다. 일반적으로 대학 재학생들은 수년 후 취업에 나설 때 자기소개서를 써야 하는 의무에 직면하게 될 가능성도 다분하다.

도처에서 글쓰기의 중요성을 강조하고 있지만 대부분의 경우, 글쓰기란 무엇을 써야할 지 모르는 막막한 골치 아픈 과제에 지나지 않는다. 그럼에도 불구하고 그것은 부담스럽고 곤혹스러운 의무로 강요되어 왔다. 뿐만 아니라 영어와 수학을 중심으로 한 입시 그리고 전공공부와 취업 준비 등의 절대적인 과제 앞에서 글쓰기란 사실상 사치이며 심지어 시간 낭비에 불과한 것으로 간주된다. 더욱이 대부분의 학생들은 한국어를 능수능란하게 구사할 수 있으며 인터넷의 카페나 블로그에 부족한대로 글이나 댓글을 쓸 수 있다. 그런데 왜 구태여 대학에서 글쓰기 혹은 글쓰기와 관련된 과목들을 다시 배워야 할까? 한국어를 못하는 것도 아닌데 굳이 원고지나 워드프로세서 화면의 빈 여백을 자신의 생각으로 가득 채워야 하는 그다지 달갑지 않은 과제가 주어지는 까닭은 도대체 무엇일까?

2. 글쓰기에 대한 통념

일반적으로 글쓰기의 중요성과 효용을 강조하기 위해 흔히 동원되는 근거는 그것이 자기표현의 한 수단이며 또한 어떤 정보를 정확하게 전달할 수 있는 매개라는 것이다. 말하자면 글쓰기는 글쓴이의 내면에 간직되어 있는 그 무엇, 내지는 어떤 객관적인 지식이나 정보 등을 상대방에게 효과적으로 전달할 수 있는 매개가 된다는 것이다.

시, 수필 등의 문학적인 글 내지는 영화나 소설, 드라마 등에 관한 감상문 등은 바로 자기의 본연적인 감정과 정서를 표현하는 글쓰기로 알려져 있다. 그중에서도 특히 문학은 이와 같이 개성적인 자기표현을 위한 특별한 형식이 된다. 일찍이 영국의 낭만주의 시인 윌리엄 워즈워드는 시(문학)는 인간 감정의 유로(流路)라고 정의하면서 자기표현으로서의 문학, 내지는 글쓰기에 관한 가장 중요한 근거를 제시한 바 있다. 이러한 관점에 따르면 글쓰기란 자기 자신의 솔직한 감정에 충실하고 그것을 자연스럽게 표현하는 데 있어서 대단히 유용한 수단이 된다. 뿐만 아니라 그것은 도저히 억제할 수 없는 충동으로 내면에서부터 솟아올라 온다고 할 수 있다.

그것은 평소에 자기 자신도 자각하고 있지 못했던 자아 본연의 모습을 돌이켜보고 또 그것을 완성시킨다는 의미를 갖고 있다. 뿐만 아니라 그것은 타인들과 구별되는 자기만의 개성을 발견한다. 이런 의미에서 글쓰기를 통한 자기표현이란 곧 자기 자신을 도야시키고 완성시키는 데 있어서 유용하다고 할 수 있다. 자기표현으로서의 글쓰기란 보통 이것을 가리키며 초·중·고교 과정에서 시·수필 쓰기 등이 권장되는 것은 바로 이러한 낭만주의 문학론의 논리에 근거하고 있다. 요컨대 누구나 글을 써서 표현하지 않으면 안 되는 개성을 갖고 있다는 것이며 그것을 표현하는 것은 결국 자기 자신에게 도움이 된다는 의미이다.

그러나 과연 우리는 글쓰기를 통해 자기 자신을 표현하지 않으면 안 되는 것일까? 알다시피 일반적인 언어생활에서 자연스럽게 우러나오는 감정을 글로 표현한다는 것은 사실 흔한 일이다. 대개 우리는 휴대전화의 문자메시지라든가 컴퓨터의 메신저 혹은 이메일 등을 통해 이미 그런 종류의 글쓰기를 하고 있지만, 마음속 감정이나 생각을 있는 그대로 문자로 옮김에도 불구하고 그러한 형태의 문자 표현은 바람직한 의미의 글쓰기로 대우받지 못한다고 해도 좋다.

실제로 우리는 자기표현을 위한 보다 진지한 형태의 글쓰기, 특히 문학이 문자메시지나 메신저, 이메일 등의 언어로 가능할 리 없다는 사실을 잘 알고 있다. 귀여니의 인터넷소설 정도가 그러한 종류의 언어를 응용한 사례에 해당하겠지만 (개개인이 그것에 어떠한 의미를 부여하든지 간에) 알다시피 그것은 사회적으로 집중적인 비난을 받고 있다. 그것은 한국어의 표준적인 체계를 교란시키는 것일 뿐 아니라 한국소설 및 서사문학의 중요한 전통에 비추어 지극히 이단적인 것으로 치부된다. 우리가 일상적으로 사용하는 언어 및 우리의 감정이나 생각과 가장 가까운 언어를 활용한 것임에도 불구하고 말이다.

그 뿐만이 아니다. 글은 감정이나 생각을 표현하는데 있어서 가장 용이한 수단 중 하나라고 할 수 있다. 하지만 자기표현을 꼭 글로만 할 수 있는 것도 아니다. 예를 들어 대중가요는 우리의 솔직한 감정이나 생각을 표현하는데 있어서 대단히 편리한 형식이며 널리 향유되고 있다. 또한 뉴미디어의 발달은 UCC와 같은 대단히 다양한 자기표현의 형식을 대중적인 것으로 마련해 주고 있다. 실제로 유튜브와 같은 인터넷 사이트를 보면 자신의 끼와 재능을 대단히 개성적인 방식으로 캠코더 같은 것으로 촬영하여 자랑하는 경우가 많다. 글쓰기와 동영상 중 어느 쪽이 보다 효과적으로 자기표현을 할 수 있을지는 불을 보듯 뻔하다. 뿐만 아니라 우리는 실제로 글을 쓰거나 읽는 것은 어렵게 생각하지만 UCC 동영상이나 대중가요 등은 소일거리로 생각할 만큼 즐겁고 가벼운 마음으로 감상할 수 있다. 그렇다면 글쓰기 또한 그러한 자기표현을 위한 매체의 한 종류일 뿐이다. 물론 역사적으로 많은 사람들이 글쓰기를 통해 자기표현을 해왔으며 그러한 유산에 근거하여 글쓰기가 중요하다고 말할 수 있는 것이다. 하지만 자기표현이 곧 문학만의 전유물이 아니라는 것 또한 분명하다.

둘째로 글쓰기란 어떤 정보와 지식을 정확하게 전달하고 또 그것을 이해하기 위한 것으로 알려져 있다. 실제로 우리는 대개 문헌자료를 통해 지식을 얻는다. 우리가 매일 접하는 인터넷 뉴스만 봐도 쉽게 알 수 있는데 즉 뉴스라는 글쓰기를 통해 관심 있는 현안에 대한 정보를 얻게 되는 것이다. 뿐만 아니라 보고서나 과제를 위한 자료 조사를 할 때 찾을 수 있는 자료는 대개 문서의 형태로 되어 있다. 도판이나 사진이 함께 수록되어 있는 경우도 있지만, 문자, 즉 글쓰기의 비중은 그 중에서도 압도적이라고 할 수 있다. 실제로 그런 식의 정보를 축적하는데 역사적으로 글쓰기라는 형식은 매우 유용했다. 도서관은 바로 그러한 자료의 보물창고라고 할 수 있다.

그런데 글쓰기가 지식과 정보를 전달하기 위한 것이라는 주장에는 한 가지 전제되어 있는 사실이 있다. 그것은 단적으로 말해서 글이 어떤 정보를 완전하게 담아낼 수 있다는 생각이다. 우리는 글이 어떤 사물에 대한 설명을 한다면 굳이 직접 보거나 만져보지 않아도 그 사물에 대해서 완전히 알 수 있다고 일반적으로 생각한다. 이 경우 글쓰기란 그러한 사물을 대신한다. 곧 '글=사물'이 되어 있는 구도인 것이다.

그러나 일상적인 언어생활에 비추어 보면 글과 말은 항상 오해를 동반하기 마련이다. 사람들이 대화를 나눌 때 서로 상대방의 말을 자기 식대로 받아들인다. 이때 듣는 사람에게 받아들여진 내용이 말한 사람의 의도와 같으리라는 보장은 전혀 없다. 따라서 어떤 사물에 대해 완전히 다 설명했다고 해서 그 의미가 독자에서 100% 전달될 리는 없는 것이다. 예컨대 "강아지"에 대한 이야기를 한다고 해도 그 자리에 강아지가 나타나는 것이 아닌 바에야, 말과 사물은 결코 같은 것이 될 수 없다. 말은 말일 뿐이며 사물은 사물일 뿐이다. 우리는 사물에 단지 이름을 지어 부를 뿐인데 그것이 인위적이기 때문에 항상 문제가 생긴다. 그것을 같은 것으로 만들어주는 것은 사람들 사이의 약속, 즉 '강아지'라는 말이 실제의 강아지를 가리키는 것으로 하자는 관습이지만, 그렇다고는 해도 말과 사물 사이의 차이는 결코 해소되지 않는다. 실제의 강아지는 매우 다양하며 따라서 상황마다 그 말이 무엇을 가리키는지 확실하지 않다. 의미는 언제나 말하는 사람과 듣는 사람 사이의 관계 속에서 확정되지 못하고 매우 불안한 상태에 처했다가 최종에 가서야 간신히 의미를 확정하게 되지만 그렇다고 해서 듣는 사람이 말하는 사람의 의도를 완전히 이해할 수는 없는 법이다. 이러한 차이 내지는 불일치를 가리켜 프랑스의 언어철학자 자크 데리다는 끊임없는 의미의 미끄러짐, 즉 의미 확정에 있어서의 차이와 지연이 발생한다고 해서 차연이라고 불렀다.

가령 사유, 사상, 사고, 생각 등의 단어를 떠올려 보자. 우리는 그것이 무엇을 의미하는지 대략은 알 수 있다. 하지만 그것이 정확하게 무엇을 가리키는지에 대해서 생각해 보면, 분명하고 구체적인 대상을 가리키는 말이 아니기 때문에 그 의미를 확정하는 데 '지연'이 있을 터이고 사람에 따라 받아들이는 의미의 '차이'가 있을 것이다. 그렇다면 하나의 글쓰기가 어떤 정보나 지식을 완전하게 전달할 수 있다는 생각은 어떤 의미에서는 환상에 불과하며 글을 통해 정보를 주고받을 수 있는 것은 전적으로 사람들 사이의 사회적인 약속과 합의에 의한 것일 뿐이다. 다시 말해서 언어 혹은 글쓰기가 원래 그런 완전한 의사소통의 기능을 갖고 있어서 그렇게 되는 것이 아니다.

따라서 글쓰기의 효용과 기능에 대한 기존의 정의는 상당 부분 언어와 글쓰기에 대한 낙후한 생각에 머물러 있다고 할 수 있다. 그런 점에서 글쓰기는 자기표현이라든가 어떤 정보와 지식 등의 특정한 내용을 전달하기 위해서 존재하는 것이 아니다. 오히려 글쓰기라는 형식 그 자체가 의미 혹은 내용을 생성하고 고정시킨다고 해도 좋다. 다시 말해 이것은 글쓰기가 엄격한 형식을 요구하는 매체라는 것을 의미한다. 우리는 이 점을 염두에 두지 않으면 안 된다.

3. 글쓰기와 형식

글쓰기란 그러한 무수한 의미의 불확정성에 기초한 단어들을 단일한 틀 내부에 배열하고 고정시켜 그 의미를 알 수 있도록 체계화하는 작업이다. 그러므로 기분 내키는 대로 혹은 자기를 있는 그대로 드러낸다고 해서 좋은 글이 되는 것은 아니다. 글을 쓸 때는 상황과 여건, 장소에 따라 필요한 여러 형식들을 고민하고 선택해야 한다. 글쓰기가 부담스럽고 어려운 것은 이 때문이다.

글쓰기란 캠코더와 같은 기술이나 음악과 같은 별도의 형식의 힘을 빌릴 수 없는 만큼 모든 내용을 스스로 생각해야 하고 또 적합한 방식으로 표현하지 않으면 안 된다. 예를 들어 여러분이 앞으로 취업할 때 쓰게 될 자기소개서는 자기의 삶을 간결하고 솔직하게 표현해야 하지만 거기에는 엄격하게 요구되는 일반적인 형식이 있다. 아무리 개성적인 내용을 요구하는 자기소개서라고 해도 이모티콘이나 경박한 문장,

오문과 비문을 사용하면 안 된다는 것 등이 그러한 형식의 예들이다. 그러나 글을 잘 쓰기 위해 존중해야 할 이러한 형식적 요구는 단순히 문장을 어법에 맞게 잘 써야 한다는 정도에 그치지 않는다. 그러한 규칙은 무수히 많을뿐더러 또 모호하기 짝이 없는 요소들이 포함되어 있어서 굉장히 까다롭다.

뿐만 아니라 글을 쓴다는 것은 어떤 형식에 맞추어 자기가 갖고 있는 생각을 다듬어 낸다는 의미와도 같다. 한편의 글을 완성하기 위해서는 어떤 상황이나 요구에 따라 마땅히 준수해야 하는 생소한 형식이 있다. 즉 본래 자기 것이 아니었던 그러한 형식을 자기 것으로 만들지 않으면 안 된다. 그러므로 우리는 글쓰기에 부담을 느낄 수밖에 없다. 자기를 표현한다는 것은 곧 그러한 형식을 자기의 것으로 만드는 것을 전제로 하고 있는 것으로, 적어도 글을 잘 쓰기 위해서는 그러한 수고를 감수할 필요가 있다. 단순히 자기를 감추지 않고 표현한다는 것만으로는 부족한 것이다. 중요한 것은 그것을 효과적으로 구성하는 데, 다시 말해 형식화하는 데 있다.

그러한 형식에는 예컨대 수사법이라든가 글의 종류, 구성, 어조 등의 다양한 요소가 있다. 알다시피 그것들은 매우 모호하고 변화가 많아서 그런 복합적인 형식을 자기 것으로 만든다는 것은 매우 어려운 일이다. 따라서 여러분이 조금이라도 글을 잘 쓰고 싶은 의욕이 있다면 다양한 책과 잡지 등을 많이 읽어서 자기가 좋아하는 글의 스타일을 자기 것으로 만들고자 하는 적극적인 자세가 필요하다.

분명 글쓰기를 학습하는 일이란 매우 어렵고 성가신 일임에 틀림없다. 그렇다면 우리는 다른 매체에 비해 자기를 표현하지도 못하고 어떤 정보를 확실하게 전달해주는 것도 아닌 글쓰기에 대해 어떤 태도를 취해야 할까? 그저 단순히 졸업과 취업을 위해 학점을 취득하는 행위 이상도 이하도 아닌 것에 지나지 않을까?

예를 들어 일기를 처음으로 쓰게 되었을 때의 경험을 떠올려 보자. 대개 초등학교 입학 후 선생님이 숙제로 내주어 마지못해 쓰게 되는데 이때 자신의 하루를 되돌아보면서 처음으로 쓰게 되는 이야기란 대체로 몇 시에 일어나서 몇 시에 밥을 먹고 몇 시에 학교를 갔다가 친구들과 무슨 놀이를 하고 몇 시에 집에 돌아와 잤다는 식으로, 그저 하루의 일과를 순서대로 나열하는 것이 일반적이다. 그렇게 쓴 일기를 선생님에게 제출하면 그것이 좋은 일기 쓰기의 방식이 아니며 자신의 일과를 중요한 사건과 감상을 중심으로 재구성하라는 주문을 받게 된다. 즉 자기 자신의 하루에서 중요한 사건과 그렇지 못한 것이 구분될 수 있다는 것을 전제로 한 상태에서 어떤 사건의 중요도에 따라서 하루의 기억을 취사선택하여 새로운 형식으로 재편하라는 요구가 주어지는 것이다. 이때 우리는 시간 및 행동이라는 자연적·객관적인 기준이 아니라 자신의 감정 및 판단이라는 주관적인 내면에 기초하여 일상을 해석하고 재구성하여 배열하라는 요구와 처음으로 대면하게 된다. 이러한 일기쓰기의 체험에 의해 일상을 주관적으로 해석하는 중심으로서의 '진정한 나'를 인식할 수 있게 된다. 글로 써야 할 것은 바로 그러한 진정한 나이지, 먹고 자고 노는 내가 아니다. 말하자면 일기쓰기라는 형식이 나의 진짜 모습에 대해서 진지하게 생각해 볼 수 있도록 하는 최초의 계기를 제공하는 것이다. 일기쓰기는 일생을 통틀어 진정한 나를 창출하게 되는 최초의 글쓰기 형식인 셈이다.

그러나 이것은 일반적인 학생들에게는 대단히 낯선 요구이다. 따라서 좋은 일기를 쓴다는 것은 그리 쉽지 않은 일이다. 다시 말해서 일기쓰기라는 것이 그다지 자연스러운 행위가 아니며 오히려 특정한 목적을 위해 인공적으로 만들어진 것임을 뜻한다. 실제로 지금으로부터 수천 년 전 그리스 로마 시대의 일기와 편지는 지금과는 현저하게 다른 글쓰기의 모습을 하고 있었다. 즉 그것은 밥 먹고 잠자고 대화 나누는 등의 시시콜콜한 일상의 사건들을 있는 그대로 시간 순서대로 나열하는 식으로 쓰였다. 마치 초등학생들이 처음 일기 쓸 때처럼 말이다. 따라서 현재의 일기쓰기란 앞서 언급했다시피 수백 년 전쯤에 발명된 특별한 글쓰기의 기술이라고 할 수 있다. 단적으로 말해서 그것은 원래부터 있었던 자기를 표현하는 글쓰기가 아니라 거꾸로 글쓰기가 '진정한 나'의 형상을 만들어 구성해내는 기술이다. 프랑스의 철학자 미셸 푸코는 이러한 종류의 글쓰기를 가리켜 '자기의 테크놀로지'라고 불렀으며 근대 이후의 지배적인 글쓰기의 형식으로 간주했다. 요컨대 일기쓰기와 같은 자기의 테크놀로지는 진정한 나를 구성적으로 만들어낼 수 있는 글쓰기의 형식으로 어느 시점에 발명되었다고 할 수 있다. 넓게 보면 문학도 그것의 일종으로서 이러한 특징은 오직 글쓰기로서만 가능하다고 해도 좋다.

4. 자기라는 허구와 기억의 글쓰기

누구나 스스로를 잘 알고 있다고 생각한다. 나의 이름은 OOO이며 나는 어떤 사람이고 나의 몸은 확실히 여기에 있다. 따라서 내가 여기 실제로 존재한다는 것은 그 누구도 결코 부인할 수 없는 확고한 사실처럼 생각된다. 또한 스스로 생각하기에 내 외모는 성장하고 나이를 먹어감에 따라 변하지만 내 마음 내지 본질 등은 그것과 상관없이 전혀 변하지 않는다는 것을 염두에 두면서 살아가고 있다. 예컨대 10살 때의 나와 지금의 나, 그리고 미래의 환갑을 맞이한 나는 OOO라는 이름으로 불리는 이상 본질적으로 같은 사람이다. 그것은 내가 여기에 있다는 것만큼이나 의심할 수 없는 사실처럼 생각되며 모두들 그러한 입장에서 살아가고 있다.

그러나 엄밀히 말해서 과거의 나와 현재의 나를 연결시켜 주는 것은 오로지 기억에 의존한 자의식뿐이다. 기억이 없다면 매일 성장해 가고 또는 매일 노화해 가는 신체적인 변화 속에 있는 내가 항상 동일한 존재로 생각될 수는 없다. 뿐만 아니라 시시각각 임의로 달라지는 상황 속에서 나의 기분과 감정, 생각과 사고 등도 불규칙하게 변화하고 있다. 그러므로 인간은 언제나 변화와 모순 속에 존재한다. 뿐만 아니라 미래의 내가 어떻게 변할지 그 누구도 장담할 수 없는 일이다. 따라서 진정한 나를 알고 있다고 단언할 수 있는 사람은 거의 없다고 해도 좋다. 그러므로 어떤 의미에서 하나의 단일한 자아란 사실상 허구적 개념에 가깝다고 할 수 있다.

영화 〈매트릭스〉를 상기해 보면 보다 흥미로운 사실을 알 수 있다. 만약 어떤 악의를 갖고 있는 컴퓨터가 우리를 완전히 속이고 있다면 평범한 인간에 지나지 않는 우리는 세계와 인간의 진짜 모습을 제대로 알 수 없다. 주인공 네오는 빨간 약을 먹고 그러한 꿈으로부터 깨어나지만 그것은 세계를 구원할 주인공이기 때문에 가능한 것이다. 대부분의 평범한 인간은 영원히 현실 같은 꿈을 꾸면서 매트릭스의 배터리로 소진될 운명이다. 이와 비슷한 생각을 했던 사람은 이외에도 더 있었다. 예를 들어 프랑스 출신의 합리주의 철학자 르네 데카르트는 우리를 완전히 속이고 있는 악마가 있다면 과연 우리가 살고 있는 이 세상을 진짜 세계로 생각할 수 있는가라고 물었던 적이 있다. 더 거슬러 올라가서 노장사상의 주창자 가운데 한 사람인 장자는 자신이 나비의 꿈을 꾸는 장자인지 장자의 꿈을 꾸는 나비인지 모르겠다는 '호접몽'의 비유에 대해 말한 적이 있다. 만약 이 세계가 매트릭스이며 우리를 속이고 있는 악마가 있고 나비가 꿈을 꾸고 있다면 지금 내가 스스로의 모습이라고 믿어 의심치 않는 나의 모습은 사실 가짜인 것이다. 그러나 지금 여기에 있는 내가 진짜인지 가짜인지 그것을 판단할 수 있는 방법은 전혀 없으며 설령 판단할 수 있다고 해도 진짜 나의 모습을 알 수 있는 방법 또한 없다. 그러나 지금의 내가 진짜 나라는 확신이 없다면 사람들은 살아가지 못할 것이다. 다시 말해 내가 살고 있는 세계가 매트릭스에 지나지 않는다는 확신을 갖게 된다면 지금의 가짜인 나는 전혀 중요한 것이 되지 못한다. 누구나 진짜 나로 살아가고 있다는 확신을 갖고 있지만 그것을 확고부동한 사실로 증명할 수 있는 방법은 없다. 단지 확신에 기초하여 살아갈 수밖에 없는 딜레마에 놓여 있는 것이다. 하지만 그러한 확신은 이른바 자기에 대한 과거-현재-미래의 기억에서 비롯된다. 이것만이 개인의 단일한 정체성을 보장할 수 있다.

그러나 인간의 기억이란 본래 그 근원을 알기 어려운 다양한 충동과 욕망이 변화무쌍한 환경의 변화 속에서 대단히 혼란스럽게 뒤섞여 있다고 할 수 있다. 그러나 개인의 정체성을 둘러싼 의미 있는 기억은 대개 개개인에게 중요한 사건을 원인과 결과의 논리에 따라 과거—현재—미래로 구성하는 것이다. 그리고 잘 알려져 있다시피 이것은 무질서한 기억을 서사의 방식에 따라서 일목요연하게 정리하는 방식이다. 요컨대 인간의 의미 있는 기억 방식이란 서사라는 글쓰기의 형식으로부터 빌어왔다고 해도 무방하다는 것이다. 바꾸어 말하면 서사라는 형식이 없었다면 기억에 의존한 개개인의 정체성 구성 또한 불가능했을 것이다. 따라서 글쓰기란 자기의 테크놀로지든 서사든 간에 개개인의 정체성을 창조하고 새롭게 구성하는 데 있어서 대단히 중요한 형식이다. 글쓰기의 진정한 효용과 역할은 바로 여기에 있다고 해도 좋다. 단적으로 말해서 글쓰기가 없다면 어떤 자아도 성립 불가능하다. 글쓰기를 진지하게 배워야 하는 것은 바로 이러한 특성 때문이다.

제2장

스토리텔링(Storytelling)

1. 스토리텔링(storytelling)이란 무엇인가?

인간은 '이야기하는 동물'이다. 인간을 동물과 구분하는 많은 정의들 (이성적 인간, 사회적 인간, 도구적 인간)이 있지만 최근 조명되고 있는 것은 '이야기하는 인간', 즉 '호모 나렌스(Homo Narrans)'다. 이야기는 실로 인간의 역사와 함께 해 왔다고 해도 과언이 아니다. 사실 인간의 역사는 '이야기'된 시간들이라고 할 수 있기 때문이다. 그만큼 이야기는 우리 삶과 떼어놓을 수 없기에 '이야기하기'가 부각되고 있는 것은 어쩌면 당연한 것이다. 오히려 너무 늦은 감이 있을 정도다.

이렇게 이야기에 대한 관심이 일어나면서 스토리텔링이라는 용어가 등장했고 빠른 속도로 확산되어 오늘날 여러 분야에 걸쳐 광범위하게 사용되고 있다. 하지만 그 의미에 대한 정의는 여전히 모호하다. 그렇다면 과연 스토리텔링은 어떤 의미를 가지고 있을까?

스토리텔링은 '이야기(story)'와 '말하기(telling)'의 합성어이다. 이를 우리말로 옮겨보면 '이야기하기' 정도로 정의할 수 있을 것이다. 나아가 '이야기를 하는 방식', 즉 이야기 표현방식의 총체를 일컫는 것이라고 할 수 있다.

물론 이러한 스토리텔링의 개념이 전적으로 새롭게 만들어진 것은 아니다. 스토리텔링은 이야기를 하는 방식 모두를 일컫는 말이기 때문이다. 인간이 존재하면서부터 이야기하기가 시작되었다고 본다면 스토리텔링 또한 인간이 존재하면서부터 있어왔던 것이라 할 수 있다. 스토리텔링의 기원에 대해서 공통적으로 언급되는 국보 제285호 울산 반구대 암각화는 이미 그 자체로 훌륭한 이야기를 구성하고 있다. 반구대 암각화에는 당시의 생활상과 고대인들의 생각이 고스란히 담겨 있다. 같은 맥락에서 고구려 무용총의 수렵도, 그리고 조선시대의 민화 등도 그 자체로 훌륭한 스토리텔링이 되고 있다고 할 수 있다.

하지만 위의 사례들은 모두 시각화 방식에 의한 스토리텔링이라는 점에서 공통적이다. 문자(文字)를 발명하기 이전, 인간은 주로 그림을 사용해 이야기를 전했다. 하지만 문자가 발명되고 문학의 전통이 형성되면서 스토리텔링의 중심은 문학이 되었다. 문자는 이야기를 전하는 데 있어서 최적의 형식이었기 때문이다.

현재 통용되고 있는 국어사전에서 이야기의 정의를 살펴보면 다음과 같다. "① 어떤 사물이나 사실, 현상에 대하여 일정한 줄거리를 가지고 하는 말이나 글. ② 자신이 경험한 지난 일이나 마음속에 있는 생각을 남에게 일러 주는 말. ③ 어떤 사실에 관하여, 또는 있지 않은 일을 사실처럼 꾸며 재미있게 하는 말 ≒ 구담(口談) ④ 소문이나 평판 ⑤ 〈문학〉 = 소설(小說)" 등이다.

이를 의미별로 다시 정리해 보면, 기본적으로 이야기는 ①에서 명시한 것처럼 일정한 줄거리를 가지고 어떠한 사물이나 사실, 현상에 대해서 말하거나 글로 표현하는 것이라 할 수 있다. 줄거리를 가지고 있다는 것은 처음-중간-끝으로 구성된 하나의 의미를 가진 유기체라는 것을 의미한다. 이를 구현한 가장 대표적인 경우로 시간의 흐름에 따라 사건을 구성한 '서사(narrative)'를 들 수 있다. 또한 ③에서 이야기되고 있는 실제로는 존재하지 않거나 사실과 다르지만 이를 '꾸며'서 하는 말은 문학의 허구(fiction)에 속한다고 할 수 있다. 마지막으로 ⑤에서 이야기하는 것처럼 문학 장르, 그 중에서도 소설(novel)이 이야기라고 할 수 있다.

이처럼 이야기는 생각보다 많은 개념들을 포괄하고 있다. 앞서 정의를 통해 살펴본 바와 같이 서사나 허구 그리고 소설을 포괄하는 개념이 이야기인 것이다. 그렇다면 이야기를 표현하는 방식의 총체를 의미하는 스토리텔링은 자연스럽게 상위개념에서 이들을 포함하는 의미를 띄게 된다.

그렇다면 이렇게 포괄적인 개념이 등장하게 된 이유는 무엇일까? 금속활자의 발명으로 인쇄술이 발달한 이래 문자는 오랜 시간 동안 이야기를 담아내는 주요 매체가 되어 왔다. 하지만 기술의 발달과 함께 매체의 발달도 함께 이뤄지면서 급격한 변화가 이루어졌다. 특히 영화의 발명, TV의 등장 및 컴퓨터그래픽(Computer Graphic)의 발달 등으로 이

어지는 '영상 매체의 시대'가 도래하게 된 것이 시사적이다. 영상 매체의 시대가 되면서 문자는 점차적으로 영향력을 상실하게 되었다. 뿐만 아니라 이후로 계속된 기술의 발전으로 인해 21세기 멀티미디어(Multi-Media) 시대에 접어들게 되면서 일차원적인 시각뿐만 아니라 인간의 오감을 충족시키는 다양한 매체가 등장하게 된 것이다. 이러한 매체의 변화는 이야기를 담아내는 방식의 변화를 가져오게 되었다. 매체의 특성에 맞는 다양한 이야기 방식들이 생겨나기 시작한 것이다. 그리고 이렇게 다양한 이야기 방식을 총칭하기 위해 기존의 '말과 글'로 표현되는 의미가 강했던 이야기하기의 개념적 확장이 요구되었고 그 과정에서 부각된 것이 바로 스토리텔링이라는 단어였던 것이다.

이러한 사항들을 토대로 스토리텔링에 대해 정의하면 다음과 같다. 스토리텔링이란 "매체에 제한을 두지 않고 일정한 형태의 구성을 띄고 있는 이야기를 표현하는 방식의 총칭"이라고 할 수 있다. 소설을 쓰는 것, 영화를 만드는 것, 게임을 만들고 만화를 그리는 것부터 시작해서 사진을 찍는 것, 음악을 만드는 것 등도 넓은 의미에서 모두 스토리텔링이 된다. 뿐만 아니라 인터넷 '미니홈피'나 블로그(blog) 등에 올리는 글들도 일종의 스토리텔링에 입각해 있다고 볼 수 있다. 우리가 일상에서 소비하고 표현하는 모든 이야기에 스토리텔링적 요소가 들어있는 것이다.

2. 작가(writer)에서 스토리텔러(storyteller)로의 변모

스토리텔링에 대한 논의에 있어서 그것을 수행하는 주체에 대해 언급하지 않을 수 없다. 말하기(telling)가 내포하고 있는 동사적 의미에서도 확인할 수 있듯이 스토리텔링은 무엇보다 그것을 구현하는 것이 중요한 문제가 된다. 여기에서 창작주체의 영향력이 크게 작용한다는 것은 말할 필요도 없다. 그런데 스토리텔링 개념의 대두와 함께 과거의 전문적이고 제한적인 창작주체의 개념은 중대한 변화를 맞이하게 되었다.

전통적인 개념에서 이야기 생산자는 '작가(writer)'로 불렸다. 그들은 대개 전문적인 교육을 받은 자들이거나 대중과 구별되는 재능을 가지고 있는 이들이었다. 그들이 창작한 원작은 발터 벤야민의 용어대로 결코 훼손되지 않는 일회성의 분위기 즉 '아우라(aura)'를 가지고 있다고 여겨졌다. 때문에 원작의 개념이 강하게 존재했고 매체에 따라 이야기가 변환되더라도 이는 '모방'으로 간주되는 인식적 한계를 벗어날 수 없었다.

하지만 시대의 변화와 함께 이야기를 생산할 수 있는 주체의 범주도 확장되고 있다. 과거에 생산자와 소비자는 극명하게 나뉘어 있었다. 산업사회 이후 생산자가 있으면 소비자가 존재했고 문화예술 분야의 경우도 마찬가지였다. 작가는 고정되어 있고 이를 수용하는 대중들과 소수의 고급독자들이 구분되어 존재했던 것이다. 하지만 시대의 변화와 함께 생산자와 수용자의 경계가 점차 희미해졌다. 소수에게만 폐쇄적으로 공유되었던 정보가 대중에게 공개되면서 누구나 생산자 혹은 작가의 역할을 수행할 수 있게 된 것이다. 또한 일반의 교육수준 또한 향상되면서 소수의 전문가 혹은 생산자 그룹과 대중, 소비자 그룹 사이의 간격이 사라지게 되었다. 생산자가 콘텐츠를 공급하고 수용자가 제공

받는 수직적이고 일방적인 관계에서 누구나 콘텐츠의 생산자인 동시에 수용자가 될 수 있는 수평적 관계로 전환되면서 각종 정보의 이동양은 폭발적으로 증가했다.

이러한 현상은 프로슈머(prosumer)라는 용어로 설명될 수 있다. 프로슈머는 생산자(producer)와 소비자(consumer)를 합성한 신조어다. 즉 생산자가 소비자가 되고 소비자가 생산자가 될 수 있는, 사실상 생산자와 소비자가 부단히 상호 순환하는 상태를 의미한다. 본래 앨빈 토플러가 『제3의 물결』(1980)에서 생산과 유통 전반에 걸쳐 관여하는 능동적인 소비자를 지칭하는 개념으로 고안한 프로슈머는 IT(Information Technology) 시대의 도래로 인한 멀티미디어 환경의 발전으로 말미암아 바람직한 창조적 개인의 상으로 일반화되었다고 해도 과언이 아니다. 특히 인터넷의 대중화로부터 촉발된 IT 혁명은 Web 2.0 시대를 거쳐 스마트미디어(smart media)의 발전으로 이어졌고 대중의 정보 접근성 및 공유능력을 비약적으로 향상시켰다. 이전에는 도서관에서 며칠 동안 찾아야 했던 정보를 손 안의 단말기를 통해 즉각적으로 접근 가능하게 된 것이다. 문자해득력을 갖춘 수도사나 귀족만 도서관을 이용하여 정보에 접근할 수 있었던 중세나 문헌정보학이나 서지학에 대한 지식을 갖춘 소수의 지식인들만 도서관을 적극적으로 이용할 수 있었던 20세기 이전과 비교하여 격세지감이라고 하지 않을 수 없다. 과거와 비교할 수 없는 수준으로 지식정보 권력의 민주화가 이루어졌다고 해도 과언이 아니다.

이러한 일련의 변화는 이야기를 만들어내는 주체의 위상과 역할에 있어서도 변화를 가져왔다. 인간은 본래 이야기하기를 좋아하는데 과거에는 정보의 접근성 제한 등으로 인해 개인이 다양하고 깊이 있는 이야기를 만들어내기란 쉬운 일이 아니었다. 하지만 IT 혁명으로 인해 관련 문제들이 해결되면서 대중의 이야기하기는 단순히 신변잡기를 기록하는 데 머무르지 않고 점차 전문적인 수준의 이야기들을 생산해내는 데까지 진화하기에 이른다. 이는 가령 지극히 아마추어적인 수준에 그쳤던 초기의 UCC(User Creative Contents)가 시간이 지나면서 보다 전문적인 내용과 인문학적인 사유까지도 수용하고 있는 우수한 콘텐츠들이 출현하고 있는 등의 다양한 사례를 통해 입증될 수 있다. 심지어 일반적인 개인들이 콘텐츠의 생산뿐 아니라 웹이나 SNS 등을 통해 유통과 확산에까지 직접 개입하는 사례들은 이제 대중이 이야기를 만들고 공유하는 능동적인 주체가 되었음을 보여주는 단적인 증거다.

때문에 이야기에 대한 제약과 경계의 벽은 급속도로 허물어지게 되었다. 이제 이야기될 수 없는 소재는 없으며 이야기에 대한 금기 또한 사라지고 있다. 기술의 발전과 함께 이야기를 위한 다양한 형식이 개발되고 있다. 그리고 이러한 환경에서 이야기를 만들어내는 생산주체들을 가리켜 스토리텔러라고 한다. 이러한 용어의 전환 또한 대중들이 스스로를 지칭하는 과정에서 이루어졌다는 것 또한 눈여겨볼만한 사실이다.

스토리텔러라는 용어 또한 매체 간 창작주체들의 경계가 모호해지면서 나타난 것이기도 하다. 이전에는 작가, 미술가, 음악가, 영화감독 등의 각 창작주체가 독점하고 있는 영역 간 구분이 비교적 뚜렷했다. 하지만 이제는 시인이나 소설가가 시각적인 요소들을 작품에서 적극적으로 활용하기도 한다. 음악가가 문학비평을 쓰고 시인이 영화감독으로 전향하기도 하며 소설가가 밴드 활동을 하기도 한다. 하나의 생산자가 하나의 영역만을 고집하는 것이 아니라 여러 매체로 그 영역을 자유롭게 확장할 수 있는 시대가 되었다.

다시 말해 하나의 매체 안에 다양한 요소들이 융합되는 컨버전스(convergence)의 시대가 본격적으로 도래한 것이다. 예컨대 과거와 달리 소설이 웹상에 연재되고 그 배경음악이 전문 작곡가에 의해 만들어져 삽입되며 관련 동영상이나 사진들이 다른 영역의 전문가들에 의해 제작되어 게시되기도 한다. 이른바 '공동창작'이 이루어지는 것이다. 기존 '작가'의 개념으로는 설명될 수 없는 복합적인 창작주체가 등장한 것이다.

뿐만 아니라 이렇게 협업에 의해 창작된 텍스트는 기존 장르 개념의 확장을 요구하게 된다. 전문가들과의 공동작업에 의해 제작된 배경음악과 동영상이 삽입되어 있는 웹상의 소설을 기존의 소설 개념으로 설명할 수 있는가. 디지털 카메라나 아이폰 등에 의해 촬영되고 웹을 통해 상영되는 영화를 과연 기존의 영화와 같은 것으로 간주할 수 있을까. 이처럼 다양한 영역에 걸쳐 기존에는 생각조차 할 수 없었던 콘텐츠가 창작되고 있는 것이 현실이다. 이러한 매체 간 융합으로 생산된 복합적인 이야기의 창작주체 이를테면 공동작업의 당사자들을 지칭할 때도 스토리텔러라는 말이 사용되고 있다.

이러한 일련의 변화는 만화나 게임 등의 신종 분야로부터 촉발되어 미술이나 음악, 영화나 영상 매체를 거쳐 문학과 학문에 이르기까지 문화현상 전반으로 확산되고 있다. 키치(kitsch)나 패러디, 패스티시 등 원전과 모방의 경계를 해체하기 위해 새롭게 의미 부여된 포스트모더니즘적 개념들은 이러한 흐름을 가속화하는 이론적 근거가 되었다. 이야기는 더 이상 고귀한 현자나 전문적인 작가의 전유물이 아니게 되었고 기술복제 시대의 도래에 따라 원전의 아우라 또한 그 본래적 의미와 맥락을 상실하게 되었다. 단지 이야기의 창작과 소비만이 무한 순환하는 스토리텔링의 사회가 된 것이다.

3. 어떻게(how) - 문제를 해결하는 방법

스토리텔링은 이야기를 표현하는 방식의 총칭이다. 이야기와 관계되는 모든 것은 스토리텔링이 될 수 있다. 이야기하는 행위 자체가 바로 스토리텔링이다. 뿐만 아니라 당신은 지금 이 글을 읽으면서 나름의 스토리로 정리하여 이해하고 있다. 지금 당신은 자신도 모르는 사이에 스토리텔링과 관계되고 있는 것이다.

그렇다면 과연 스토리텔링을 '배운다'는 것이 의미가 있을까? 이것은 마치 한국어로 말하는 방법을 배운다는 의미와 같다. 당신은 하루에도 몇 번이나 휴대폰으로 문자를 전송하고 페이스북이나 트위터에 글을 남기고 있다. 휴대폰이나 디지털카메라로 촬영한 사진들을 미니홈피나 블로그에 정리하여 포스팅하고 있다. 이것이 21세기를 살아가고 있는 현대인의 일상이다. 당신은 이미 부지불식간 스토리텔러가 되어 있는 것이다.

당신은 끊임없이 이야기를 소비하면서 동시에 생산해 내고 있다. 그리고 생산된 이야기는 수용자들에 의해서 평가를 받게 된다. 이 과정에서 가치 없는 이야기는 수용되지 않는다. 생산자가 존재한다는 것은 역설적으로 반드시 수용자가 존재한다는 것이다. 수용자로부터 외면을 받는 이야기는 그 가치를 인정받기 어려워진다. 그러므로 좋은 이야기를 생산하는 것은 중요하다. 더욱이 대학에서 고등교육을 받고 있는 한 사람의 교양인으로 자신의 생각과 감정을 개성적으로 스토리텔링할 수 있는 소양을 함양해야 할 필요가 있다. 서구의 대학들 가운데 상당수가 글쓰기 또는 스토리텔링을 교양 필수과목으로 채택하고 있는 것은 시사적이다. 정보의 대다수가 개방되어 있는 사회에서 개인의 경쟁력은 '어떻게' 혹은 '잘' 표현하는가의 여부에 달려있기 때문이다. 즉 수용자에게 적극적으로 받아들여질 수 있는 스토리텔링 능력이 필수적인 것이 되었다는 것이다.

그렇다면 스토리텔링은 어떻게 해야 '잘' 할 수 있을까? 먼저 매체에 대한 이해가 선행되어야 한다. 이야기는 그것을 담는 그릇에 따라 모양이 바뀌는 유동체다. 그렇다면 더 좋은 그릇을 만들어 내거나 혹은 이미 만들어져 있는 그릇 중 매력적인 것을 선택해야 한다. 동일한 이야기를 각기 다른 매체로 표현하는 것은 일견 간단해 보인다. 기본적인 설정과 줄거리는 공유한 채 각기 다른 매체의 방식대로 전환하기만 하면 된다고 생각될 수 있다. 하지만 이는 그리 간단한 일이 아니다. 내용과 형식은 생각보다 긴밀한 관계를 맺고 있다. 내용에 어울리는 형식이 있기 마련이며 그 역도 마찬가지다. 비유하자면 맥주를 맥주잔에 따랐을 때와 와인잔에 따랐을 때 미묘하게 그 맛이 달라지는 것처럼 말이다. 잔이라는 형식은 그 안에 담기는 술의 풍미라는 내용을 가장 잘 살리는 방향으로 만들어졌기 때문이다. 그릇이라는 형식을 바꾸는 것은 생각보다 간단한 일이 아니다.

그러므로 매체(그릇)를 제대로 이해하고 있지 못하면 내용을 잘 살리는 것 또한 불가능하다. 매체가 내포하고 있는 가능성에 적합한 내용을 구현하는 것이 무엇보다 중요하다. 맥주잔에 와인을 따르면 와인의 풍미가 반감되는 것처럼 흥미로운 스토리텔링을 위해서는 내용에 적합한 형식 내지는 매체를 선택해야 하는 것이다. 그 선택이 잘 이루어진 사로 박찬욱 감독의 영화 〈올드보이〉를 들 수 있다. 이 영화의 기본적인 설정은 동명의 일본 만화에서 차용해 왔다. 하지만 실제 영화를 통해 구현된 강렬한 캐릭터와 개성적인 미장센은 전적으로 박찬욱 감독만의 인장(印章)이다. 뿐만 아니라 충격적인 결말을 비롯한 인상적인 장면과 구성 등도 원작에서는 찾아볼 수 없는 영화만의 개성이다. 그러므로 원작의 경우 이렇다 할 반응을 얻지 못했지만 영화 〈올드보이〉는 2004년 칸 영화제에서 심사위원 대상을 수상했고 한국에서만 800만 명 이상의 관객을 동원할 만큼 흥행과 비평 양 에서 모두 좋은 성과를 거두었다. 그렇다면 왜 이런 차이가 발생하게 된 것일까? 만화와 영화를 구성하고 있는 '이야기' 자체가 근본적으로 동일한 것인데 말이다.

이는 매체 간 표현방식의 차이에서 비롯된 결과다. 여러 권으로 나뉘는 장편만화와 비교적 제한된 시간 내에 이야기를 집약적으로 구성해야 하는 영화는 본질적으로 그 성격이 다를 수밖에 없다. 영화는 짜임새 있는 플롯에 기초하여 충격적인 절정부 혹은 인상적인 결말부나 반전을 통해 드라마틱한 요소를 강화할 필요가 있다. 그런데 원작의 경우 충격적인 부분이 이야기의 설정 자체에 국한되는 데 반해 영화는 설정뿐 아니라 강렬한 사건과 캐릭터 그리고 극단적인 결말 등의 다양한 요소를 한정된 상영시간 내부에 집약시켜 완전히 새로운 이야기를 창조해냈다. 이는 전적으로 영화라는 장르의 특성을 충분히 이해하고 있었던 박찬욱 감독의 역량에서 비롯된 것이다.

이를 통해 알 수 있는 것처럼 매체가 가지고 있는 특성을 완벽하게 파악하는 것은 경쟁력 있는 스토리텔링을 생산하는 데 가장 기본적이고도 중요한 요소라고 할 수 있다. 요컨대 매체에 걸맞은 이야기를 생산해야 한다는 것이다. 그렇다면 매체에 대한 이해는 어떻게 함양할 수 있을까? 많은 매체를 실제로 접해보는 것이 우선이다. 많이 보고 걸으며 촬영하고, 써보고 말해보는 것이 매체에 대한 이해를 심화하기 위한 첫걸음이 된다.

그렇다면 매체에 대한 이해만으로 좋은 스토리텔링이 구현되는 것일까? 그것만으로는 불충분하다. '좋은 이야기'라는 근본적인 명제가 존재한다. 이른바 명작(名作)이라 일컫는 것들이 그 모델이 된다. 아우라가 사라진 시대에도 이러한 명작의 생명력은 여전히 유효하다. 여전히 많은 수용자들에게 사랑을 받고 또 소비되고 있으면서도 생명력을 잃지 않고 있는 이야기들이 있다. 명작은 비단 고전에 한정되지 않으며 이제 우리 주변에서도 쉽게 찾아볼 수 있게 되었다.

J. R. R. 톨킨의 『반지의 제왕』은 북유럽 신화에 기초한 방대한 세계관과 다양한 캐릭터를 구현하고 있는 대작이다. 출간된 지 60여 년이 지난 지금까지도 판타지 소설의 교과서처럼 여겨지고 있다. 거의 모든 판타지 소설이 톨킨의 세계관에 기초하여 창작된다. 이러한 명작은 무수한 아류작(epigonen)을 만들어내며 나아가 새로운 창작물에 무한한 영감과 아이디어를 제공한다. 명작 하나가 무수한 이야기의 원천이 되

는 것이다. 우리나라에서 가장 많이 영화화가 된 소설이 『춘향전』이라는 점은 이 사실을 뒷받침한다. 뿐만 아니라 명작이 갖는 광범위한 영향은 비단 소설에 국한되는 현상이 아니다. 최근 할리우드에서 앞다투어 영화화되고 있는 히어로 영화 중 대부분은 마블(Marvel)이나 디씨 코믹스(DC Comics)를 통해 창조된 5천 여 슈퍼히어로 캐릭터에 기초해 있다. 할리우드에서는 어떤 캐릭터를 영화화하는가의 문제를 놓고 고민하고 있을 정도다.

그렇다면 우리가 찾아볼 수 있는 좋은 이야기의 요소들은 무엇이 있을까? 막상 쉽게 떠오르는 것들이 적다. 이는 존재하지 않기 때문이 아니고 아직 모아놓지 않았기 때문이다. 이미 당신 주변에는 수많은 이야기의 원석들이 널려있다. 그것을 모으는 것이 스토리텔링의 시작이다.

일상의 모든 것은 이야기가 될 수 있다. 예전부터 전해져 내려오는 신화와 설화, 전설과 민담들은 이미 그 자체로 훌륭한 이야기가 된다. 역사적 사건들 또한 흥미로운 이야깃거리다. 왜냐하면 E. H. 카의 유명한 말처럼 역사란 과거와 현재의 부단한 대화이기 때문이다. 최근 우리나라에서 가장 성공을 거두고 있는 이야기도 역사에 기초한 것이라고 할 수 있다. 전통적인 사극이 아니라 역사적 사실(fact)과 허구(fiction)를 절묘하게 결합한 역사 스토리텔링, 즉 팩션(faction) 말이다. 〈대장금〉부터 시작된 팩션 열풍은 〈태왕사신기〉를 거쳐 최근 〈바람의 화원〉이나 〈성균관 스캔들〉, 〈뿌리 깊은 나무〉 등으로 이어졌다. 〈대장금〉이 비교적 역사적 사실 고증에 힘썼던 전통적인 사극의 영역에 속했다고 한다면 〈태왕사신기〉는 신화와 판타지적 요소를 결합한 완전히 새로운 이야기이며 〈바람의 화원〉이나 〈성균관 스캔들〉은 역사적 사실에 기초하였지만 스토리텔러의 자유로운 상상력에 힘입은 바가 큰 작품들이다. 스토리텔러가 평소 역사에 대한 관심을 가지고 있었기 때문에 구현 가능했을 이들 이야기에서 우리는 기존의 엄숙한 이미지와는 전혀 다른 새로운 모습의 자유분방한 세종대왕, 이도(〈뿌리 깊은 나무〉)와 같은 캐릭터를 만나게 된다.

4. 스토리텔링의 다양한 활용과 전망

물론 고전이나 역사 같은 영역이 아니더라도 스토리텔링은 적용될 수 있다. 최근 한국의 지방자치단체에서는 각 지역의 특산물 및 특수성을 활용해서 다양한 축제와 행사를 기획, 개최하고 있다. 이러한 지역 축제를 의미있게 구성하는 데 있어서도 스토리텔링이 요구된다. 예를 들면 봉평의 경우, 이효석의 「메밀꽃 필 무렵」이라는 단편소설의 스토리텔링에 기초하여 '메밀꽃 축제'를 기획할 수 있었다. 한 편의 소설이 지자체의 주요 사업을 기획할 수 있도록 하고 나아가 해당 지역의 정체성을 결정하는 데 있어서 중대하게 기여하고 있는 것이다.

또한 스토리텔링은 테마파크를 구성하는 중요한 요소가 되기도 한다. 디즈니월드(Disney World)나 유니버셜스튜디오(Universal Studio) 같은 거대 테마파크는 각각 월트 디즈니의 만화나 할리우드의 유명 영화에 등장하는 다양한 캐릭터 및 배경 등을 재현해 놓고 있다. 그 속에서 입장객들은 만화나 영화의 스토리텔링을 직접 오감을 통해 체험하게 된다. 한 번 생산된 '좋은' 이야기는 이처럼 다른 매체로 부단히 변환될 뿐 아니라 산업과 연계되어 부가가치를 창출하기도 한다. 이른바 원 소스 멀티 유즈(OSMU, One Source Multi Use)의 시대가 된 것이다. 이제 이야기는 단순한 흥밋거리에 머물지 않는다. 스토리텔링을 통해 다양한 매체 및 산업과 연계되고 부가가치를 산출하면서 실질적으로 세계를 변화시키고 있기 때문이다.

또한 최근 우리나라에서 성공을 거두고 있는 웹툰(web-toon)의 스토리텔링을 주목해 볼만하다. 웹툰은 만화와 많은 부분을 공유하고 있지만 앞서 언급했던 것처럼 그것이 담기는 그릇 즉 매체가 각각 다르기 때문에 스토리텔링의 성격에 있어서도 상호 구별된다. 기존 출판 만화에서는 지면에 프레임을 구성하고 왼쪽에서 오른쪽 또는 오른쪽에서 왼쪽으로 페이지를 넘기며 감상하는 것이 일반적이었다. 하지만 웹툰이 활성화되면서 스크롤을 내리며 만화를 감상하는 방식이 보편화되었다. 이에 따라 이미지가 횡적인 양식에서 스크롤을 내리는 방식에 따라 종적으로 전개되는 양식으로 바뀌게 되었다. 이에 따라 이미지의 구현 방식이 변화했다는 것은 말할 필요도 없다. 소재의 스펙트럼 역시 소소한 일상에서부터 판타지나 역사물에 이르기까지 기존의 출판만화에 비해 현저하게 다양해졌다. 어떤 소재든 이야기화할 수 있는 스토리텔링 시대의 도래를 단적으로 시사하는 신종 장르인 것이다. 그리고 무엇보다 한국이 이러한 만화라는 장르의 진화를 선도하고 있는 국가 중 하나라는 사실은 우리나라 스토리텔링의 발전 가능성이 실로 무궁무진하다는 것을 알려준다.

현대는 문화의 시대다. 각국이 무력으로 경쟁하는 시대가 아니라 문화적 요소의 우위를 놓고 경쟁하는 총성 없는 전쟁의 시대인 것이다. 그런 만큼 우리나라에서도 양질의 이야기에 대해 지속적으로 관심을 기울일 필요가 있다. 신화 원형에 대한 학문적인 탐구로부터 일상의 사소한 이야기에 이르기까지 이야기에 대한 전방위적인 관심 및 적극적인 표현이 요구되는 시대가 되었다. 여전히 '어떻게' 말할 것인가에 대한 물음은 지속적으로 제시되어야 한다. 이는 각 매체의 영역에 종사하고 있는 전문가들이 구체적인 실천을 통해 해결해야 할 문제다. 이를 위해서 앞으로도 다양한 이야기들이 무수하게 만들어져야 한다. 대장금은 실존했지만 드라마라는 이야기로 제작되지 않았다면 우리를 포함한 전세계인들은 그녀를 기억하지 못했을 것이다. 신윤복이라는 화가에 대한 자유분방한 상상력이 아니었다면 〈바람의 화원〉이라는 소설과 드라마는 제작되지 못했을 것이다. 표현하지 않는다면 결코 안다고 할 수 없다. 실질적으로 창조해내지 않는다면 어떤 가능성도 무위에 그친다. 지금은 더 다양하고 많은 이야기들을 과감하게 표현해야 할 때다. 프로슈머의 시대에 주체가 되는 길은 이것뿐이다. 과거 이야기의 권위에 구애되지 않고 창작자와 수용자로서의 권리를 온전히 그리고 적극적으로 표현해야 한다는 것이다. 당신의 상상력과 이야기에 한계란 존재하지 않는다.

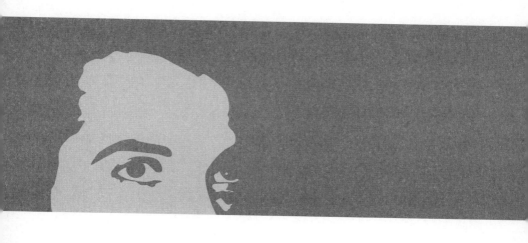

Ⅱ. 문학

제3장

문학이란 무엇인가

1. 문학과 문학이 아닌 것

문학이란 무엇인가? 이 질문에 대해 우리는 다음과 같이 대답할지 모른다. 즉 "시, 소설, 희곡, 수필", 혹은 "서정, 서사, 극, 교술"이라고 열거할 수 있을 것이다. 또는 보다 전문적으로 "문예와 같은 의미가 되어 다른 예술, 즉 음악·회화·무용 등의 예술과 구별하고, 언어 또는 문자에 의한 예술작품, 곧 종류별로는 시·소설·희곡·평론·수필·일기 등을 가리킨다."(『두산백과사전』, '문학' 항목)고 답할 수 있을 것이다. 다른 한편으로 "작가가 체험을 통해 얻은 진실을, 언어를 통하여 표현하는 언어예술로서 인생을 탐구하고 표현하는 창조의 세계"(중학교 2학년 『국어』 교과서)라고 심오한 의미를 담아 논할 수도 있을 터이다. 알다시피 이것은 현재 문학에 관한 가장 일반적인 정의로 통용되고 있다.

그러나 문학에 속하는 여러 장르를 열거한다는 것만으로는 부족하다. 이것은 정작 이러한 하위 장르를 아우르는 문학의 본질이 무엇인지에 대해서는 대답하지 못한다. 다른 예술과 구별되는 "언어 또는 문자에 의한 예술작품"이라는 정의 역시 마찬가지이다. 곧 언어/문자예술이라는 것인데 특정한 언어나 문자를 예술로 간주할 수 있는 기준이 빠져있다. 다시 말해서 도대체 무엇을 보고 어떤 언어나 문자를 예술, 즉 문학으로 간주할 수 있단 말인가?

또한 가장 널리 알려진 마지막 정의는 나름 설득력을 갖고 있는 것처럼 보인다. 하지만 이것이 실상 대단히 애매하다는 것은 예컨대 다음의 문장을 놓고 따져 보면 금세 알 수 있다.

> 난 난 꿈이 있었죠. 버려지고 찢겨 남루하여도
> 내 가슴 깊숙이 보물과 같이 간직했던 꿈
> 혹 때론 누군가가 뜻 모를 비웃음 내 등 뒤에 흘릴 때도
> 난 참아야 했죠 참을 수 있었죠 그 날을 위해
> 늘 걱정하듯 말하죠 헛된 꿈은 독이라고
> 세상은 끝이 정해진 책처럼 이미 돌이킬 수 없는 현실이라고
> 그래요 난, 난 꿈이 있어요 그 꿈을 믿어요 나를 지켜봐요
> 저 차갑게 서 있는 운명이란 벽 앞에 당당히 마주칠 수 있어요
> 언젠가 난, 그 벽을 넘고서 저 하늘을 높이 날을 수 있어요
> 이 무거운 세상도 나를 묶을 순 없죠
> 내 삶의 끝에서 나 웃을 그 날을 함께 해요
>
> — 카니발, 〈거위의 꿈〉

알다시피 이것은 대중가요의 가사이며 문학의 일종으로서의 시가 아니다. 그럼에도 불구하고 이 문장은 "작가가 체험을 통해 얻은 진실을, 언어를 통하여 표현하는 언어예술로서 인생을 탐구하고 표현하는 창조의 세계"라는 정의에 정확히 부합하는 사례처럼 보인다. 작가 자신이 경험한 시련과 고난을 극복하고자 하는 의지를 날고자 하는 거위의 모습에 비유하여 효과적으로 조직한 언어임에 틀림없다. 이것은 어떤 진실을 담고 있으며 인생에 대한 탐구 및 그에 대한 표현도 이루어져 있다.「미운 오리 새끼」라는 동화의 모티프를 빌려왔지만 작자 자신의 창작물이라는 것도 부인할 수 없다. 그렇다면 이 문장을 문학, 내지는 문학의 변형이라고 말할 수 있을 것인가? 앞으로 문학의 범주에 포섭될 가능성이 있는 새로운 인접 장르인가?

유감스럽게도 전혀 그렇지 않다. 개개인이 이러한 정의에 입각하여 이 문장을 문학으로 판단하든 그렇지 않든 간에 객관적 조건을 놓고 따져 보면 이것은 문학이 아니며 어디까지나 대중가요로서 유통된다. 다시 말해 〈거위의 꿈〉이라는 곡의 가사로 음반에 수록되었으며 방송국의 음악 프로그램 등을 통해 전국에 전파로 송신되었고 라이브콘서트에서 관객들에게 들려지는 것이다. 이것을 문학으로 간주하기 위해서는 위에서 언급한 문학의 정의에만 근거하여 이와 같은 조건과 특성의 차이를 의도적으로 무시하지 않으면 안 된다. 그러나 알다시피 이것은 결코 무시할 수 없는 큰 외적 조건의 차이이다. 〈거위의 꿈〉의 가사가 우수한 운문의 형식을 하고 있다고 해서 이것을 시로 간주하여 진지하게 독서하는 사람이 거의 없는 것에서 그것을 알 수 있다.

이러한 질문을 통해 부각되는 중요한 의문은 다음과 같다. 즉 무엇이 문학이고 무엇이 문학이 아닌가라는, 다시 말해 문학적인 작품과 비문학적인 작품 사이의 구분이다. 이것을 구별하는 일은 대단히 어려운 문제이다. 앞서 예로 든 〈거위의 꿈〉은 분명 노래가사지만 일정부분 문학적인 언어의 특성을 갖고 있는 것도 사실이다. 뿐만 아니라 신문이나 잡지 등에 실리는 기사와 같은 실용적인 글이나 개인이 블로그에 올리는 글에도 문학적인 것이라고 간주할 수 있을 법한 말의 기술이 많이 들어 있다.

조금 다른 사례지만 우리가 중 · 고교 시절 배웠던 국사나 세계사는 과학이나 수학과 같은 과목과 달리 공식이나 법칙에 의거한 과목들이 아니다. 이러한 역사 과목들이 보여주고 있는 것은 단순한 역사적 사실의 나열이 아니다. 오히려 어떻게 하나의 사건이 다른 사건의 원인이 되었는가, 혹은 한국은 어떤 과정을 거쳐 일본의 식민지가 되었고 해방이 되었으며 한국전쟁이 일어나게 되었는가에 관한 것들이다. 이러한 역사의 모델은 명백히 말해서 이야기이다. 다시 말해 어떤 사건이 어떤 과정을 거쳐 발생했으며 그것을 원인과 연결시켜 전개된 결과를 조리 있게 보여 주는 이야기의 서술이다. 이것은 문학적인 서사와 대단히 닮았다. 따라서 우리는 과학의 정의를 논하지 않아도 역사의 정의는 논할 수 있는 것이다. 어떤 의미에서 문학과 역사는 크게 구별되지 않는 것인지도 모른다.

따라서 비문학적인 글에서도 문학적인 요소들이 발견되는 것은 대단히 일반적이며 또한 복합적인 현상이다. 그렇다고 해서 모든 비문학적인 글이 문학의 범주에 든다고 말할 수 있다는 것은 아니다. 다만 이것이 오히려 '문학'의 중요성을 말해준다는 것이다. 즉 세상의 모든 글은 문학적인 요소를 전적으로 배제하고서는 결코 쓰일 수 없다는 것이다.

2. 문학이란 무엇인가?

그렇다면 우리는 문학이란 무엇인가라는 핵심적인 질문으로 돌아가야 한다. 우리는 이미 문학에 대해 너무나 잘 알고 있지만 막상 그것을 구체적으로 정의하려면 어려움을 느낀다. 역사적으로 많은 사람들이 문학을 정의하려고 시도했지만 대부분 그것은 만족스러운 해답이 되지 못했다.

그 중에서 가장 범위가 큰 것은 모든 서적, 글로 씌어진 텍스트 일반을 문학으로 간주하는 정의였다. 실제로 우리가 일반적으로 쓰고 있는 문학이라는 말을 만들어낸 '文學'이라는 한자어는 중국에서 전통적으로 "학문, 많이 아는 것, 혹은 서적 그 자체"를 뜻하는 말이었다. 그것은 서양의 경우에도 마찬가지여서 오늘날 문학을 가리키는 말인 리터래처(literature)의 원어인 라틴어 'literatura' 역시 연설, 설교, 역사, 철학 등을 포괄하는 학문 혹은 문헌 일반을 가리키는 말이었다. 이것은 지금 우리가 알고 있는 문학의 정의보다는 지나치게 광범위하지만, 문학의 의미가 이러한 기원을 갖고 있다는 것은 부인할 수는 없다.

제1장에서 잠깐 언급한 적이 있는 "상상력에 바탕한 글쓰기"로서의 문학이라는 정의가 가능할 수도 있겠다. 실제로 시든 소설이든 인간의 상상력에 의존하지 않은 문학은 없다. 그러나 상상력이란 말 자체가 불과 200년 전쯤에 낭만주의 문학론자들에 의해 만들어진 개념이었다는

것을 염두에 두어야 한다. 그 이전까지 상상력이란 인간의 광기나 착각으로부터 비롯된 허무맹랑한 것으로 간주되어 왔다. 또한 문학이라고 불렸던 실체는 그것을 상상력과 연결시키기 이전부터 이미 존재해 왔다. 뿐만 아니라 최근의 문학 작품들은 대개 실제로 있는 신문기사나 광고카피, 통계수치 등을 그대로 인용하는 경우도 많이 있다. 또한 소설이 절반쯤 사실에 의존하고 있는 장르라는 것도 잘 알려져 있다.

반대로 위의 〈거위의 꿈〉의 사례처럼 비문학적인 글 중에서도 소위 "상상력에 바탕한 글쓰기"를 심심치 않게 찾아볼 수 있다. "인생은 타이밍이다", "당신을 한 번 더 생각하게 합니다"와 같은 광고카피 또한 상상력과 인생에 대한 세심한 관찰에 기초하지 않으면 결코 쓸 수 없다. 그럼에도 불구하고 다시 한 번 강조하지만 이런 것들을 가리켜 일반적으로 문학이라고 하지는 않는다.

따라서 어떤 텍스트가 갖고 있는 한두 가지의 특성에 의거하여 그것을 문학이라고 단정할 수 없다는 것이다. 그것은 오히려 대단히 복합적인 요소들에 의해 문학으로 정의될 수 있다. 그중에서도 가장 선행되어야 하는 요소는 독자들이 일단 어떤 텍스트를 문학으로 간주하는 것이다. 다소 역설적이지만 다시 말해서 특정한 텍스트에 어떤 중요한 의미가 숨어있는 것으로 전제하고 그 의미를 자기 것으로 만들기 위한 특별한 태도와 자세를 갖지 않으면 안 된다는 것이다.

그러한 특정한 형태의 주목을 이끌어내는 것은 첫째로 문학이라는 형식(시, 소설, 희곡)에 부합할 수 있도록 정교하게 만들어진 텍스트 그 자체(내적 요인)이며, 둘째로 어떤 텍스트를 문학으로 간주하게 만드는, 다시 말해 독자로 하여금 특정한 텍스트를 문학으로 정의하도록 분위기를 형성하는 문맥(외적 요인)이다. 첫째가 일반적으로 접할 수 있는 문학적인 글이나 책, 문헌 그 자체를 가리킨다면 둘째는 그런 것들이 어떤 작품으로부터 영향을 받았는가, 어떤 책이나 잡지에 실리면 문학 작품으로 간주되는가, 어떤 작가가 썼나, 비평가들이 비평의 대상으로 삼는가, 심지어 어떤 작품을 실은 책이 서점의 어떤 코너에 진열되는가 등 어떤 책이나 작품이 문학으로 간주되기 위한 모든 외부적 요인을 포함한다. 즉 어떤 작품이 어떤 장소와 분위기에 놓이는가에 따라서 문학으로 간주되기도 하고 그렇지 않기도 하다는 것이다.

이해하기 쉽게 조금 극단적인 예를 들어 보자. 프랑스의 조각가 마르셀 뒤샹은 화장실에서 흔히 볼 수 있는 변기를 떼어다 미술관에서 전시하고 '샘'이라고 이름 붙인 적이 있었다. 물론 이러한 뜬금없는 행위에 대해 많은 비난이 있었다. 하지만 애초 뒤샹이 의도했던 것은 같은 사물이라도 어떤 장소에 놓이느냐에 따라 사물에 대한 의미부여 및 위상이 달라진다는 것을 관객들이 생각해 보았으면 했던 것이다. 그리고 조각을 포함한 미술 작품이란 어떤 작품성에 근거하여 평가받는 것이 아니라 바로 '미술관'이라는 장소 및 미술과 관련된 제도와 불가분의 관계에 있다는 것을 환기시키고자 했다는 것이다.

다시 말해 변기는 화장실에 있을 때는 그저 기능에 충실한 변기에 불과하지만 미술관에 전시되는 순간 '샘'이라는 이름의 전위예술로 변신하는 것이다. 다름 아닌 미술관이라는 장소가 그러한 권위를 발생시키는 것이다. 그러나 미술작품의 가치를 판정하기 위해서는 그러한 권위가 반드시 필요하다. 일견 불합리한 것처럼 보이기도 하지만 예술이 이러한 외적 제도로부터 자유로웠던 적은 역사상 단 한 번도 없었다. 이것을 가리켜 조지 디키와 같은 최근의 미학자는 "제도로서의 예술"이라고 명명한 바 있다.

이 점에 있어서는 문학도 마찬가지이다. 즉 어떤 작품을 미술로, 혹은 문학으로 간주하기 위해서는 그 작품이 어떤 맥락에 위치해 있는가를 감안하지 않으면 안 된다는 것이다. 그러나 그 작품은 반드시 특정한 의미를 찾아낼 수 있도록 정교하게 구조화된 텍스트여야 하며 특수한 성질을 간직한 언어여야 한다. 즉 어떤 작품을 문학으로 간주하기 위해서는 이러한 내적 요인과 외적 요인이 상호 보완적으로 그리고 복합적으로 작용한다는 뜻이다. 어느 한 요인만 가지고 문학을 정의할 수는 없다.

3. 문학의 정의와 관련된 5가지 특성

미국의 문학이론가 조너선 컬러는 미국의 대학 초년생을 위한 문학 개론서인『문학이론』에서 문학의 성격에 관한 전통적인 논의를 5가지 요점으로 정리한 바 있다. 이것은 20세기 이후의 문학이라는 형식이 공통적으로 갖고 있는 중요한 특성들과 관계된다. 따라서 현재 알려진 문학에 관한 가장 진보한 형태의 정의라고 해도 무방할 것이다. 이것은 앞 절에서 언급한 외적·내적 요인과 모두 관계되는 요소들이며 각각 하나의 특성으로부터 출발하지만 다른 특성들과도 긴밀하게 관련되어 있다고 할 수 있다. 다만 원문이 다소 난해한 부분이 없지 않으므로 알기 쉽게 정리하여 소개한다.

1) 문학은 언어를 낯설게 만들어 독자에게 내민다. (언어의 전경화로서의 문학)

문학의 언어는 우리가 일상적으로 사용하는 언어와 다르게 특수하고 낯설게 조직되어 있다. 독자는 그것을 읽는 동안 기이한 형태로 빚어진 언어를 대면하고 있다는 사실을 잊을 수 없게 된다. 시의 운율과 비유는 그러한 문학적 언어의 대표적인 형태이다. 문학이 어렵고 쉽게 해석되지 않는 것은 이 때문이다. 하지만 문학은 바로 그런 난해한 언어를 제시하여 독자가 그 속에 숨겨진 의미에 대해 좀 더 심각하게 생각하도록 유도한다. 물론 대부분의 비전문적인 독자는 바로 그러한 난해함 때문에 문학을 멀리하게 된다. 따라서 현대의 문학은 그러한 낯선 언어의 특수성에 적응하고 해석할 만한 성의를 갖고 있는, 보다 한정되고 전문적인 독자를 위한 것이다.

문학은 그러한 언어가 무엇보다도 중요하다고 주장한다. 영화가 특수한 형식으로 촬영되고 녹음된 영상과 음향을, 미술이 이미지를, 음악이 소리를 전면에 내세우는 것과 마찬가지이다. 그러나 그것을 의미 있는 것으로 해석하려면 상당한 정도의 노력과 훈련이 필요하다.

2) 그러한 언어가 시작과 끝으로 완결되는 형태를 갖고 있다. (언어의 통합으로서의 문학)

문학은 일상 언어와 다른 낯선 언어를 재료로 삼아 하나의 이야기나 이미지, 메시지 또는 운율의 패턴 등을 만들어낸다. 여기에는 항상 처음과 끝이 있으며 그런 만큼 특정한 형태의 구성(plot)이 존재한다. 다시 말해 문학은 텍스트의 다양한 요소와 구성 성분이 복합적인 관계로 짜여지는 언어이다. 그러한 구성의 결과로 소설, 발단-전개-절정-결말로 구성되며 시는 각 행과 연의 유기적인 조직을 이루고 희곡은 등장인물의 언행을 제시한 지문과 대사를 중심으로 장과 막으로 구성된다. 이러한 통합적인 질서를 갖지 않은 문학 작품은 존재하지 않는다.

3) 텍스트의 일부 혹은 전체가 허구에 의존한다. (허구로서의 문학)

잘 알려졌다시피 문학작품은 현실에 있을 법한 가공의 세계와 인물을 꾸며낸 이야기이거나 이미지이다. 다시 말해 일종의 거짓말(허구)이라는 것이다. 그러나 문학에 관계된 허구적 요소란 비단 이것에 국한되지 않는다. 예를 들어 작가는 특정한 독자에게 들려준다는 가정 하에 시나 소설을 쓴다. 또한 독자는 문학작품을 작가의 존재와 목소리를 가정한 상태에서 읽는다. 이 상태에서 독자나 작자의 존재는 항상 허구로 가정된다. 등장인물 또한 허구적인 개인이며 작중의 시간과 장소 또한 항상 가공의 것이다. 심지어 작품 속에서 주도적으로 이야기를 들려주는 서술자나 화자 역시 작가와 다른 허구적으로 만들어진 인물이다. 이러한 모든 허구적인 요소들은 작가가 그것을 쓰는 시간과 공간, 독자가 그것을 읽을 시간과 공간과는 무관하게 독립적으로 존재한다. 예컨대 소설 『태백산맥』의 시간과 공간은 작가가 그것을 언제 어디서 썼는지, 독자가 그것을 언제 어디에서 읽는지와 무관하게 항상 1948~1953년 사이의 전라남도 벌교 일대로 고정되어 있다.

4) 문학 그 자체를 목적으로 할 뿐 다른 어떤 목적에 복무하지 않는다. (미학적 대상으로서의 문학)

낯선 언어의 허구적인 통합이라고 요약될 수 있는 앞의 3가지 요건들은 모두 언어의 미학성을 지향한다. 이것은 단순히 아름다움을 추구한다는 의미에 그치는 것이 아니다. 언어의 기본적인 기능은 의사소통인데, 문학의 언어는 의사소통보다 언어의 내용과 형식의 유기적인 조화를 우선시한다는 것이다. 뿐만 아니라 문학작품은 독자들에게도 그러한 태도를 요구한다.

문학작품과 같은 미학적인 텍스트들은 그것을 구성하는 데 특정한 목적이 있다. 그러나 그 목적은 문학작품과 작품에 관한 즐거움 그 자체에 있다. 그것은 정보를 전달하거나 이념을 전파하기 위한 목적에서 창작된 것이 아니다. 오히려 인간의 정서와 더 관련이 있으며 그것을 북돋우는데 문학의 진정한 가치가 있다고 알려져 있다. 예컨대 김진명의 소설『무궁화꽃이 피었습니다』가 같은 문학작품으로 높은 평가를 받지 못하는 것은 이 소설이 민족주의와 관련된 이념을 선전하기 위해 쓴 소설이며 작가 또한 그것을 숨기지 않고 있기 때문이다. 이것은 신문이나 잡지, 혹은 여타 서적이 더 잘 할 수 있는 성질의 것이며 문학 고유의 성격이라고 할 수 없다.

5) 문학의 전통과 관계되지만 때로는 그것을 혁신한다. (상호텍스트적이거나 자아 성찰적 대상으로서의 문학)

문학작품은 앞선 문학작품들을 택하여 반복하고 도전하며 변형시킨다. 그러한 모방과 극복을 통해 자기 작품의 가치를 상승시킨다. 이것이 무수히 반복된 결과가 바로 문학의 전통이다. 작품의 참신성 내지는 탁월성은 이러한 전통이라는 맥락 속에서 결정된다. 예컨대 서태지가 위대한 이유는 이전 한국가요의 전통에 없었던 새로운 음악을 만들었기 때문이지만, 그것을 새롭다고 판단하게 해주는 것은, 그리고 서태지 자신도 극복의 대상으로 삼았던 것은 기존의 한국가요이다. 기존의 한국가요와의 관련성에서 서태지 음악의 새로움이 결정되는 것이다. 문학작품의 역사 역시 마찬가지이다. 그러한 모방과 극복의 반복에 의해 문학의 전통 그 자체가 혁신되는 것이다. 그런 점에서 문학은 역설적이다. 기존의 관습을 따라하지 않으면 안 되지만 그 과정에서 관습 자체를 혁신하기 때문이다.

"문학이란 무엇인가?"라는 질문은 여러분에게도 중요하다. 간단히 말해서 문학은 분명 여러분의 취향과 동떨어진 것이긴 하다. 하지만 우리는 은연중에 이미 문학적인 형식과 방법에 익숙해져 있다. 이 질문은 바로 이것을 조명한다. 즉 우리의 생활과 사고방식에 투영되어 있는 문학적인 것을 조명하는 작업인 것이다. 이것은 우리가 세계와 생활을 이해하는 방식의 근본에 침투해 있다. 그런 점에서 문학적인 것을 이해한다는 것은 곧 우리 자신의 사고방식과 세계 이해의 어떤 측면을 들여다보는 일이 된다. 따라서 문학은 단순한 고담준론(高談峻論)이 아니다. 앞으로의 장들은 여러분 자신에 대해 심사숙고하는 방법을 가르쳐줄 것이다.

제4장

시를 읽고 쓰는 이유

1. 시의 특징-리듬

논리적으로 시를 설명한다는 것은 분명 어려운 일이다. 시는 논리의 규정을 벗어나 설명할 수 없는 곳으로 달아나는 속성을 지녔기 때문이다. 그럼에도 불구하고 시가 가진 장르적 특징을 찾자면 어떤 것이 있을까. 가장 유효한 대답은 아마도 리듬일 것이다. 일반적으로 리듬의 유무에 따라 문학을 산문과 운문으로 구분한다는 것을 떠올려 보면 특히 그렇다. 리듬에는 각운, 두운과 같은 '운'과 3·4조 또는 7·5조와 같은 '율' 등이 있는데 이렇게 리듬을 가진 언어예술이 바로 시다.

우선 시의 기원에 대해 살펴보자. 철학이 나타나기 전까지 사실 고대 그리스를 지배하고 있던 것은 시였다. 서정 시인이나 비극 작가가 지적인 교양세계를 지배하고 있었고 바로 이들을 가리키는 말이 '소피아(sophia)'였다. 이때의 소피아는 우리가 익히 알고 있는 필로소피아(philoso-phia)의 소피아와는 다른 의미를 지닌다. 필로소피아의 '소피아'가 이성에 기반한 인식인 '지혜'를 가리킨다면 전자는 이와는 전혀 다른 차원에서 '시적 창조 능력'을 의미했다. 철학이 등장하기 전까지 '소피아'는 문학적 창조력을 가리키는 말로 사용되며 그리스 문화를 담는 그릇 역할을 했던 것이다. 당시 문학은 서정시, 서사시, 극시로 구분되었는데 중세와 근대를 거치면서 서사시는 소설로, 극시는 희곡으로 정착되었다. 그리고 서정시는 지금 우리가 알고 있는 시로 자리잡게 되었다. 따라서 서정시와 시는 같은 의미라고 할 수 있다.

시의 특징을 조금 더 알아보기 위해 용어의 기원을 탐색해볼 필요가 있다. 원래 시는 희랍어인 포이에시스(poieses)에서 온 것이다. '행함', 또는 '만듦'이라는 뜻을 지니는데 고대 그리스에서는 농사를 짓고 길을 만드는 것과 시를 짓는 일을 같은 것으로 보았다. 당시 사람들은 시를 지어 부름으로써 비를 내리게 하고 추수에 대한 감사를 표현하는 것을 당연하게 생각했던 것이다. 이런 맥락에서 서정시(lyric poem)라는 용어가 리라(lyre)라는 현악기 이름에서 유래했다는 것은 무척 흥미롭다. 고대의 시인들은 현악기를 연주하며 시를 읊었다. 시가 노래이고 노래가 곧 시였던 시절이었다. 우리나라의 전통 시가 형식인 향가, 고려가요, 시조, 민요 등도 사실은 시이면서 노래라고 볼 수 있다.

현대로 넘어오면서 정형화된 리듬은 점차 사라지고 내재율이 자리를 잡게 되었다. 특히 중요시된 것은 이미지, 즉 마음속에 떠오르는 그림이었다. 하지만 여전히 리듬은 시와 다른 장르를 구분하는 중요하고 유효한 기준이다. "집에 가는 길에 사과를 샀다"라는 표현은 그대로 쓰면 산문적인 느낌 이외에는 어떤 정서적 울림도 주지 않지만 "집에/ 가는 길에// 사과를/ 샀다"라고 행과 연을 나누는 순간, 시라는 장르가 본래 가지고 있던 리듬이 살아나면서 시적인 울림을 주는 문장으로 바뀐다. 우리는 보통 사상과 정서를 운율이 있는 언어로 압축하여 표현한 예술 장르를 시라고 정의하는데 이 기본적인 정의에서도 중요한 것은 역시 운율이라고 할 수 있다.

2. 일상 언어와 시적인 언어

시를 이야기할 때 운율만큼이나 중요한 것이 또 하나 있다. 그것이 바로 '언어'다. 발레리는 시를 언어의 연금술이라 했고 김기림 또한 시는 언어의 건축이라고 표현할 정도로 시에서 언어의 역할은 절대적이다. 시(詩)라는 용어도 풀이하자면 언어(言)의 사원(寺)이라는 뜻이다. 하지만 이때의 언어는 일상어와 다른 언어임을 기억할 필요가 있다.

표면적으로는 분명 같은 단어와 표현이지만 일상적 차원에서 사용되던 말도 시의 어떤 맥락에 들어가면 전혀 다른 의미로 탈바꿈된다. 시를 읽고 쓴다는 것은 어쩌면 시적인 언어만이 줄 수 있는 정서를 받아들이고 활용한다는 말과 다르지 않을지도 모른다. 그렇다면 도대체 시적인 언어는 어떤 것일까. 시적 언어가 일상적 언어와 어떻게 다른지 다음의 사례를 통해 살펴보자.

침대에 앉아, 아들이 물끄러미

바닥에 누워 자는 어머니를 바라본다
듬성듬성 머리칼이 빠진 숱 없는 여인의 머리맡,
떨기나무 사이에서 나타난 하느님이
서툴게 밑줄 그어져 있다. 모나미 볼펜이
펼쳐진 성경책에 놓여 있다.
침대 위엔 화투패가 널려 있고
방금 운을 뗀 아들은 패를 손에 쥔다.
비오는 달밤에 님을 만난다.

생활이 되지 않는 것을 찾아
아들은 밤마다 눈을 뜨고,
잠결에 앓는 소리를 하며
어머니가 무릎을 만지고,
무더운 한여름밤
반쯤 열어온 창문에 새앙쥐 꼬리만한 초생달
(……)
한달에 한번 시골에서 올라와
밀린 빨래와 밥을 해주고
시골 밭 뒤 공동묘지 앞에 서 있는 아그배나무처럼
울고 있는 여인.
어머니가 기도하는 자식은 망하지 않는다
가슴을 찢어라 그래야 네 삶이 보인다, 고
올라올 때마다 언문체로 편지를 써놓고 가는
가난한 여인, 새벽 세 시에 아들은
혼자 화투패를 쥐고 내려다보는 것이다.
(……)
일찍 바닥에서 일어난 어머니가

침대 위의 화투를 치우고
모로 누운 서른셋 아들의 머리를 바로 뉘어주고
한시간 일찍 서울역에 나가 기차를 기다린다.

해가 중천에 떠오른 그 시각
밭 갈 줄 모르는 아들의 머리맡에
놓인 언문 편지 한 장.

"어머니가 너잠자는데 깨수업서 그양 간다 밥잘먹어라 건강이
솟아내고 힘이 잇다"

— 박형준, 「바닥에 어머니가 주무신다」 부분,

『물속까지 잎사귀가 피어 있다』(창비, 2002)

국어사전에 따르면 어머니는 '자기를 낳은 여성'을 가리키는 말이다. 그러나 이러한 정의는 매우 추상적이고 논리적인 인상을 지울 수 없다. 반면 시적 언어는 기본적으로 정서를 표현하는 언어이기 때문에 구체적이고 직접적으로 다가온다. 그렇다고 해도 시적 언어가 "감정의 해방이 아니라 감정으로부터의 탈출"이라는 엘리엇의 말을 기억해야 한다. 감정을 직설적이고 노골적으로 표현하는 것이 아니라 오히려 적절하게 억제하고 지적으로 통제한 시가 좋은 시라는 것이다.

우리가 보통 현실에서 '어머니'라는 말을 쓴다면 사전적 차원의 언어를 약간 가공하여 활용한다고 할 수 있다. 그런 의미에서 일상 언어는 사실 상투적인 언어요 죽은 언어다. 사전적인 정의로는 어머니에 대한 어떤 진실도 전달할 수 없기 때문이다.

하지만 위의 시에서는 우리가 일상적으로 사용하는 '어머니'의 뜻이 달라진다. 한 달에 한 번 시골에서 올라와 혼자 사는 아들을 위해 밥을 하고 빨래를 해주는 여인, 늘 아들을 위해 기도하고 성경책을 읽는 여인, 침대에서 자는 아들을 방해할까봐 바닥에 누워 자는 여인, 이제는 많이 늙어 머리칼도 듬성듬성한 여인 등 구체적인 사연과 선명한 이미지가 제시되면서 '낳아준 어머니'라는 일차적이고 단순한 언어에 새로운 의미가 추가된다. 독자는 이 어머니가 아들을 얼마나 사랑하는지 느낄 수 있으며 무능한 자신에 대한 슬픔과 늙은 어머니에 대한 연민으로 힘들어하는 아들, 나아가 우리 삶의 보편적인 고단함에까지 생각이 미치게 된다. 특히 마지막 연에서 한글을 제대로 깨치지 못한 어머니의 편지글을 통해 우리는 더욱 진솔하고 훈훈한 감동을 느낀다. 이렇듯 시적 언어는 일상 언어가 가진 상투성과 관습적 인식을 깨뜨려 새로운 인식과 정서를 불러오는 언어다. 시는 단순히 사상과 정감을 압축된 운율의 언어로 표현하는 데에서 그치는 것이 아니라 언어와 대결하여 일상 언어의 용법을 깨뜨리고 새로운 세계를 열어 보여주어야 한다. 이때 시의 언어는 일상어처럼 그 의미가 명시적이지 않고 함축적이며 상징적인 경우가 많다.

3. 시를 읽고 쓰는 이유

그렇다면 우리가 시를 읽고 쓰는 이유는 무엇일까. 일차적으로는 '정서의 환기'와 '인식의 확장'이 시를 읽고 쓰는 목표이지만 조금 더 개인적인 차원에서 살펴보자면 또 어떤 이유를 찾을 수 있을까.

'엔트로피의 법칙'이라는 것이 있다. 간단하게 정리하자면 모든 것은 질서에서 무질서로 향하게 되어 있다는 법칙이다. 우리들 방을 생각해 보면 쉬울 것이다. 매일 치우는 것 같은데 늘 어질러져 있는 것이 우리들 방이다. 게을러져서 손을 안 대면 상황은 더 심각해진다. 먼지는 쌓여가고 책상 위는 물건을 놓을 수 없을 정도로 어질러진다. 옷은 이리저리 멋대로 섞여 뒤죽박죽이 된다. 인간이라는 존재도 다르지 않다. 크게 보면 우리들도 결국 완벽한 무질서의 상태, 즉 죽음을 향해 나아가는 절대적인 흐름 속에 놓여 있다. 질서와 체계를 갖추고 있는 모든 것은 무질서하고 비체계적인 상태를 향해 변해간다. 망각이 이 세계를 지배하게 된다. 인간도 결국 망각을 위해 살아가는지도 모른다. 하지만 이렇게 가혹한 시간과 망각의 파괴적 작용에도 불구하고 그것을 거부하며 살아남는 방법이 있다. 그것이 바로 시를 쓰는 일이다.

우리에게 『장미의 이름』으로 유명한 이탈리아의 기호학자이자 작가인 움베르토 에코는 이렇게 말했다. "엔트로피라는 일반 법칙의 현상 속에서도 예외적인 네겐트로피, 즉 엔트로피에 반대하는 움직임이 발생하는 데 여기서 '의미'가 생성된다"고 말이다. 즉 죽음과 망각의 세계로 나아가는 절대적인 흐름 앞에서 인간이 할 수 있는 유일한 복수 행위가 기억인데 이 기억조차도 불완전할 때 인간은 바로 어떤 '의미'와 '질서'를 만들어내려고 한다는 것이다. 그것이 바로 네겐트로피이다. 그것이 결국 인간이 만들어낸 도로이고, 집이고, 종교이고, 예술이고 문명이다.

인간이 이룩해낸 이 모든 문명은 사실 무언가 체계적인 구조를 만들고 의미를 부여하고자 한 흔적들이다. 우리는 무질서를 거스르며 질서있는, 의미 있는 체계를 만들어내려고 한다. 바로 여기에 예술의 자리가 있으며 문학이 있고 시가 있다. 특히 의미를 만들어내는 가장 개인적이고 내밀한 행위가 바로 시를 쓰는 일임을 아는 것은 중요하다. 『문학이란 무엇인가』에서 유종호는 애초 시의 언어는 사람의 투박하고 절실한 감정을 토로하는 직설적인 언어로 생활에 밀착된 말이었다고 지적하였다. 그것은 지금도 다르지 않다. 종이와 펜만 있다면 그곳이 어디든 자기 자신에게 완벽하게 몰두할 수 있는 것이 시를 쓸 때다. 그리하여 시인은 의미 없이 지나간 삶에 새로운 의미를 부여하고 따로따로 존재하던 기억을 연결하여 설득력있는 이미지를 만든다. 이것이 바로 기억의 재구성이다. 바로 이렇게 우리는 시를 통해 우리의 삶을 되산다.

여기서 중요한 것은 '재구성'이라는 말이다. 그 당시의 체험이 그대로 기록되는 게 아니라 시를 쓰는 현재의 감정에 의해 당시의 불분명한 기억이 새롭게 구성된다는 것이다. 기억을 다시 쓰는 일은 매우 중요하다. 만약 내가 그 당시의 기억 속에서 어떤 일의 수동적인 피해자로 존재했다 하더라도 그걸 지금 다시 쓸 때에는, 나의 의지와 희망대로 쓸 수 있다. 기억 속에서 약자였지만 기억을 재구성하는 순간, 우리는 이 세계를 재창조하는 능동적인 '작은 신'의 위치에 오르기 때문이다. 또한 고통스러웠던 기억이라고 할지라도 그것을 시로 풀어내는 순간, 고통에서 서서히 해방되는 느낌을 얻을 수가 있다. 설명할 수 없었던 어떤 감정을 언어로 풀어내기만 하여도 고여 있던 감정이 해소된다는 것은 익히 알려진 사실이다. 바로 이러한 힘이 시를 읽고 쓰는 원동력이다. '기억을 받아쓰는 것'이 아니라 '기억을 재구성'하면서 우리는 슬픔과 고통도 다시 쓸 수 있다. 그런 면에서 시인은 행복한 사람들이다. 남들에게 고통과 슬픔의 기억은 그걸로 영영 끝이지만 시를 쓰는 사람들은 이 기억도 다시 재구성할 수 있다. 재구성을 통해 의미 없는 엔트로피의 세계를 의미 있는 네겐트로피의 세계로 바꾼다. 슬픔을 슬픔으로 끝내지 않고 슬픔도 힘이 되는 어떤 순간으로 탈바꿈시키는 것이다.

제5장

시와 만나기

1. 시와 영화

영화를 소재로 시를 쓰는 것이 가능할까. 바로 이러한 질문에서 만날 수 있는 시인이 '유하'다. 지금은 〈말죽거리 잔혹사〉, 〈비열한 거리〉, 〈쌍화점〉 등의 영화감독으로 더 유명하지만 사실 유하는 88년에 등단하여 첫 시집 『무림일기』를 시작으로 『바람부는 날이면 압구정동에 가야 한다』, 『세상의 모든 저녁』 등의 시집을 낸 시인이다. 그의 첫 시집은 다양한 대중문화의 요소, 즉 무협지, 만화, 프로레슬링, 영화 등의 소재를 적극 끌어들여 그것으로 시를 쓰는 흥미로운 시도를 보여주었다는 이유로 많은 사람들의 주목을 받았다. 특히 이른바 '키치'-즉 대량복제 시대 천박하고 저급한 모조 예술-의 세계에 시선을 두었다.

경천동지할 무공으로 중원을 휩쓸고 우뚝 무림 왕국을 세웠던
무림패왕 천마대제 만박이 주지육림에 빠져 온갖 영화를 누리다
무림의 안위를 위해 창설됐던 정보기관 동창 서열 제2위
낙성 천마 금규(金圭)에게 불의 일장을 맞고 척살되자,
무림계는 난세 천마를 휘어잡으려는 군웅들이 어지러이 할거하
기 시작했다.
차도살인지계(借刀殺人之計)를 누구보다도 잘 이용했던 천마대
제 만박
천상옥음 냉약봉, 중원제일미 녹부용이 그의 진기를 분산시킨
것도 원인이 되겠지만,
수하친병의 벽력장에 철골지체 천마대제가 어이없이 살상당한
건
곁에 있는 사람도 자객으로 변한다, 삼라만상을 경계하라는
무림계의 생리를 너무도 잘 설명해주는 대목이었다
(……)
무력 19년 초봄, 칠성단이란 자객의 무리들이 난데없이 출몰해
무고한 백성들을 자객 훈련시킨다며 백골 계곡에 잡아가둔 사건
이 있었다.
이른바 소림삼십육방 통과보다 더 악명높다는 지옥 십관 훈련
그러나 대부분의 지옥일관도 통과하지 못하고 독가시 채찍에 맞
아 원혼이 되었다.
그무렵 하남땅에선 민초들의 항쟁이 있었다.
아, 이름하여 하남의 대혈겁(大血劫)
광두일귀는 공수무극파천장(空輸無極破天掌)을 퍼부어 무림잡배
의 폭동을
무사히 제압했다고 공표, 무림의 안녕을 거듭 확인했다.
그날은 꽃잎도 혈편으로 흐드러졌고 봄비도 피비린내나는 살점

으로 튀었다.

　이 엄청난 혈채(血債)를 어디서 보상받아야 하는가

　무력 19년 가을, 광두일귀는 숭산의 영웅대회에서 잔혼귀존 폭
풍마독 등과

　형식적인 비무를 마친 뒤 무림 맹주의 권좌에 등극하였다.

　그날 동천존자(冬天尊者)는 그를 일컬어 달마 이후 최고의 미소
라며 극찬하였고

　무협신문들 또한 일제히 환영의 뜻을 표하며,

　혈의방 무사들이 통천 가공할 무공을 익히며 호시탐탐 중원을
노리는 이때

　강력한 무공의 소유자가 중원을 다스려야 한다고

　수심에 가득찬 기사를 썼지만 대부분 인면수심들이었다.

　천마대제는 갔지만 강자존 약자멸!

　이 무림의 대원칙이 깨질 것을 우려한 광두일귀 및 일부 뜻있는
고수들은

　무력(武曆)은 무력으로밖에 지킬 수 없다는 평범한 이치 앞에 숙
연해 하며

　한층 겸허하게 무공 연마에 정진할 것을 다짐했다

　　　— 유하, 「무력(武曆) 18년에서 20년 사이 −무림일기1」 부분,
　　　　　　　　　　　　　　　『무림일기』(세계사, 1995)

　유하는 스스로 세운상가, 포르노, 만화방, 이소룡 등이 자신을 키워
왔다고 이야기할 정도로 대중문화의 영향을 깊숙이 받은 세대이다. 이
시에서 우리는 특히 80년대 당시의 분위기를 쉽게 연상할 수 있다. 유
하는 당시 유행하던 무협지의 어투와 서사를 빌려와 시대를 비판하고
권력을 조롱하였다. 현실권력의 출현과 무협지의 판타지적인 세계가

만나 빚어내는 우스꽝스러운 충돌효과는 당시 우리 국민이 겪어야했던 상황이 얼마나 고통스러우면서도 어처구니없었는지를 증명하는 효과적인 장치라고 할 수 있다.

유하의 시를 얘기하면서 빼놓을 수 없는 것이 그에 대한 김현의 비평이다. 평론가 김현은 그를 "키치 중독자이자 반성자"라고 평가하였는데 지금도 이 말은 유효하다.

> 아침 티브이에 난데없는 표범 한 마리
> 물난리의 북새통을 틈타 서울 대공원을 탈출했단다
> 수재에 수재(獸災)가 겹쳤다고 했지만, 일순 마주친
> 우리 속 세 마리 표범의 우울한 눈빛이 서늘하게
> 내 가슴 깊이 박혀버렸다 한순간 바람 같은 자유가
> 무엇이길래, 잡히고 또 잡혀도
> 파도의 아가리에 몸을 던진 빠삐용처럼
> 총알 빗발칠 폐허의 산속을 택했을까
> (……)
> 저녁 티브이 뉴스 화면에
> 사살 당한 표범의 시체가 보였다
> 거봐, 결국 죽잖아!
>
> 티브이 우리 안에 갇혀 있는,
> 내가 드가?
>
> — 유하, 「빠삐용—영화 사회학」 부분, 『무림일기』(세계사, 1995)

위의 시에서도 알 수 있지만 그가 대중문화에 대한 무조건적인 중독

만을 노래했다면 그의 언어는 시가 될 수 없었을 것이다. '영화 사회학'
이라는 부제가 말하듯 그는 단순히 소재적 차원에서 영화를 끌어들인
것이 아니라 집단이나 사회, 인간 본성에 대한 풍자의 차원에서 기존의
영화를 재해석해내는 시도를 보여준다. 위의 시에서도 동물원을 탈출
한 표범을 빠삐용(스티브 맥퀸)으로, 시적 화자인 자신을 섬에 남아있
는 삶을 선택한 드가(더스틴 호프만)로 동일시한다. 이를 통해 비록 사
살당하기는 하였지만 자유를 찾아 나선 표범과 달리 그 표범의 뉴스를
시청하면서 멍하니 앉아 있는 시적 화자 또한 현실에 안주하는 삶을 사
는 것이 아닌가 하는 반성을 수행하고 있다. 바로 이러한 부분이 "키치
중독자이자 반성자"라는 말을 가능케 하는 부분이다. 재해석의 바탕에
는 삶에 대한 반성이 깔려 있는 것이다.

　　　나의 그로잉 업을 영화로 찍는다면 어떨까
　　　칙칙한 흑백 화면?
　　　교복 후크 풀어 헤친 채 이빨 사이로 찍찍 침 뱉어가며
　　　검은 운동화 빽빽이 들어찬 교실 잠만 퍼자다가
　　　교련복 안 가져와 두들겨 맞고 변소 청소 신물나게 하던,
　　　그래 암모니아 냄새에 푹 절여진 나날이었지
　　　하굣길엔 과외 공부 땡땡이치고, 학생주임과
　　　숨바꼭질하며 보던 오수미 주연의 장미와 들개
　　　밤늦게 떡볶이 먹다 떡볶이 집 아줌마한테 유혹당한
　　　나는 떡제비였다?

　　　미어터지는 288번 버스 속, 은광여고 학생들과
　　　한바탕 본의 아닌 헤비페팅을 벌이며 시작하는 아침,

역한 김치국물 냄새와 흥분의 뒤범벅으로 시작하는 아침,
지도부 검문을 아슬아슬 통과하여 기진맥진 몸을 이끌고
겨우겨우 교문에 헤드 퍼스트 슬라이딩으로 들어서면
아, 웅장하게 울려퍼지던 영광영광 대한민국
조회시간 수천명 검은 제복의 아이들
획일의 미덕을 손끝에 싣고 일제히
충성!
어느 장난꾸러기가 하일 히틀러, 했다가
중공군(교련 선생 별명)에게 들켜 운동장 백 바퀴 토끼뜀으로
뛰엇
―조회시간이면 〈충성〉 소리 제일 크게 지르던 내 짝 햄버거란
놈은, 대학 들어가서 제일 돌을 많이 던진단다

— 유하, 「그로잉 업-영화 사회학」 부분, 『무림일기』(세계사, 1995)

  반항하는 청춘을 그린 영화를 보고 나름대로 일탈해보지만 결국 군
사문화에 의해 획일적으로 지배되는 학교로 돌아온 시적 화자. 시인은
바로 이렇게 답답한 현실을 함께 보여주면서 끄떡없이 존재하고 있는
억압의 실체를 폭로하고 있다. 고교시절에 체제순응적인 태도를 보여
주었던 '햄버거'가 대학에 가서는 가장 적극적으로 대사회적 운동에 동
참하고 있다는 것을 보여줌으로써 소극적이고 수동적으로 사는 것이
전부가 아님을 역설한다. 우리는 유하의 시를 읽으며 늘 접했던 영화를
소재로 한다는 점에서 이채로운 느낌을 받는다. 하지만 더 나아가 우리
가 주목할 것은 그가 '반성적인 태도'로 이 세계를 바라보고 있다는 점
이다. 시인이 이 세계를 어떤 태도로 재해석하느냐가 좋은 시의 관건인
것이다.

2. 시와 광고

기본적으로 자본주의 사회는 소비의 사회이다. '인간의 욕망을 자극하는 재화의 끊임없는 유통'을 통해서만 존재할 수 있는 것이 이 시대, 우리 삶의 비극이기도 하다. 자본주의 사회의 유지를 위해서는 보다 많은 상품을 팔아야 하는데 그래서 필요한 것이 바로 광고이다. 미국의 한 환경운동가는 "지구 경제는 사실상 전 세계 5분의 1 정도에 불과한 여유 있는 사람들의 소비생활 양식을 충족시켜주기 위해 편성되어 있다"고 말하였다. 이렇게 물건을 사도록 소비자를 움직이기 위한 광고계의 유명한 방법이 바로 '불안'이다. 어느 광고주는 "우리의 일은 여성들로 하여금 그들이 가진 모든 것에 대해 불만스럽게 생각하도록 만드는 것이다"라고 말하였는데 이것은 우리 시대 광고의 출발 지점이 어디인가를 명확하게 보여주는 말이라고 할 수 있다.

친구네 집에 갔었지요
친구는 없고 친구 티브이만 있었습니다
들고 간 비닐봉지를 풀고
요플레를 먹으며 리모컨을 눌렀지요
티브이를 가리켰으면 티브이를 봐야 하는 건데
리모컨 끝을 보며
그런데 놀라워라
티브이 속에서도 앙증맞게 생긴 여자가
요플레를 먹고 있는 거였습니다.
이 범상치 않은 정황, 전생의 인연을 들먹이고 싶은
친구의 방에서 아주 우연히 그녀와 함께

요플레를 먹게 된 것은 너무나 큰 행운이었습니다
시금털털하면서 새콤달콤한 요플레를 먹으며
그녀에게 무엇인가 인정받는 느낌이 들었지요
당신이 좋다는 걸 저는 이렇게 먹고 있어요
기분 좋은 이 들킴, 들뜬 기분.
(이제 나는 그녀의 사랑을 받을지도 모른다
그러나 내가 아는 그녀는 온통 허구뿐
몇 편의 드라마와 광고와 영화 속에서
그녀가 살아가는 허구를 보았을 뿐
허구의 융합체인 그녀를 사랑한다는 것은
얼마나 놀라운 허구인가)
(……)
시간도 매춘을 하는 자본주의 치하의
그녀는 어디론가 사라지고, 아쉽게
나는 다 먹은 요플레 용기를 들고
쓰레기통을 향한다
도시의 음식들은 비닐봉지에 싸여 집으로 들어와
더 큰 검은 비닐봉지에 싸여 관짝처럼
뒷골목을 뒹굴고
티브이 모든 프로그램이 애국가로 시작
애국가로 끝나는 애국가 포장이 되어 있듯
도시에서의 삶이란
산부인과 병동에서 태어나 몇몇 병동을 거쳐
영안실로 완성 포장되는 것
이런 쓸쓸한 곳에서 이런 엄청난 소외 속에서
내가 꿈꾸고 사랑할 수 있는 사람
우리 시대 유일한 대화 창구인 미디어,

속의 요플레를 먹는 그녀 생각으로
대문을 다시 들어서며 나는 약속해 봅니다
내일 꼭 당신과 요플레를 같이 할게요
이제 그녀는 외롭지 않을 겁니다.

— 함민복, 「자본주의의 사랑」 부분, 『자본주의의 약속』(세계사, 1993)

요플레를 선전하는 탤런트를 보면서 화자는 자기 처지에 대한 불만과 불안을 더욱 강화한다. 그런데 바로 이런 것이 광고가 노린 효과다. 소외와 불안을 자극시켜 상품을 구매하도록 유도하는 것이다. 시인은 광고로 가득 찬 세상에서 사랑을 꿈꾸지만 그것은 환영에 불과하고 사랑에 대한 갈증은 광고에 노출되면 노출될수록 더욱 강화될 수밖에 없다. "우리 시대 유일한 대화 창구인 미디어"라는 구절은 우리가 처한 현실의 한 국면을 너무도 정확하게 드러낸다. 그래서 시적 화자는 내일도 앙증맞은 요플레 광고 속 그녀를 만나기 위해 요플레를 사 먹고 TV를 켜게 될 것이다.

혜화동 대학로로 나와요 장미빛 인생 알아요 왜 학림 다방 쪽 몰라요 그럼 어디 알아요 파랑새 극장 거기 말고 바탕골 소극장 거기는 길바닥에서 기다려야 하니까 들어가서 기다릴 수 있는 곳 아 바로 그 앞 알파포스타 칼라나 그 옆 버드 하우스 몰라 그럼 대체 어딜 아는 거요 거 간판 좀 보고 다니쇼 (……) 또 모른다고 어떻게 다 몰라요 반체제 인산가 그럼 지난번 만났던 성대 앞 포토폴리오 어디요 비어 시티 거긴 또 어떻게 알아 좋아요 그럼 비어 시티 OK 비어 시티—

— 함민복, 「자본주의의 약속」 부분, 『자본주의의 약속』(세계사, 1993)

약속을 잡을 때조차도 간판이나 상가명이 아니고서는 장소를 정할 수 없는 것이 지금 우리의 현실이다. 시인은 이러한 어처구니없는 상황을 전화 통화라는 틀을 빌어 효과적으로 그려낸다. 자본주의적 상품 경제로 둘러싸인 우리들이 자신이 진정으로 원하는 것을 알고, 어느 누구의 간섭에도 휘둘리지 않고 자유롭게 사는 것은 과연 가능할까? 위의 시는 바로 이러한 절실한 질문을 포착하여 제시한다.

3. 시와 음식

음식도 시의 소재가 될 수 있을까? 시와 영화, 시와 광고는 어느 정도 가능할 것 같은데 시와 음식은 어쩐지 어울리지 않는다는 생각이 든다. 시와 음식을 다른 말로 바꾸면 시와 콩나물, 시와 된장찌개, 시와 피자 등이 될 텐데 각각의 음식을 떠올려보면 전혀 시가 될 것 같지 않다. 괜히 피식피식 웃음이 나오지 않는가. 아마도 음식이라는 소재가 지닌 지극히 평범하고 일상적인 느낌 때문일 것이다. 하지만 한국시에서 처음 음식이 다루어진 시기를 떠올려보려면 상당히 오래전으로 거슬러 올라간다.

신 살구를 잘도 먹드니 눈 오는 아츰
나어린 안해는 첫아들을 낳았다

인가 멀은 산중에
까치는 배나무에서 즞는다

컴컴한 부엌에서는 늙은 홀아비의 시아부지가 미역국을 끓인다 그 마을의 외따른 집에서도 산국을 끓인다.

— 백석, 「적경(寂境)」 전문, 고형진 편, 『정본 백석 시집』(문학동네,
2007)

백석은 1912년 평안북도 정주에서 태어났다. 대학에서 영문학을
전공하였지만 자기의 고향인 평안도 방언을 중심으로 각종 토속어
를 시 속에 적극 끌어들여 우리말의 외연을 풍요롭게 확장시킨 시
인이다. 위 시에서 '적경'이라는 제목은 말 그대로 인기척이 없이 적
막한 지경, 장소를 말하는데 나이 어린 아내와 남편과 늙은 시아버
지가 사는 산골의 초막, 이제 막 첫아들을 낳은 며느리를 위해 시아
버지가 컴컴한 부엌에서 손수 미역국을 끓이는 장면이 인상적이다.
시어머니도 없고 며느리는 아직 어리니 그렇지 않아도 가난한 산골
살림이 어떨지 짐작이 간다. 그렇지만 미역국이나마 끓여 산모의
수고에 말없는 기쁨을 표시하려는 시아버지의 모습에 따사롭고 넉
넉한 기운이 느껴진다. 이처럼 음식을 통해 우리의 미각과 후각은
생생하게 되살아난다.

내가 가장 예뻤을 때 사월 하늘의 뿌연 바람은 아라비아의 왕이
보내는 줄로만 알았다
모든 사막은 아라비아에서 시작해서 내가 사는 마을로 왔다 언
젠간 나도 모래구덩이의 낙타처럼 죽을지 모른다는 생각에 밤새도
록 리코더를 불고 싶었다

내가 가장 예뻤을 때 나는 어두운 방의 하얀 테두리를 좋아하
였다

문을 닫으면 깜깜한 방의 문틈으로 들어오는 빛의 테두리. 창이
없는 그 방은 구판장집을 지나 마즘재 너머 큰집의 건넌방이었는
데 늘 비어 있었다 할머니의 오래된 옷장과 검은 바탕에 야자수가
수놓아진 액자와 인켈 오디오가 있는 방이었다 그 방에서 나는 라
일락이 피던 중간고사 때 그 방에서 나는 양희은의 「작은 연못」과
들국화의 「행진」을 처음으로 들었다

　내가 가장 예뻤을 때 안개꽃은 너무나 슬퍼서 쳐다보지도 않았다
　서늘한 피부의 여인이 그 꽃을 들고 가는 것을 보았는데 무덤가
의 이슬 같고 청상과부의 한숨 같아서 보기만 해도 가슴에 안개가
피어났다 그 즈음 주말의 명화에서는 클린트 이스트우드가 나오는
「황야의 무법자」가 했고 늦게 일어난 일요일 아침, 하얀 요에 묻은
초경의 피를 보았다

　내가 가장 예뻤을 때 나는 별자리 이름의 바나나파이를 먹었는데
　이제 바나나파이 같은 건 어디서도 팔지 않고 검게 변한 바나나
는 할인매장에 쌓여만 간다
　나는 이제 노을색 눈을 가진 토끼는 키우지도 않고 혼자 오는 저
녁길은 아직도 쓸쓸하다
　여전히 사월엔 노란 바람이 불어오지만 아라비아 왕 같은 건 시
뮬레이션 게임에나 나오는 캐릭터가 된 지 오래다
　그리고 이제 죽음 같은 건 리코더 연주로도 어쩔 수 없는 것임
을 알게 된 것이다

　*내가 가장 예뻤을 때: 이바라기 노리코의 시, 신이현의 소설.

　— 유형진, 「내가 가장 예뻤을 때* 나는 바나나파이를 먹었다」 부분,
『피터래빗 저격사건』(랜덤하우스중앙, 2005)

이 시는 백석의 시처럼 음식이 핵심적인 제재로 사용되지는 않는다. 화자는 어린 시절 한 제과회사에 만든 과자를 통해 어린 시절의 다양하고 구체적인 삽화들을 하나씩 꺼내놓는데 이를 통해 7~80년대 도시 변두리의 풍경이 손에 잡힐 듯 그려진다. 어린 화자는 달콤한 과자를 먹으며 꿈을 꾸지만 낯설기만 한 세상은 미리 닥쳐온 죽음의 기운으로 어둡고 우울하기만 하다. 바로 이 순간 우리는 인간을 지배하고 있는 본질적인 공허에 다시 한 번 부딪친다. 그것은 바로 죽음에 대한 공포다. "이제 죽음 같은 건 리코더 연주로도 어쩔 수 없는 것임을 알게"되었다는 마지막 구절에서 그것을 확인할 수 있다. 어른이 되어가는 과정은 할인매장에 쌓인 바나나가 썩어가는 것처럼 죽음을 향해 가는 과정인지도 모른다는 작가의 비극적 인식이 우리에게 인간 삶에 대한 근원적인 성찰의 기회를 제공하는 것이다.

4. 시와 도시

고대 뒷산 다람쥐가 어찌들 사나 두 앞발 쳐든다 쫑긋한 고개 이리저리 돌리며 내려다보면 정수리를 비껴 맞은 개의 인광 속에 잠긴 듯 푸르스름한 동네 보인다 보인다 오소리순대집 아줌마들이 바람 든 무를 썰고 애견센타 개들이 감지덕지 똥을 내지르는 그 때적 새마을 동네

"왜 때려 당신이 뭔데 사람을 땅땅 쳐— 니기미 조지나 안 쥐! 못 쥐!"
외상값을 떼먹은 실업자를 형제 정육점 앞에서 만나고 신이 지

핀 문방구 여편네는 3년 전 개천에 버려진 아이가 다리기둥에 머리를 찧는다며 칭얼칭얼 주문을 외며 발톱을 깎는 곳

(……)

옷풍이 심해 코가 시리던 다락방 백곰표 밍크이불을 덮어쓰고 백열등을 품은 채 열중하던 그 캄캄한 수음의 날짜들 눈물바람 싸움바람 하도 흉흉해 가출했다 결국 돌아온 내 등 뒤에서 "세탁소 아들 안 죽고 살았네" 쑤군대던 아짐들 취한 내가 죽일 누구도 없이 마늘 냄새나는 부엌칼 들고 길길이 뛸 때 "참아라 좋은 날 안 오겠나 둘째야 완아 삼재든 내 새끼야" 말리던 어머니 먼저 울던 곳

"웃쪽에 한옥들은 번듯하더마는 여어는 영 파이네 차비 됐다 고마 됐다"
식구들 이름 다 적어 바지란히 해라 외조부 편지 띄우신 특별시 하고도 제기 1동

나 어쩌자고 지난 찰나의 헐은 팔소매를 요즘 새삼 붙잡는가
술에 취해 늦게 돌아온 밤 잠든 둘째 놈 끌어안으면 녀석 숨소리
새마을새마을 들릴 적이 있었을 줄 어찌 알았겠는가

떠나고 떠나도 다시 제자리
특별시하고도제기일동이십이다시 그리고……

— 김진완, 「새마을 동네를 위하여」 부분, 『기찬딸』(천년의시작, 2006)

김진완의 시는 도시 빈민들에 대한 사적 기록의 형태를 띤다. 그의 시를 읽으면 가난했던 70년대 달동네의 풍경이 고스란히 떠오른다. 외상값을 떼어먹은 실업자, 신이 지핀 여편네, 칼을 들고 날뛰는 세탁소

집 아들 등의 인물이 만들어내는 달동네의 분위기가 쓸쓸하고도 애잔하다. 이제는 떠나고 싶어도 떠날 수 없는 남루한 삶을 계속 살아가야 하는 시적 화자의 절망이 고스란히 배어 있는 마지막 구절이 눈물겹다. 이렇듯 이제는 우리 기억에서 대부분 사라져버린 달동네의 풍경이 김진완의 시에는 고스란히 살아 있다. 그곳에 살았던 사람들의 구체적인 삶의 모습을 그려낸 다음과 같은 시도 있다.

> 야메로 파마를 해주던
> 사람 착한 순실네한테
> 더
>   럭,
>   신 이 내 렸 다
>
> 과부 신세에 아이들 학비 대느라 쪼들린 거야 오죽했겠는가 특히나 돈 좀 있다고 으시대고 사람 무시하는 광동 여관한테는 절대 안 빌리겠다는 굳은 다짐도 장남 등록금에 시어미 입원비 앞에선 정말 어쩔 수가 없었는데 광동 여관 들던 바대로 사람을 어찌나 볶아치던지 삼일 이자 밀리자 이년저년 소릴 예사로 했다 하도 분하고 놀래서 오줌소태가 나더니 머리 싸매고 누웠다 그게 신내림병이었는 줄은 나중에야 알았지만,
>   (……)
> 내가 벌써부터 너를 삐딱하게 보고 있었는데 잘 만났다 니 서방 바람났지? 맞지? 넘의 씩구녁에 쌩돈 처박히는 꼴보니 미치겠지? 팔짝 나자빠지겠지? 쌍년 진작 그 돈 좀 없는 사람들한테 베풀고 덕을 쌓았으면 이런 일이 왜 있겠나? 내가 니 서방한테 좆부리 흔들고 다니라고 시켰다 3년 후에 중풍 걸려 반병신 돼서 온다 와도

그냥은 안 오고 애물단지 하나 안고 온다 잘 되얏다 개년 없는 사
람 등골 빼 처먹고 발 뻗고 활개 치고 잔 년아 네 이년- 돈이 그렇
게 좋으냐 좋으면 다음 생엔 노래기 돈벌레 뒷간 똥구데기로 태날
것이다 남의 눈에 눈물 내면 제 눈엔 피눈물 빠지게 돼 있는 거 그
게 다름 아닌 팔짜라는 것이다
　귓꾸녁 활짝 열고 들었나 이 조옥-거튼 년-

　　　— 김진완, 「새로 내린 보살」 부분, 『기찬딸』(천년의시작, 2006)

　정말 이만큼 삶이 힘들고 수치스러우면 신이 내릴 법도 하다. 신
이 내린 다음 순실네가 가장 처음으로 손을 잡아다가 자기 앞에 앉
혀놓은 것이 광동 여관 여편네다. 등록금과 시어머니 입원비 때문에
어쩔 수 없이 그녀에게 돈을 빌렸는데 이를 빌미로 수시로 모욕을
주고 욕을 하니 광동 여관 여편네에게 그동안 얼마나 한이 맺혔겠는
가. 그리하여 순실네는 서릿발 같은 목소리로 저주 아닌 저주를 퍼
붓는다. 순실네의 점괘를 듣고 있으면 섬뜩하지만 그 섬뜩함이 절절
하면서도 인간적이고, 또 사실적으로 느껴지는 이유는 바로 생생한
구어체 때문이다. 만약 이 장면을 표준어로 처리하였다면 시의 사실
성을 드러내기는 어려웠을 것이다. 구어체를 확실히 뒷받침하는 것
은 질펀한 욕이다. 이 시인처럼 욕을 자유자재로 구사하는 사람도
드물다. "귓꾸녁 활짝 열고 들었나 이 조옥-거튼 년-"이라는 마지막
행은 독자의 감정이입을 이끌어내면서 생생한 느낌을 전달한다. 도
저히 시가 될 수 없을 것 같았던 '욕'조차도 시의 어느 맥락에 자리를
잡으면 어떤 시어보다도 효과적인 시어가 된다.

눈 휘둥그런 아낙들이 서둘러 겉치마를 벗어 막을 치자 남정네들 기차배창시 안에서 기차보다도 빨리 '뜨신 물 뜨신 물' 달리기 시작 하고 기적소린지 엄마의 엄마 힘쓰는 소린지 딱 기가 막힌 외할아버 지 다리는 후들거리기 시작인데요, 아낙들 생침을 연신 바르는 입술 로 '조금만, 조금만 더어' 애가 말라 쥐어트는 목소리의 막간으로 남 정네들도 끙차, 생똥을 싸는 데 남사시럽고 아프고 춥고 떨리는 거 기서 엄마 에라 나도 몰라 으왕! 터지는 울음일 수밖에요

박수 박수 "욕 봤데이" 외할아버지가 태우신 담배꽁초 수북한 통로에 벙거지가 천장을 향해 입을 딱 벌리고 다믄 얼마라도 보태 미역 한 줄거리 해 먹이자, 엄마를 받은 두꺼비상 예편네가 피도 채 덜 닦은 손으로 치마를 걷자 너도 나도 산모보다 더 경황없고 어찌 할 바 모르고 고개만 연신 주억였던 건 객지라고 주눅 든 외 할아버지 짠한 마음이었음에랴 두말하면 숨가쁘겠구요…… 암튼, 그리 하야 엄마의 이름 석 자는 여러 사람의 은혜를 입어 태어났다 고 즉석에서 지어진 것이라

다혜자(多惠子)

성원에 보답코자
하는 마음은 맘에만 가득할 뿐

빌린 돈 이자에 치여
만성두통에 시달리는
나의 엄마 다혜자 씨는요,

칙칙폭폭 칙칙폭폭 끓어오르는 부아를 소주 한잔으로 다스릴 줄
도 알아

"암만 그렇다 케도 문디, 베라묵을 것 몸만 건강하모 희망은 있다!"
여장부지요
기찬,
기– 차– 안 딸이거든요

　　　　　— 김진완, 「기찬딸」 부분, 『기찬딸』(천년의시작, 2006)

　사실 김진완의 시에 사회 구조적인 모순에 대한 계급적 자각과 이에
대한 직설적인 언급은 없다. 그렇게 구구절절 풀어쓰고 이야기하기에
는 소설이 적합할 것이다. 시라는 장르는 논리적으로 분석하고 직접적
으로 비판하기보다는 근본적으로 정서의 '환기'와 감정의 '공감'에 목적
이 있다. 함께 울고 웃으며 서로 이해하는 데에 초점이 맞추어져 있다
는 것이다. 여기서 우리는 이런 생각도 할 수 있다. 작가란 결국 가장
아팠던 기억에서 문학을 시작한다는 것을 말이다. 가난했던 그 시절,
이웃들이 얼마나 지긋지긋했겠는가. 그런데 그 시절이 거꾸로 시를 쓰
는 출발점이 된다는 것을 눈여겨볼 필요가 있다. 내가 가장 외면하고
싶었던 기억에서 어쩌면 시는 탄생하는지도 모른다. 우리는 모두 각자
감추고 싶은 기억 하나씩은 갖고 있다. 시는 바로 그렇게 감추어진 기
억을 마주보고 떠올리는 데서 출발한다. 지금 아무렇지도 않게 살아가
고 있는 척하지만 사실 우리는 바로 그렇게 감추고 싶은 기억들을 간직
한 채 태연한 '척' 하고 있는 것인지도 모른다. 어쩌면 감추고 싶은 그
기억 속에 우리의 진실이 숨어 있을 것이다. 시적인 것은 바로 그렇게
가장 시가 되지 않을 것 같은 장면과 기억들 속에 존재한다. 우리는 그
기억과 마주보고 이제는 더 이상 그 기억에 '지지 않기 위해서' 시를 읽
고 쓰는 것이다.

제6장

소설과 삶

소설의 이해

Ⅰ

흔히 소설을 '이야기'라고 한다. 소설(小說)이라는 한자의 어원을 살펴 봐도 시(詩)와 마찬가지로 말씀[言]이라는 최소 단위의 의미소가 들어 있 으므로 소설에는 '말하는 것', '말로 하는 것'이라는 뜻이 포함된 것만은 확실하다. 여기서 '말하는 것'이란 내용에 해당되는 것이고 '말로 하는 것'이란 형식에 해당되는 것이라고 할 수 있다. 따라서 소설이 말[言語] 과 맺는 그 종속의 관계만을 가지고 보더라도 '소설은 이야기'라는 넓은 의미의 개념이 성립되는 것을 알 수가 있다.

웬만큼 인생을 살았다고 할 수 있는 연만한 사람들은 대체로 "내가 살아 온 이야기를 소설로 쓰면 족히 장편소설 한 권쯤은 충분히 되고도 남는다.”라고 자신 있게 말하고는 한다. 그렇다면 이 세상에 소설이 아닌 삶이 어디 있겠는가? 인간의 삶은 모두 한 편의 드라마라고 할 수 있다. 개개인의 삶의 이야기 속에는 소설적인 요소가 다분히 들어있다. 인간은 누구나 어머니의 자궁문을 열고 고고성을 터뜨리며 태어나는 순간부터 생존의 현장에 발을 딛게 되는 것이다. 이런 삶의 시작에서 다시 삶의 기점에 이르는 과정 동안 파생되는 피할 수 없는 수많은 사건과 사연들이야말로 우리의 생을 지탱시켜주는 연결고리라고 할 수 있다. 개인의 삶 속에 깃들어 있는 하나하나의 이야기는 무궁무진하고 엄청나기 때문에 누구나 다 “내 삶이야말로 소설이다.”라고 주장할 수 있는 것이 아닐까?

인간은 언어 속에서 존재의 의미를 찾는 경향을 지니고 있다. 인간의 언어는 일차적 기능인 의사소통의 영역에서 훨씬 벗어나 있기 때문이다. 그래서 인간은 이야기를 즐긴다. 밤마다 이야기를 지어냄으로써 죽을 수밖에 없는 자신의 목숨을 스스로 구해낸 세헤라자데의 이야기는 세간에 널리 알려져 있다. 서사문학의 세계적 대표작으로 일컬어지는 『아라비안나이트』는 그 방대한 이야기의 내용과 더불어 그것을 낳은 세헤라자데의 일화도 작품 외적인 이야기로서 한 몫을 더하게 되어 유명해진 것이다. 이는 이야기를 좋아하는 인간의 속성이 예증되어 나타난 경우라고 할 수 있다. 이밖에도 유럽의 그리스 로마 신화를 비롯하여 다양한 동서양의 민족과 문명을 대표하는 많은 이야기들이 현대 서사문학의 근간이 되어서 풍부한 스토리텔링을 생산해내고 있다. 우리나라의 경우도 역사적인 사실과 고전설화를 원형으로 하는 이야기들의 재생산이 근래에 들어 한층 한류열풍에 가세를 하고 있다. 이처럼 이야기는 현대에 와서 훌륭한 문화유산이 되고 있다. 다양한 미디어 매체의 발달로 이야기의 부활시대가 도래한 것이다. 이러한 현상은 국가는 망해도 그 국가의 이야기는 결코 망하지 않는다는 사실이 반증되고 있는 것이다. 그렇다면 이는 이야기, 소설이 우리 인류에게 기여하는 바가 분명히 있다는 것을 또한 증명하고 있는 것이 아닌가?

오늘날처럼 다양한 매체가 생겨나기 이전의 시대에는 이야기가 인간의 오락의 영역을 많이 차지하고 있었음은 자명한 사실이지만, 다만 쾌락설에 기대서 이야기의 장구한 생명력을 해석한다는 것은 곤란하겠다. 어떤 사물이나 현상, 경향의 생존여하에는 나름의 이유가 있는 법이다. 지금까지 그 '이야기'가 죽지 않고 어떠한 형태로든 거듭되면서 면면히 살아나고 있음은 그만큼 그 이야기의 효용적 가치가 무시될 수 없는 요소를 지녔기 때문이다. 하지만 이처럼 소설이 이야기에 의존하고 있다는 점을 들어서 전적으로 '소설은 이야기'라고 단순하게 해석을 하여도 곤란하기는 마찬가지다.

'소설이 무엇인가?'는 '삶이 무엇인가?'라는 명제만큼이나 복잡하고 어려운 문제라고 할 수 있겠다. 이는 소설을 쓰는 작가를 비롯하여 그것을 향유하는 독자계층이나 그 어떤 소설의 전문가라도 명쾌한 답을 내놓을 수 없다는 사실만을 확인할 수 있는 질문이기도 하다. 소설이 그토록 난처한 것이라면 차라리 '우리는 왜 소설을 읽는가?'라는 명제로서 접근하는 것이 더 이해를 돕지는 않을까. 그러나 '소설을 왜 읽는가?'라는 질문 역시 막연한 답이 나올 수밖에 없는 난제라는 사실을 이미 내포하고 있다.

소설에서 재미와 함께 삶의 교훈과 새로운 지식 정보를 얻는다면 그처럼 바람직한 것이 어디 있겠는가? 소설은 교과서가 아니며 참고서도 아니다. 하지만 밤을 지새우면서 소설에 심취했던 우리의 선조들이 있었음을 상기해본다면 인류에게 있어서 소설이 담당했던 정신사적 역할을 짐작해 볼 수가 있다. 다른 예술작품과 함께 소설이 우리 인류에게 끼친 영향은 결코 만만한 것이 아니었음을 인정해야 한다. 미술이나 음악과 더불어 불후의 명작으로 인구에 회자되는 고전작품들은 인간에게 삶에 대한 인식을 심화시키고 확충시켰다. 우리 인류가 소설을 읽으며 밤을 새웠던 기억은 이제 화양연화(花樣年華)처럼 아름다운 추억으로 접어두어야만 하는 것인가. 인간에게 이야기를 즐기는 속성이 사라지지 않는 한 소설도 일정하나마 어느 정도의 독자는 확보할 수 있다는 긍정적인 추론을 해볼 수도 있다. 물론 이것은 소설을 쓰는 작가들의 자기위안에서 오는 판단일 수도 있다. 대중매체가 날로 풍부해지는 시대에 과연 소설이라는 장르가 독야청청(獨也靑靑)하며 본모습을 지키고 있을지, 또는 다른 장르와 연계하여 변모를 꾀할 것인지에 대한 예측성 논의들은 20세기 이전부터 벌써 시작되어 왔다.

Ⅱ

역사는 실제 있었던 일(what is, what was)의 기록인데 비해 소설은 있을 수 있는 일(what might be)의 기록이다. 박경리의 소설『토지』에서는 역사적인 사건을 시대적 배경으로 차용하고 있지만, 주요 인물들 간의 얽히고 설킨 이야기는 분명히 작가에 의해 창조된 허구이다. 독자들은

『토지』에 심취하다보면 소설의 내용을 실제로 있었던 일로 인식할 수도 있을 것이다. 따라서 소설은 참말 같은 거짓말이라는 단순한 명제로 정의될 수도 있다. 소설의 허구는 이야기를 보다 현실감 있게 전달하기 위한 필요 불가결한 요소이다. 그렇다면, 이 세상에는 역사적인 사실 속에서 생성과 소멸을 반복했던 인간의 이야기만으로도 충분할 터인데 작가들은 왜 애써서 '거짓말'을 지어내는 것일까? 그들은 정교하고 치밀하게 가공된 세계를 재현하기 위하여 자신의 전 생애를 걸기도 한다.

마르셀 프루스트는 『잃어버린 시간을 찾아서』를 완성하기 위해 마지막 생애 10년 동안 거의 잠을 자지 않고 집필에 몰두했다고 한다. 『변신』의 작가 프란츠 카프카는 소설을 쓰기 위해서 두 번씩이나 결혼을 연기하다가 끝내는 파혼하고 말았다는 일화가 전해지기도 한다. 작가들의 이런 집념과 헌신은 우리에게 삶의 진정성을 일깨워준다. 『남태평양 이야기』의 작가 제임스 미치너는 다른 작가들이 써낸 훌륭한 책을 읽을 때마다, 혹은 그들의 책을 손에 들고 있기만 해도 인류가 다 함께 공유한 문학적 유산을 깊이 인식하게 된다고 말했다.

우리는 소설을 통해서 타인의 삶을 들여다볼 수가 있다. 소설 속 인물들의 독특한 인생역정은 우리 자신의 삶을 뒤돌아보게도 한다. 그들의 모습에서 독자는 자신의 내부에 있는 또 다른 자신을 발견하기도 한다. 타인의 삶을 추체험하게 됨으로써 비로소 타인의 삶을 이해하게 되고, 그리하여 세상에 대한 인식의 폭이 보다 넓어지게 되는 것이다.

박경리의 『토지』가 없었다면 한국의 문학사뿐만 아니라 정신 문화사는 얼마나 썰렁할까? 총체적인 문화의 산물을 대표할 만한 영역이 빈약하다는 사실을 아프게 인정해야 하는 우리에게 1930년대의 소설가 이상과 김유정이 있었음은 큰 위로가 된다. 불행했던 역사적 이유로 그 동안의 예술적 빈곤을 합리화시키기에는 이제 시대착오적이라고 할 만큼 우리 문화예술의 풍토는 비옥해졌으며 어떤 분야에서는 세계적인 첨단을 선도하고도 있기에 이참에 우리의 문학을 한 번 재검해보도록 한다.

한국의 현대소설은 고대소설, 신소설, 근대소설이라는 순차적 구분에 의해 양식화된 것으로 전통소설과 서구소설의 교차시점에서 발아하게 되었다.

신소설의 태동기는 개화기라고 할 수 있다. 19세기 말엽부터 20세기 초에 걸쳐 나타난 새로운 문물과 현상에 '신(新)'자가 붙는 풍조에서 신문물, 신학문, 신교육, 신여성 등의 용어가 생겨났는데, 신소설이라는 명칭도 이 같은 연유에서 발생한 것이다. 신소설은 개화기소설의 다른 명칭으로 권선징악(勸善懲惡)적인 주제를 담고 있던 고대소설과는 다른 양상을 띠고 있었다. 소설의 내용 속에 새로운 문물을 수용하는 과정의 시대적 상황이 반영되었고, 계몽의식과 자주독립 등의 근대성을 강조하는 주제가 들어 있었다.

이인직의 「혈(血)의 누(淚)」, 「치악산」, 「은세계」, 이해조의 「자유종」, 「고목화」 등은 신소설의 대표작이라고 할 수 있다. 이러한 작품들은 민중계도, 자유결혼, 계급타파, 여성교육 등의 주의주장과 신문물 도입을 지지하는 진보적인 일면을 나타내고 있기는 하지만 근대소설로의 확립은 이루지 못한 상태였다.

이광수의 『무정』이 근대소설의 효시로서 자리매김 되기는 했으나 근대소설로의 면모를 갖춘 작품은 김동인을 필두로 하여 현진건과 염상

섭으로부터 나왔다고 볼 수 있다. 김동인의 「배따라기」, 「감자」, 「광화사」, 「광염 소나타」, 「발가락이 닮았다」, 현진건의 「빈처」, 「술 권하는 사회」, 「운수 좋은 날」, 「B사감과 러브레터」, 염상섭의 「표본실의 청개구리」, 「암야」, 「제야」 등 주옥같은 단편작들에서 비로소 우리가 오늘날 접하고 있는 현대소설의 모습을 찾아볼 수 있다.

현대소설이 그 이전의 소설들과 변별되는 것은 무엇보다도 개인의 욕망을 '허용'하고 있다는 점이라 하겠다. 고대소설이 천리(天理), 즉 인간에게 부여된 도덕과 윤리를 교육하는 이념적인 주제를 담고 있었다면 현대소설에 와서는 개인의 욕망을 억압하는 불합리한 사회적 여건과 대립하고 갈등하는 인간의 자의식에 무게를 두었다고 볼 수 있다. 이같은 양상은 1990년대의 소설에 와서 더욱 두드러지게 나타난다. 특히 여성의 변화된 의식을 반영하는 소설들이 집중적으로 발표되기도 했는데 그동안 금기시되다시피 했던 여성의 성(sexuality)이 담론적인 주제로 부각되기도 했다. 가부장제의 오랜 전통사회에서 새로운 가족 형태의 사회로 이양되는 과도기적 현상이 소설 속에서도 첨예한 문제로 다뤄진 것이다.

2000년대의 소설은 다문화의 세태를 반영하듯 매우 다양하고 진보된 양상을 띠고 있으므로 가히 소설의 백화난만(百花爛漫) 시대라고 할 수 있다. 삶의 유형이 없듯이 소설 역시 일정한 유형이 없을 뿐만 아니라 새로운 규범이 곧바로 하나의 규범이 되고 있는 듯하다. 문화의 생성과 소비의 주기가 단축되고 있는 현시대의 특질이 소설에서조차도 확인되고 있는 셈이다.

Ⅲ

소설 속에는 그 시대의 모습이 담겨져 있기 마련이다. 소설을 읽으면 당대의 사회상황과 당대 사람들의 가치관, 의식 등을 엿볼 수가 있다. 시공을 넘나드는 판타지나 가상의 시대를 앞당겨 예측하는 미래소설도 있지만 소설의 세계에는 대체로 인간 삶의 자취가 들어있다. 그 어떤 최첨단의 소설이라 할지라도 그것이 어느 시점에 가서는 지나간 삶의 흔적이 되기 마련이다. 개인의 갈등과 고민, 욕망추구 등이 사회 환경과 맞물리면서 일어나는 부조리한 문제들을 첨예하게 그려내는 것이 소설이라는 문학 장르다. 그래서 모든 소설은 '부조리 소설(Novel of the absurd)'이라고도 할 수 있다. 21세기로 넘어오면서 한국소설에서는 개인의 부조리와 불합리의 문제, 욕망추구의 극대화 현상 등이 더욱 격렬하게 다루어지고 있다.

1950~60년대의 한국소설에서는 6·25 전쟁의 상흔으로 불신(不信)과 패배의식, 출세욕망, 배금주의 사상 등이 만연된 사회풍조가 드러난다. 그러나 이 시기에는 정치적인 혼란기 속에서도 다양한 소설을 생산하는 신예작가들이 대거 등장하는데, 그 대표적인 작가라고 할 수 있는 김승옥의 「무진기행」을 본 교재에 실었다. 70년대에 와서는 산업화 사회의 모순과 갈등이 고조되면서 탐미주의와 예술지상주의 경향의 소설보다는 현실을 묘파하는 '리얼리즘 계열' 소설들이 부상하게 된다. 조세희의 「난쟁이가 쏘아올린 작은 공」연작들과 윤흥길의 「아홉 켤레의 구두로 남은 사나이」 등은 근대화의 기치 아래 소외된 도시민의 모습을 담고 있다.

1980년대 초기에는 또 다시 정치적인 소용돌이 속에서 문학의 현실 참여가 규범화되기도 했다. 이처럼 부침이 심한 한국문학의 풍토 속에서 한국소설이 나름의 정체성을 확립해 나가는 동안 일본의 사소설들이 한국의 문학시장에 유입되어 독자층을 넓혀나갔다. 이러한 현상은 독자들이 더 먼저 시대적인 패러다임을 앞당겨 가고 있다는 방증이 되고 있는 셈이다. 한편 80년대 후반기로 접어들면서 페미니즘(Feminism) 소설의 조류가 시작되는데, 이는 사회적인 안정기로 접어들면서 나타나는 징후로써 공공의 담론보다는 개인의 자의식과 내면의 문제가 우선시되는 다양화 시대의 문화충족 욕구와 같은 맥락으로 논의되고 있다. 따라서 1990년대에 이르러 한국문단에서 펼쳐지는 새로운 여성작가들의 화려한 약진도 이미 예단된 것으로 보인다. 공지영과 신경숙 등을 대표로하는 여성작가들의 소설들이 베스트셀러의 목록을 차지하면서, 졸속하게 이루어진 산업화 사회에서 남성들의 성공신화에 가려진 여성들의 건조한 일상과 내면의 갈등이 소설의 안팎에서 표출되기 시작한다.

한국사회는 1990년대로 진입하면서 '다양화와 다변화'의 수용이 이루어지는데 이는 그동안 외부적인 관습과 질서에 의해서 통제되었던 개인의 욕망 실현을 촉발시키는 사회적인 분위기가 조성된 것으로 볼 수 있다. 이에 따라 문화 예술계에도 새로운 변혁이 시도된다. 전위적인 소설이라고 주목을 받았던 김영하의『나는 나를 파괴할 권리가 있다』는 한국소설계에 새로운 지평을 열어주었다.

특히 여성인물을 다루는 90년대 소설 속에서는 가족제도나 결혼생활에 대한 환멸이 부상되면서 사회적 자아로서의 여성의 실존이라는 문제가 도드라지는 양상을 나타내고 있다. 이는 소득수준의 향상과 핵가족 제도로 인해서 여가의 시간을 좀 더 가질 수 있었던 여성들의 문화 충족 욕구와 부합되는 것으로 당대 사회모습의 한 단면이 드러나고 있는 것이다.

2000년대의 한국소설에는 확실히 하나로 요약되는 중심적인 테제(These)가 없으며 다각적인 사회를 반영하는 다양한 인물들이 생성된다. 20대 초반의 젊은 작가들이 문단에 등장하면서 한국소설의 패턴과 스타일에도 변화가 일어나는데, 기발한 이미지와 내면의 소통을 다루는 소설들과 기존의 관습과 제도를 전복시키는 소설들이 등장한다.

일례로 김애란의 소설 「달려라, 아비」는 신(新)가족제도라고 할 수 있는 부녀가족을 탄생시킨 작품이다. 아버지(남편)의 부재는 이제 더 이상 모녀들로 하여금 주눅 들게 하는 결핍의 기제가 되지 못한다. 아버지 얼굴도 모른 채 자란 주인공 소녀 '나'는 상상속의 아버지를 '키우며' 불균형적인 가족구도를 긍정적인 환상의 구도로 환치시킨다. 다음의 한 대목을 보자.

> 어머니는 농담으로 나를 키웠다. 어머니는 우울에 빠진 내 뒷덜미를, 재치의 두 손가락을 이용해 가뿐히 잡아올리곤 했다. 그 재치라는 것이 가끔은 무지하게 상스럽기도 했는데, 내가 아버지에 대해 물을 때 그랬다. 아버지가 나에게 금기는 아니었다. 그것은 우리에게 중요한 문제가 아니기 때문에 자주 언급되지 않았을 뿐이었다.
>
> ─ 김애란, 「달려라, 아비」(창비, 2005)에서

출생 트라우마를 지닌 소설 속의 주인공인 '나'에게서 '아비 없음'에 대한 피해의식이 나타나지 않는다. 이는 그 이전 세대의 작가들이 보여주었던 가부장제의 우울한 가족의 모습과는 달리, 가장의 빈자리 '결핍증'을 회복해나가는 가족의 모습을 제시하고 있다.

패션계처럼 세태의 변화무쌍함을 즉각적으로 담아내고 있는 2000년대의 한국소설 속으로 외국인 근로자와 다문화에 대한 소재도 빈번하게 들어오고 있다. 본 교재에 실린 손홍규의 소설, 「이무기 사냥꾼」은 그 예가 될 것이다. 세상은 이제 바야흐로 글로벌과 다문화 사회로 진입해 있는데, 그 어젠다(agenda)적인 영역을 소설이 일정부분 담당해야 함은 자명한 이치가 아니겠는가. 그렇다면, 베트남 어머니가 등장하는 김려령의 소설 『완득이』가 이미 독자들에게 인상적인 신고식을 치른 셈이다.

제7장

소설과 만나기

배따라기

김동인

좋은 일기이다.

좋은 일기라도, 하늘에 구름 한 점 없는 — 우리 '사람'으로서의 감히 접근 못할 위엄을 가지고, 높이서 우리 조그만 사람을 비웃는 듯이 내려다보는 그런 교만한 하늘이 아니고, 가장 우리 '사람'의 이해자인 듯이 낮추 뭉글뭉글 엉기는 분홍빛 구름으로써 우리와 서로 손목을 잡자는 그런 하늘이다.

나는 잠시도 멎지 않고 푸른 물을 황해로 부어 내리는 대동강을 향한 모란봉 기슭 새파랗게 돋아나는 풀 위에 뒹굴고 있었다.

　이날은 삼월 삼질, 대동강에 첫 뱃놀이하는 날이다. 까맣게 내려다보이는 물 위에서, 결결이 반짝이는 물결을 푸른 놀잇배들이 타고 넘으며 거기서는 봄향기에 취한 형형색색의 선율이 우산보다도 부드러운 봄 공기를 흔들면서 날아온다. 그리고 거기서 기생들의 노래와 함께 날아오는 조선 아악(雅樂)은 느리게, 길게, 유창하게, 부드럽게, 그리고 또 애처롭게 ─ 모든 봄의 정다움과 끝까지 조화하지 않고는 안 두겠다는 듯이 대동강에 흐르는 시꺼먼 봄물, 청류벽에 돋아나는 푸르른 풀내음, 심지어 사람의 가슴속에 봄에 뛰노는 불붙는 핏줄기까지라도, 습기 많은 봄 공기를 다리 놓고 떨리지 않고는 두지 않는다.
　봄이다. 봄이 왔다.
　부드럽게 부는 조그만 바람이 시꺼먼 조선솔을 꿰며, 또는 돋아나는 풀을 스치고 지나갈 때의 그 음악은 다른 데서는 듣지 못할 아름다운 음악이다.
　아아, 사람을 취케 하는 푸르른 봄의 아름다움이여! 열다섯 살부터의 동경(東京) 생활에, 마음껏 이런 봄을 보지 못하였던 나는, 늘 이것을 보는 사람보다 곱 이상의 감명을 여기서 받지 않을 수 없다.
　평양성 내에는, 겨우 툭툭 터진 땅을 헤치면 파릇파릇 돋아나려는 버들의 어음으로 봄이 온 줄 알뿐, 아직 완전한 봄이 안 이르렀지만, 이 모란봉 일대와 대동강을 넘어 보이는 가나안 옥토를 연상시키는 장림(長林)에는 마음껏 봄의 정다움이 이르렀다.
　그리고 또 꽤 자란 밀보리들로 새파랗게 장식한 장림의 그 푸른 빛,

만족한 웃음을 띠고 그 벌에 서서 내다보는 농부의 모양은 보지 않아도 생각할 수가 있다.

구름은 자꾸 하늘을 날아다니는 모양이다. 그 위에 비치었던 구름의 그림자는 그 구름과 함께 저편으로 물러나며 거기는 세계를 아까 만들어놓은 것 같은 새로운 녹빛이 퍼져 나간다. 바람이나 조금 부는 때는 그 잘자란 밀들은 물결같이 누웠다 일어났다. 일록 일청으로 춤을 춘다. 그리고 봄의 한가함을 찬송하는 솔개들은 높은 하늘에서 동그라미를 그리면서 더욱 더 아름다운 봄의 향그러운 정취를 더한다.

"다스한 봄정에 솟아나리라. 다스한 봄정에 솟아나리라."

나는 두어 번 소리나게 읊은 뒤에 담배를 붙여 물었다. 담뱃내는 무럭무럭 하늘로 올라간다.

하늘에도 봄이 왔다.

하늘은 낮았다. 모란봉 꼭대기에 올라가면 넉넉히 만질 수가 있을 만큼 하늘은 낮다. 그리고 그 낮은 하늘보다는 오히려 더 높이 있는 듯한 분홍빛 구름은 몽글몽글 엉기면서 어리저리 날아다닌다.

나는 이러한 아름다운 봄 경치에 이렇듯 마음껏 봄의 속삭임을 들을 때는 언제든 유토피아를 아니 생각할 수 없다. 우리가 시시각각으로 애를 쓰며 수고하는 것은—그 목적은 무엇인가? 역시 유토피아 건설에 있지 않을까? 유토피아를 생각할 때는 언제든 그 '위대한 인격의 소유자'며 '사람의 위대함을 끝까지 즐긴' 진나라 시황 진시황(秦始皇)을 생각지 않을 수 없다.

우리가 어찌하면 죽지를 아니할까 하여, 소년 삼 백을 태워 불사약을 구하려 떠나보내며, 예술의 사치를 다하여 아방궁을 지으며, 매일 신하

몇 천명과 잔치로써 즐기며, 이리하여 여기 한 유토피아를 세우려던 시황은, 몇 만의 역사가가 어떻다고 욕을 하든, 그는 정말로 인생의 향락자며 역사 이후의 제일 큰 위인이라고 할 수가 있다. 그만한 순전한 용기 있는 사람이 있고야 우리 인류의 역사의 끝이 날지라도 한 사람을 가졌었다고 할 수 있다.

"큰사람이었었다."

하면서 나는 머리를 들었다.

이때다. 기자묘 근처에서 무슨 슬픈 음률이, 봄 공기를 진동시키며 날아오는 것이 들렸다.

나는 무심코 귀를 기울였다.

'영유 배따라기'다. 그것도 웬만한 광대나 기생은 발꿈치에도 미치지 못할만큼—그만큼 그 배따라기의 주인은 잘 부르는 사람이었다.

> 비나이다. 비나이다.
> 산천후토 일월성신 하느님전 비나이다
> 실낱같은 우리목숨 살려달라 비나이다
> 에—야 어그여지야.

여기까지 이르렀을 때에 저편 아래 물에서 장고(長鼓)소리와 함께 기생의 노래가 울리어오며 배따라기는 그만 안 들리게 되었다. 나는 이년 전 한여름의 영유서 지내본 일이 있다. 배따라기의 본고장인 영유를 몇 달 있어 본 사람은 그 배따라기에 대하여 언제든 한 속절없는 애처로움을 깨달을 것이다.

영유, 이름은 모르지만 ×산에 올라가서 내려다보면 앞은 망망한 황해이니, 그곳 저녁때의 경치는 한 번 본 사람은 영구히 잊을 수가 없으리라. 불덩이 같은 커다란 시뻘건 해가 남실남실 넘치는 바다에 도로 빠질 듯 도로 솟아오를 듯 춤을 추며, 거기서 때때로 보이지 않는 배에서 배따라기만 슬프게 날아오르는 것을 들을 때엔 눈물 많은 나는 때때로 눈물을 흘렸다. 이로 보아서 어떤 원의 아내가 자기의 모든 영화를 낡은 신같이 내어던지고 뱃사람과 정처 없는 물길을 떠났다 함도 믿지 못할 말이랄 수가 없다.

영유서 돌아온 뒤에도 그 '배따라기'는 내 마음에 깊이 새기어져 잊을 수가 없었고, 언제 한번 영유를 가서 그 노래를 한번 더 들어 보고 그 경치를 다시 한번 보고 싶은 생각이 늘 떠나지를 않았다.

장고 소리와 기생의 노래를 멎고 배따라기만 구슬프게 날아온다. 결결이 부는 바람으로 말미암아 때때로는 들을 수가 없으되, 나의 기억과 곡조를 종합하여 들은 배따라기는 이 대목이다.

> 강변에 나왔다가
> 나를 보더니만,
> 혼비백산하여
> 꿈인지 생시인지,
> 생신지 꿈인지,
> 와르륵 달려들어
> 섬섬옥수로 부처잡고
> 호천망극 하는 말이,

"하늘로서 떨어지며
땅으로서 솟아났다
바람결에 묻어오고
구름길에 쌔여왔나."
이리 서로 붙들고 울음울제,
인리 제인이며
일가 친척이 모두 모여……

　여기까지 들은 나는 마침내 참지 못하고 벌떡 일어서서 소나무 가지에 걸었던 모자를 내려쓰고 그 곳을 찾으러 모란봉 꼭대기에 올라섰다. 꼭대기는 좀더 노랫소리가 잘 들린다. 그는 배따라기의 맨 마지막, 여기를 부른다.

밥을 빌어서
죽을 쑬지라도
제발 덕분에
뱃놈노릇은 하지 말아.
에ー야 어그여지야

　그의 소리로써 방향을 찾으려던 나는 그만 그 자리에 섰다.
　'어딘가? 기자묘? 혹은 을밀대?'
　그러나 나는 오래 서 있을 수가 없었다. 어떻든 찾아보자 하고, 현무문으로 가서 문밖에 썩 나섰다. 기자묘의 깊은 솔밭은 눈 앞에 쫙 퍼진다.
　'어딘가?'

나는 또 물어 보았다.

이때에 그는 또다시 배따라기를 시초부터 부른다. 그 소리는 왼편에서 온다.

왼편이구나 하면서, 소리나는 곳을 더듬어서 소나무 틈으로 한참 돌다가 겨우 기자묘 치고는 그중 하늘이 넓고 밝은 곳에 혼자서 뒹굴고 있는 그를 찾아내었다. 나의 생각한 바와 같은 얼굴이다. 얼굴, 코, 입, 눈, 몸집이 모두 네모나고 그의 이마의 굵은 주름살과 시꺼먼 눈썹은 고생 많이 함과 순진한 성격을 나타낸다.

그는 어떤 신사가 자기를 들여다보는 것을 보고 노래를 그치고 일어나 앉는다.

"왜 그냥 하지요."

하면서 나는 그의 곁에 앉았다.

"머……."

할 뿐 그는 눈을 들어서 터진 하늘을 쳐다본다.

좋은 눈이었다. 바다의 넓고 큼이 유감없이 그의 눈에 나타나 있다. 그는 뱃사람이라 나는 짐작하였다.

"고향이 영유요?"

"예, 머, 영유서 나기는 했디만, 한 이십 년 영윤 가 보디두 않았이요."

"왜, 이십 년씩 고향엘 안 가요?"

"사람의 일이라니 마음대로 됩데까?"

그는 왜 그러는지 한숨을 짓는다. ─

"거저, 운명이 데일 힘셉디다."

운명의 힘이 제일 세다는 그의 소리는 삭이지 못할 원한과 뉘우침이 섞여 있다.

"그래요?"

나는 다만 그를 건너다 볼 뿐이다.

한참 잠잠하니 있다가 나는 다시 말하였다. ─

"자, 노형의 경험담이나 한번 들어봅시다. 감출 일이 아니면 한번 이야기 해 보쇼."

"머, 감출 일은……."

"그럼 어디 들어 봅시다그려."

그는 다시 하늘을 쳐다보았다. 그러나 좀 있다가,

"하디요."

하면서 내가 담배를 붙이는 것을 보고 자기도 담배를 붙여 물고 이야기를 꺼냈다.

"닛히디두 않는 십구 년 전 팔월 열하룻날 일인데요."

하면서 그가 이야기한 바는 대략 이와 같은 것이다.

그가 살던 마을은 영유 고을서 한 이십 리 떠나 있는 바다를 향한 조그만 어촌이다. 그의 살던 조그만 마을(서른 집쯤 되는)에서는 그는 꽤 유명한 사람이었다.

그의 부모는 모두 열댓에 났을 때 돌아갔고, 남은 사람이라고는 곁집에 딴살림하는 그의 아우 부처와 그 자기 부처뿐이었다. 그들 형제가 그 마을에서 제일 부자이고 또 제일 고기잡이를 잘 하였고, 그중 글이 있었고, 배따라기도 그 마을에서 빼나게 그 형제가 잘 불렀다. 말하자면 그 형제가 그 동네의 대표적 사람이었다.

팔월 보름은 추석 명절이고 팔월 열하룻날 그는 명절에 쓸 장도 볼 겸 그의 아내가 늘 부러워하는 거울도 하나 사올 겸, 장으로 향하였다.

"당손에 집에 있는 것보다 큰 거이요. 잊디 말구요."

그의 아내는 길까지 따라 나오면서 잊지 않도록 부탁하였다.

"안 닞어."

하면서 그는 떠오르는 새빨간 햇빛을 앞으로 받으면서 자기 마을을 나섰다.

그는 아내를(이렇게 말하기는 우습지만) 고와했다. 그의 아내는 촌에는 드물도록 연연하고도 예쁘게 생겼다.(그는 나에게 이렇게 말하였다.ㅡ)

"성내(평양) 덴줏골(갈보촌)을 가두 그만한 거 쉽디 않갔어요."

그러니까 촌에서는, 그리고 그 당시에는 남에게 우습게 보이도록 그와의 사이는 좋았다. 늙은이들은 계집에게 혹하지 말라고 흔히 그에게 권고하였다.

부처의 사이는 좋았지만ㅡ아니, 오히려 좋으므로 그는 아내에게 샘을 많이 하였다. 그리고 그의 아내는 시기를 받을 일을 많이 하였다. 품행이 나쁘다는 것이 아니라, 그의 아내는 대단히 천진스럽고 쾌활한 성질로서 아무에게나 말 잘하고 애교를 잘 부렸다.

그 동리에서는 무슨 명절이나 되면, 집이 그중 정결함을 핑계삼아 젊은이들은 모두 그의 집에 모이고 하였다. 그 젊은이들은 모두 그의 아내에게 '아즈마니'라고 부르고, 그의 아내는 '아즈바니 아즈바니'하며 그들과 지껄이고 즐기며, 그 웃기 잘하는 입에는 늘 웃음을 힐리고 있

었다. 그럴 때마다 그는 한편 구석에서 눈만 할끈거리며 있다가 젊은
이들이 돌아간 뒤에는 불문 곡직하고 아내에게 덤비어들어 발길로 차
고 때리며 이전의 사다주었던 것을 모두 거둬 올린다. 싸움을 할 때에
는 언제든 곁집에 있는 아우 부처가 말리러 오며, 그렇게 구는 데는 이
유가 있었다. 그의 아우는 시골 사람에게는 쉽지 않도록 늠름한 위엄이
있었고, 매일 바닷 바람을 쐬었지만 얼굴이 희었다. 이것 뿐으로도 시
기가 된다 하면 되지만, 특별히 아내가 그의 아우에게 친절히 하는 데
는 그는 속이 끓어 못 견디었다.

　그가 영유를 떠나기 반 년 전쯤―다시 말하자면 그가 거울을 사러 장
에 갈 때부터 반 년 전쯤 그의 생일날이었다. 그의 집에서는 음식을 차
려서 잘 먹었는데 그에게는 괴상한 버릇이 있었으니, 맛있는 음식은 남
겨 두었다가 좀 있다 먹고 하는 습관이었다. 그의 아내도 이 버릇은 잘
알 터인데 그의 아우가 점심 때쯤 오니까 아까 그가 아껴서 남겨두었던
그 음식을 아우에게 주려 하였다. 그는 눈을 부릅뜨고 '못 주리라'고 암
호하였지만 아내는 그것을 못 보았는지 그의 아우에게 주어 버렸다. 그
는 마음속이 자못 편치 못하였다. 트집만 있으면 이년을…… 그는 마음
먹었다.

　그의 아내는 시아우에게 상을 준 뒤에 물러오다가 그만 그의 발을 조
금 밟았다.

　"이년!"

　그는 힘껏 발을 들어서 아내를 냅다 쳤다. 그의 아내는 상위에 거꾸
러졌다가 일어난다.

　"이년, 사나이 발을 짓밟는 년이 어디 있어!"

"거 좀 밟아서 발이 부러텟쉐까?"

아내는 낯이 새빨개져서 울음 섞인 어조로 고함친다.

"이년! 말대답이……."

그는 일어나서 아내의 머리채를 휘어잡았다.

"형님! 왜 이러십니까?"

아우가 일어서면서 그를 붙잡았다.

"가만 있거라, 이놈의 자식."

하며, 그는 아우를 밀친 뒤에 아내를 되는 대로 내리찧었다.

"죽일 년, 이년! 나가거라!"

"죽여라, 죽여라! 난 죽어도 이 집에선 못 나가!"

"못 나가?"

"못 나가디 않구. 뉘 집이게……."

이때다. 그의 마음에는 그 못 나가겠다는 아내의 마음이 푹 들이박혔다. 그 이상 때리기가 싫었다. 우두커니 눈만 흘기고 있다가 그는,

"망할 년, 그럼 내가 나갈라."

하고 그만 문밖으로 뛰어나와서,

"형님, 어디 갑니까?"

하는 아우의 말에는 대답도 안하고, 곁동네 탁주집으로 뒤도 안 돌아보고 가서, 거기 있는 술파는 계집과 술상 앞에 마주 앉았다.

그날 저녁 얼근히 취한 그는 아내를 위하여 떡을 한 돈어치 사 가지고 집으로 돌아왔다. 이리하여 또 서 달은 평화가 이르렀다. 그러나 이 평화가 언제까지는 계속될 수가 없었다. 그의 아우로 말미암아 또 평화는 쪼개져 나갔다.

오월 초승부터 영유 출입이 잦던 그의 아우는 오월 그믐께서는 고을서 며칠씩 묵어 오는 일이 많았다. 함께 고을에 첩을 얻어 두었다는 소문이 퍼졌다. 이 소문이 있는 뒤에 아내는 그의 아우가 고을 들어가는 것을 벌레보다도 더 싫어하고, 며칠 묵어서 오는 때면 곧 아우의 집으로 가서 그와 담판을 하며, 심지어 동서 되는 아우의 처에게까지 못가게 하지 않는다고 싸우는 일이 있었다. 이때도 전과 같이 그의 아내는 그의 아우며 제수와 싸우다 못하여 마침내 그에게까지 와서 아우가 그런 못된 데를 다니는 것을 그냥 둔다고, 해보자 한다. 그 꼴을 곱게 보지 않았던 그는 첫마디로 고함을 쳤다.

"네가 상관이 무어가? 듣기 싫다."

"못난둥이. 아우가 그런 델 댕기는 걸 말리디두 못하고!"

분김에 이렇게 그의 아내는 고함쳤다.

"이년, 무얼?"

그는 벌떡 일어섰다.

"못난둥이!"

그 말이 채 끝나기 전에 그의 아내는 악 소리와 함께 그 자리에 거꾸러졌다.

"이년! 사나이에게 그따윗 말버릇 어디서 배완!"

"애미네 때리는 건 어디서 배왔노? 못난둥이!"

그의 아내는 울음소리로 부르짖었다.

"샹년 그냥? 나갈! 우리 집에 있디 말구 나갈!"

그는 내리찧으면서 부르짖었다. 그리고 아내를 문을 열고 밀쳤다.

"나가디 않으리!"

하고 그의 아내는 울면서 뛰어나갔다.

"망할 년!"

토하는 듯이 중얼거리고 그는 그 자리에 주저앉았다.

그의 아내는 해가 져서 어두워져도 돌아오지 않았다. 일단 내어쫓기는 하였지만 그는 아내의 돌아옴을 기다리고 있었다. 어두워져도 그는 불도 안켜고 성이 나서 우들우들 떨면서 아내의 돌아오기를 기다렸다. 그러나 그의 아내의 참 기쁜 듯이 웃는 소리가 그의 아우의 집에서 밤새도록 울리었다. 그는 움쩍도 안하고 그 자리에 앉아서 밤을 새운 뒤에 새벽 동처올 때 아내와 아우를 죽이려고 부엌에 가서 식칼을 가지고 들어와서 문을 벌컥 열었다.

그의 아내로서 만약 근심스러운 얼굴을 하고 그 문밖에 우두커니 서서 문을 들여다보고 있지 않았더라면, 그는 아내와 아우를 죽이고야 말았으리라.

그는 아내를 보는 순간 마음에 가득 차는 사랑을 깨달으면서 칼을 내던지고 뛰어나가서 아내의 머리채를 휘어잡고, 이년 하면서 들어와서 뺨을 물어뜯으면서 함께 이리저리 자빠져서 뒹굴었다.

그런 이야기는 다 하려면 끝이 없으되 그만 '그' '그의 아내' '그의 아우' 세 사람의 삼각 관계는 대략 이와 같다.

각설.

거울은 마침 장에 마음에 맞는 것이 있었다. 지금껏과 대보면, 어떤 때는 코도 크게 보이고 입이 작게도 보이는 것이지만, 그 당시에는 그리고 그런 촌에서는 둘도 없는 귀물이었다. 거울을 사 가지고 장을 본 뒤에 그는 이 아내에게 주면 그 기뻐할 모양을 생각하며 새빨간 저녁햇

빛을 받아 넘치는 듯한 바다를 안고 자기 집으로 늘 들러오던 탁주집에도 안 들러서 돌아왔다.

그러나 그가 그의 집 방안에 들어설 때에는 뜻도 안하였던 광경이 그의 눈에 벌리어 있었다.

방 가운데는 떡상이 있고, 그의 아우는 수건이 벗어져서 목 뒤로 늘어지고, 저고릿 고름이 모두 풀어져가지고 한편 모퉁이에 서 있고, 아내도 머리채가 모두 뒤로 늘어지고, 치마가 배꼽 아래 늘어지도록 되어 있으며, 그의 아내와 아우는 그를 보고 어찌할 줄을 모르는 듯이 움쩍도 안하고 서 있었다.

세 사람은 한참 동안 어이가 없어서 서 있었다. 그러나 좀 있다가 마침내 그의 아우가 겨우 말했다.

"그놈의 쥐 어디 갔나?"

"흥! 쥐? 훌륭한 쥐 잡댔구나!"

그는 말을 끝내지도 않고 짐을 벗어던지고 뛰어나가 아우의 멱살을 끌어잡았다.

"형님! 정말 쥐가ㅡ"

"쥐? 이놈? 형수하고 그런 쥐 잡는 놈이 어디 있니?"

그는 아우의 따귀를 몇 대 때린 뒤에 등을 밀어서 문밖에 내어 던졌다. 그런 뒤에 이제 자기에게 이를 매를 생각하고 우들우들 떨면서 아랫목에 서 있는 아내에게 달려들었다.

"이년! 시아우와 그런 쥐 잡는 년이 어디 있어!"

그는 아내를 거꾸러뜨리고 함부로 내리찧었다.

"아이 죽갔다. 정말 아까 적은이(시아우)왔기에 떡자시라구 내놓았더니……."

"듣기 싫다! 시아우 붙은 년이 무슨 잔소릴……."

"아이, 아이, 정말이야요. 쥐가 한 마리나……."

"그냥 쥐?"

"쥐 잡을래다가……."

"상년! 죽어라! 물에래두 빠데 죽얼!"

그는 실컷 때린 뒤에, 아내도 아우처럼 등을 밀어 쫓았다. 그 뒤에 그의 등으로

"고기 배때기에 장사해라!"

토하였다.

분풀이는 실컷 하였지만, 그래도 마음속이 자못 편치 못하였다. 그는 아랫목으로 가서 바람벽을 의지하고 실신한 사람같이 우두커니 서서 떡상만 들여다보고 있었다.

한 시간…… 두 시간……

서편으로 바다를 향한 마을이라 다른 곳보다는 늦게 어둡지만, 그래도 술시(戌時)쯤 되어서는 깜깜하니 어두웠다. 그는 불을 켜려고 바람벽에서 떠나 성냥을 찾으러 돌아갔다.

성냥은 늘 있던 자리에 있지 않았다. 그래서 여기저기 뒤적이노라니까, 어떤 낡은 옷뭉치를 들칠 때에 문득 쥐소리가 나면서 후덕덕 뛰어나온다.

그리하여 저편으로 기어서 도망한다.

"역시 쥐댔구나!"

나는 조그만 소리로 부르짖었다. 그리고 그만 맥없이 덜썩 주저앉았다.

아까 그가 보지 못한 때의 광경이 활동 자신과 같이 그의 머리에 지나갔다.

아우가 집에를 온다. 아우에게 친절한 아내는 떡을 먹으라고 아우에게 떡상을 내놓는다. 그 때에 어디선가 쥐가 한 마리 뛰어나온다. 둘(아우와 아내)이서는 쥐를 잡노라고 돌아간다. 한참 성화시키던 쥐는 어느 구석에 숨어 버린다. 그들은 쥐를 찾노라고 두룩거린다. 그럴 때에 그가 집에 들어선 것이다.

"상년. 좀 있으믄 안 들어오리……."

그는 억지로 마음먹고 그 자리에 드러누웠다. 그러나 아내는 밤에 가고 날이 밝기는커녕 해가 중천에 올라도 돌아오지를 않았다. 그는 차차 걱정이 나서 찾아보러 나섰다.

아우의 집에도 없었다. 동네를 모두 찾아보아도 본 사람도 없다 한다.

그리하여, 낮쯤 삼사 리 내려가서 바닷가에서 겨우 아내를 찾기는 찾았지만, 그 아내는 이전 같은 생기로 찬 산 아내가 아니요, 몸은 물에 불어서 곱이나 크게 되고 이전에 늘 웃음을 흘리던 예쁜 입에는 거품을 잔뜩 물은, 죽은 아내였다.

그는 아내를 업고 집으로 돌아오기까지 정신이 없었다.

이튿날 간단하게 장사를 하였다. 뒤에 따라오는 아우의 얼굴에는,

"형님, 이게 웬일이오니까?"

하는 듯한 원망이 있었다.

장사를 지낸 이튿날부터 아우는 그 조그만 마을에서 없어졌다. 하루 이틀은 심상히 지냈지만, 닷새가 지나도 돌아오지 않았다. 그래서 알아보니까, 꼭 그의 아우같이 생긴 사람이 어룩일 전에 멧산자 보따리를

하여진 뒤에 시뻘건 저녁 해를 등으로 받고 더벅더벅 동쪽으로 가더라 한다. 그리하여 열흘이 지나고, 스무 날이 지났지만, 한 번 떠난 그의 아우는 돌아올 길이 없고 혼자 남은 아우의 아내는 매일 한숨으로 세월을 보내게 되었다.

그도 이것을 잠자코 보고 있을 수가 없었다. 그 불행의 모든 죄는 그에게 있었다.

그도 마침내 뱃사람이 되어, 적으나마 아내를 삼킨 바다와 늘 접근하여 가는 곳마다 아우의 소식을 알아보려고 어떤 배를 얻어타고 물길을 나섰다.

그는 가는 곳마다 아우의 이름과 모습을 말하여 물었으나 아우의 소식은 알 수가 없었다.

이리하여 꿈결같이 십 년을 지내서 구 년 전 가을, 탁탁히 낀 안개를 꿰며 연안(延安)바다를 지나가던 그의 배는 몹시 부는 바람으로 말미암아 파선을 하여 벗 몇 사람은 죽고 그는 정신을 잃고 물 위에 떠돌고 있었다.

그가 정신을 차린 때는 밤이었다. 그리고 어느덧 그는 뭍 위에 올라와 있었고, 그를 말리우느라고 새빨갛게 피워놓은 불빛으로 자기를 간호하는 아우를 보았다.

그는 이상히도 놀라지도 않고, 천연하게 물었다.

"너, 어덩게(어떻게) 여기 완?"

아우는 잠자코 한참 있다가 겨우 대답하였다.

"형님, 거저 다 운명이외다."

따뜻한 불기운에 깜박 잠이 들려다가 그는 화닥닥 깨면서 또 말했다.

"십 년 동안 되게 파랬구나"

"형님, 나두 변했거니와 형님도 몹시 늙으셨쉐다."

이 말을 꿈결같이 들으면서 그는 또 혼혼이 잠이 들었다. 그리하여 두어 시간, 꿀보다도 단 잠을 잔 뒤에 깨어 보이 아까 빨간 불은 피어 있지만 아우는 어디로 갔는지 없어졌다. 곁의 사람에게 물어보니까 아까 아우는 형의 얼굴을 물끄러미 들여다보고 있다가 새빨간 불빛을 등으로 받으면서, 더벅더벅 아무 말 없이 어두움 가운데로 사라졌다 한다.

이튿날 아무리 알아 보아야 그의 아우는 종적이 없어지고 알 수 없으므로, 그는 하릴 없이 다른 배를 얻어 타고 또 물길을 떠났다. 그리하여 그의 배가 해주에 이르렀을 때 그는 해수욕장에 들어가서 무엇을 사려다가 저편 맞은 편 가게에 걸핏 그의 아우 같은 사람이 있으므로 뛰어가서 보니 그는 벌써 없어졌다. 배가 해주에는 오래 머물지 않으므로 그는 마음은 해주에 남겨 두고, 또다시 바닷길을 떠났다.

그 뒤에 삼 년을 이리저리 돌아다녔어도 아우는 다시 볼 수가 없었다.

그리하여 삼 년을 지내서 지금부터 육 년 전의, 그의 탄 배가 강화도를 지날 날에, 바다를 향한 가차로운 뫼편에서 바다를 향하여 날아오는 '배따라기'를 들었다. 그것도 어떤 구절과 곡조는 그의 아우 특식으로 변경된―그의 아우가 아니면 부를 사람이 없는 '배따라기'이다.

배가 강화도에는 머무르지 않아서 거저 지나갔으나 인천서 열흘쯤 머무르게 되었으므로, 그는 곧 내려서 강화도로 건너가 보았다. 거기서 이리저리 찾아다니다가, 어떤 조그만 객주집에서 물어보니, 이름도 그의 아우요, 생긴 모습도 그의 아우인 사람이 묵어있기는 하였으나, 사나흘 전에 도로 인천으로 갔다 한다. 그는 돌아서서 인천에 건너와서 찾아보았지만, 그 조그만 인천에서도 그의 아우를 찾을 바이 없었다.

그 뒤에 눈 오고 비 오면, 육 년이 지났지만, 그는 다시 아우를 만나 보지 못하고 아우의 생사까지도 알 수가 없었다.

말을 끝낸 그의 눈에는 저녁 해에 반사하여 몇 방울의 눈물이 반짝인다.

"노형 계수는?"

"모르디오. 이십 년을 영유는 안 가 봤으니깐요."

"노형은 이제 어디루 갈 테요?"

"것두 모르디요. 덩처가 있나요? 바람 부는 대로 몰려댕기디오."

그는 다시 한번 나를 위하여 배따라기를 불렀다. 아아, 그 속에 잠겨 있는 삭이지 못할 뉘우침, 바다에 대한 애처로운 그리움.

노래를 끝낸 다음에 그는 일어서서 시뻘건 저녁 해를 잔뜩 등으로 받고, 을밀대로 향하여 더벅더벅 걸어간다. 나는 그를 말릴 힘이 없어서 멀거니 그의 등만 바라보고 앉아 있었다.

그날 밤, 집에 돌아와서도 그 배따라기와 그의 숙명적 경험담이 귀에 쟁쟁히 울리어서 잠을 못 이루고 이튿날 아침 깨어서 조반도 안 먹고 기자묘로 뛰어가서 또다시 그를 찾아보았다. 그가 어제 깔고 앉았던 풀은 모두 한편으로 누워서 그가 다녀감을 기념하되 그는 그 근처에 보이지 않았다. 그러나 배따라기는 어디선가 쟁쟁히 울리어서 모든 소나무들을 떨리지 않고는 안 두겠다는 듯이 날아온다.

"모란봉(牡丹峰)이다. 모란봉에 있다."

하고 나는 한숨에 모란봉으로 뛰어갔다. 모란봉에는 사람이 하나도 없다. 부벽루(浮碧樓)에도 없다.

"을밀대(乙密臺)다."

하고 나는 다시 을밀대로 갔다. 을밀대에서 부벽루를 연한, 지옥까지 연한 듯한 골짜기에 물 한 방울을 안 새이리라 빽빽이 난 소나무의 그 모든 잎잎은 떨리는 배따라기를 부르고 있지만, 그는 여기도 있지 않다. 기자묘의 하늘을 향하여 퍼져 나간 그 모든 소나무의 천만의 잎잎도, 그 아래쪽 퍼진 천만의 풀들도 모두 그 배따라기를 슬프게 부르고 있지만, 그는 이 조그만 모란봉 일대에서 찾을 수가 없었다.

강가에 나가서 알아보니 그의 배는 오늘 새벽에 떠났다 한다. 그 뒤에 여름과 가을이 가고 일 년이 지나서 다시 봄이 이르렀으되, 잠깐 평양을 다녀간 그는 그 숙명적 경험담과 슬픈 배따라기를 두었을 뿐, 다시 조그만 모란봉에 나타나지 않는다.

모란봉과 기자묘에 다시 봄이 이르러서, 작년에 그가 깔고 앉아서 부러졌던 풀들도 다시 곧게 대가 나서 자주빛 꽃이 피려 하지만, 끝없는 뉘우침을 다만 한낱 '배따라기'로 하소연하는 그는 이 조그만 모란봉과 기자묘에서 다시 볼 수가 없었다. 다만 그가 남기고 간 '배따라기'만 추억하는 듯이 모든 잎잎이 속삭이고 있을 따름이다.

〈1921年〉

무진기행

김승옥

무진으로 가는 버스

버스가 산모퉁이를 돌아갈 때 나는 '무진 Mujin 10km'라는 이정비(里程碑)를 보았다. 그것은 옛날과 똑같은 모습으로 길가의 잡초 속에서 튀어나와 있었다. 내 뒷좌석에 앉아 있는 사람들 사이에서 다시 시작된 대화를 나는 들었다.

"앞으로 10킬로 남았군요."

"예, 한 삼십분 후에 도착할 겁니다."

그들은 농사 관계의 시찰원들인 듯했다. 아니 그렇지 않은 지도 모른다. 그러나 하여튼 그들은 색 무늬 있는 반소매 셔츠를 입고 있었고 데드롱직[織]의 바지를 입었고 지나쳐오는 마을과 들과 산에서 아마 농사 관계의 전문가들이 아니면 할 수 없는 관찰을 했고 그것을 전문적인 용어로 얘기하고 있었다. 광주(光州)에서 기차를 내려서 버스로 갈아탄 이래, 나는 그들이 시골사람들답지 않게 앉은 목소리로 점잔을 빼면서 얘기하는 것을 반수면(半睡眠)상태 속에서 듣고 있었다. 버스 안의 좌석들은 많이 비어 있었다. 그 시찰원들의 대화에 의하면 농번기이기 때문에 사람들이 여행을 할 틈이 없어서라는 것이었다.

"무진엔 명산물이…… 뭐 별로 없지요?"

그들은 대화를 계속하고 있었다.

"별게 없지요. 그러면서도 그렇게 많은 사람들이 살고 있다는 건 좀 이상스럽거든요."

"바다가 가까이 있으니 항구로 발전할 수도 있었을 텐데요?"

"가 보시면 아시겠지만 그럴 조건이 되어 있는 것도 아닙니다. 수심(水深)이 얕은데다가 그런 얕은 바다를 몇 백리나 밖으로 나가야만 비로소 수평선이 보이는 진짜 바다다운 바다가 나오는 곳이니까요."

"그럼 역시 농촌이군요."

"그렇지만 이렇다 할 평야가 있는 것도 아닙니다."

"그럼 그 오륙만이 되는 인구가 어떻게들 살아가나요?"

"그러니까 그럭저럭이란 말이 있는 게 아닙니까?"

그들은 점잖게 소리내어 웃었다

"원, 아무리 그렇지만 한 고장에 명산물 하나쯤은 있어야지."

웃음 끝에 한 사람이 말하고 있었다.

무진에 명산물이 없는 게 아니다. 나는 그것이 무엇인지 알고 있다. 그것은 안개다. 아침에 잠자리에서 일어나서 밖으로 나오면, 밤사이에 진주해 온 적군들처럼 안개가 무진을 뺑 둘러싸고 있는 것이었다. 무진을 둘러싸고 있던 산들도 안개에 의하여 보이지 않는 먼 곳으로 유배당해 버리고 없었다. 안개는 마치 이승에 한(恨)이 있어서 매일 밤 찾아오는 여귀(女鬼)가 뿜어내놓은 입김과 같았다. 해가 떠오르고, 바람이 바다 쪽에서 방향을 바꾸어 불어오기 전에는 사람들의 힘으로써는 그것을 헤쳐 버릴 수가 없었다.

손으로 잡을 수 없으면서도 그것은 뚜렷이 존재했고 사람들을 둘러쌌고 먼 곳에 있는 것으로부터 사람들을 떼어놓았다. 안개, 무진의

안개, 무진의 아침에 사람들이 만나는 안개, 사람들로 하여금 해를, 바람을 간절히 부르게 하는 무진의 안개, 그것이 무진의 명산물이 아닐 수 있을까!

버스의 덜커덩거림이 좀 덜해졌다. 버스의 덜커덩거림이 더하고 덜하는 것을 나는 턱으로 느끼고 있었다. 나는 몸에서 힘을 빼고 있었으므로 버스가 자갈이 깔린 시골길을 달려오고 있는 동안 내 턱은 버스가 껑충거리는데 따라서 함께 덜그럭거리고 있었다. 턱이 덜그럭거릴 정도로 몸에서 힘을 빼고 버스를 타고 있으면, 긴장해서 버스를 타고 있을 때보다 피로가 더욱 심해진다는 것을 알고 있었지만 그러나 열려진 차창으로 들어와서 나의 밖으로 드러난 살갗을 사정없이 간지럽히고 불어가는 유월의 바람이 나를 반수면상태로 끌어넣었기 때문에 나는 힘을 주고 있을 수가 없었다.

바람은 무수히 작은 입자(粒子)로 되어 있고 그 입자들은 할 수 있는 한, 욕심껏 수면제를 품고 있는 것처럼 내게는 생각되었다. 그 바람 속에는, 신선한 햇볕과 아직 사람들의 땀에 밴 살갗을 스쳐보지 않았다는 천진스러운 저온(低溫), 그리고 지금 버스가 달리고 있는 길을 에워싸며 버스를 향하여 달려오고 있는 산줄기의 저편에 바다가 있다는 것을 알리는 소금기, 그런 것들이 이상스레 한데 어울리면서 녹아 있었다. 햇볕의 신선한 밝음과 살갗에 탄력을 주는 정도의 공기의 저온, 그리고 해풍(海風)에 섞여 있는 정도의 소금기, 이 세 가지만 합성해서 수면제를 만들어 낼 수 있다면 그것은 이 지상(地上)에 있는 모든 약방의 진열장 안에 있는 어떠한 약보다도 가장 상쾌한 약이 될 것이고 그리고 나는 이 세계에서 가장 돈 잘 버는 제약회사의 전무님이 될 것이다. 왜냐

하면 사람들은 누구나 조용히 잠들고 싶어하고 조용히 잠든다는 것은 상쾌한 일이기 때문이다…… 그런 생각을 하자 나는 쓴웃음이 나왔다. 동시에 무진이 가까웠다는 것이 더욱 실감되었다. 무진에 오기만 하면 내가 하는 생각이란 항상 그렇게 엉뚱한 공상들이었고 뒤죽박죽이었던 것이다.

다른 어느 곳에서도 하지 않았던 엉뚱한 생각을, 나는 무진에서는 아무런 부끄럼없이, 거침없이 해내곤 했었던 것이다. 아니 무진에서는 내가 무엇을 생각하고 어쩌고 하는 게 아니라 어떤 생각들이 나의 밖에서 제멋대로 이루어진 뒤 나의 머릿속으로 밀고 들어오는 듯했었다.

"당신 안색이 아주 나빠져서 큰일났어요. 어머님의 산소에 다녀온다는 핑계를 대고 무진에 며칠 동안 계시다가 오세요. 주주총회에서의 일은 아버지하고 저하고 다 꾸며 놓을게요. 당신은 오랜만에 신선한 공기를 쐬고 그리고 돌아와보면 대회생제약회사의 전무님이 되어 있을 게 아니에요?"

라고 며칠 전날 밤, 아내가 나의 파자마깃을 손가락으로 만지작거리며 나에게 진심에서 나온 권유를 했을 때도, 가기 싫은 심부름을 억지로 갈 때 아이들이 불평을 하듯이 내가 몇 마디 입안엣 소리로 투덜댄 것도, 무진에서는 항상 자신을 상실하지 않을 수 없었던 과거의 경험에 의한 조건반사였었다.

내가 좀 나이가 든 뒤로 무진에 간 것은 몇 차례 되지 않았지만 그 몇 차례 되지 않은 무진행이 그러나 그때마다 내게는 서울에서의 실패로부터 도망해야 할 때거나 하여튼 무언가 새출발이 필요할 때였었다. 새출발이 필요할 때 무진으로 간다는 그것은 우연이 결코 아니었고 그렇다고 무진에 가면 내게 새로운 용기라든가 새로운 계획이 술술 나오기 때문도 아니었었다. 오히려 무진에서의 나는 항상 처박혀 있는 상태였었다. 더러운 옷차림과 누우런 얼굴로 나는 항상 골방 안에서 뒹굴었다. 내가 깨어 있을 때는 수없이 많은 시간의 대열이 멍하니 서 있는 나를 비웃으며 흘러가고 있었고, 내가 잠들어 있을 때는 긴 긴 악몽들이 거꾸러져 있는 나에게 혹독한 채찍질을 하였었다.

나의 무진에 대한 연상의 대부분은 나를 돌봐 주고 있는 노인들에 대하여 신경질을 부리던 것과 골방 안에서의 공상과 불면(不眠)을 쫓아 보려고 행하던 수음(手淫)과 곧잘 편도선을 붓게 하던 독한 담배꽁초와 우편배달부를 기다리던 초조함 따위거나 그것들에 관련된 어떤 행위들이었었다. 물론 그것들만 연상되었던 것은 아니다. 서울의 어느 거리에서고 나의 청각이 문득 외부로 향하면 무자비하게 쏟아져 들어오는 소음에 비틀거릴 때거나, 밤늦게 신당동(新堂洞) 집앞의 포장된 골목을 자동차로 올라갈 때, 나는 물이 가득한 강물이 흐르고, 잔디로 덮인 방죽이 시오리 밖의 바닷가까지 뻗어 나가 있고, 작은 숲이 있고, 다리가 많고, 골목이 많고, 흙담이 많고, 높은 포플러가 에워싼 운동장을 가진 학교들이 있고, 바닷가에서 주워 온 까만 자갈이 깔린 뜰을 가진 사무소들이 있고, 대로 만든 와상(臥床)이 밤거리에 나앉아 있는 시골을 생각했고 그것은 무진이었다. 문득 한적(閑寂)이 그리울 때도 나는 무진을 생각했었다. 그러나 그럴 때의 무진은 내가 관념 속에서 그리고 있는 어느 아늑한 장소일 뿐이지 거기엔 사람들이 살고 있지 않았다. 무진이라고 하면 그것에의 연상은 아무래도 어둡던 나의 청년(靑年)이었다.

그렇다고 무진에의 연상이 꼬리처럼 항상 나를 따라다녔다는 것은 아니다. 차라리 나의 어둡던 세월이 일단 지나가 버린 지금은 나는 거의 항상 무진을 잊고 있었던 편이다. 어젯저녁 서울역에서 기차를 탈 때에도, 물론 전송 나온 아내와 회사 직원 몇 사람에게 일러둘 말이 너무 많아서 거기에 정신이 쏠려 있던 탓도 있었겠지만, 하여튼 나는 무진에 대한 그 어두운 기억들이 그다지 실감나게 되살아 오지는 않았다. 그런데 오늘 이른 아침, 광주에서 기차를 내려서 역구내(驛構內)를 빠져 나올 때 내가 본 한 미친 여자가 그 어두운 기억들을 홱 잡아 끌어당겨서 내 앞에 던져 주었다. 그 미친 여자는 나일론의 치마 저고리를 맵시 있게 입고 있었고 팔에는 시절에 맞추어 고른 듯한 핸드백도 걸치고 있었다. 얼굴도 예쁜 편이고 화장이 화려했다. 그 여자가 미친 사람이라는 것을 알 수 있는 것은 쉬임없이 굴리고 있는 눈동자와 그 여자를 에워싸고 서서 선 하품을 하며 그 여자를 놀려대고 있는 구두닦이 아이들 때문이었다.

"공부를 많이 해서 돌아버렸대."

"아냐, 남자한테서 채여서야."

"저 여자 미국말도 참 잘한다. 물어 볼까?"

아이들은 그런 얘기를 높은 목소리로 하고 있었다. 좀 나이가 든 여드름쟁이 구두닦이 하나는 그 여자의 젖가슴을 손가락으로 집적거렸고 그럴 때마다 그 여자는 여전히 무표정한 얼굴로 비명만 지르고 있었다. 그 여자의 비명이, 옛날 내가 무진의 골방 속에서 쓴 일기의 한 구절을 문득 생각나게 한 것이었다.

그때는 어머니가 살아 계실 때였다. 6 · 25 전쟁으로 대학의 강의가 중단되었기 때문에 서울을 떠나는 마지막 기차를 놓친 나는 서울에서 무진까지의 천여 리(千餘里)길을 발가락이 몇 번이고 부르터지도록 걸어서 내려왔고, 어머니에 의해서 골방에 처박혀졌고 의용군의 징발도 그후의 국군의 징병도 모두 기피해 버리고 있었다. 내가 졸업한 무진의 중학교의 상급반 학생들이 무명지(無名指)에 붕대를 감고 '이 몸이 죽어서 나라가 선다면⋯⋯'을 부르며 읍 광장에 서 있는 추럭들로 행진해가서 그 추럭들에 올라타고 일선으로 떠날 때도 나는 골방 속에 쭈그리고 앉아서 그들의 행진이 집앞을 지나가는 소리를 듣고만 있었다. 전선이 북쪽으로 올라가고 대학이 강의를 시작했다는 소식이 들려 왔을 때도 나는 무진의 골방 속에 숨어 있었다. 모두가 나의 홀어머님 때문이었다. 모두가 전쟁터로 몰려갈 때 나는 내 어머니에게 몰려서 골방 속에 숨어서 수음을 하고 있었다. 이웃집 젊은이의 전사 통지가 오면 어머니는 내가 무사한 것을 기뻐했고, 이따금 일선의 친구에게서 군사우편이 오기라도 하면 나 몰래 그것을 찢어 버리곤 하였다. 내가 골방보다는 전선을 택하고 싶어 하는 것을 알고 있었기 때문이다. 그 무렵에 쓴 나의 일기장들은 그후에 태워 버려서 지금은 없지만, 모두가 스스로를 모멸하고 오욕(汚辱)을 웃으며 견디는 내용들이었다. '어머니, 혹시 제가 지금 미친다면 대강 다음과 같은 원인들 때문일테니 그 점에 유의하셔서 저를 치료해 보십시오⋯⋯' 이러한 일기를 쓰던 때를, 이른 아침 역구내에서 본 미친 여자가 내 앞으로 끌어당겨주었던 것이다. 무진이 가까웠다는 것을 나는 그 미친 여자를 통하여 느꼈고 그리고 방금 지나친 먼지를 둘러쓰고 잡초 속에서 튀어나와 있는 이정비를 통하여 실감했다.

"이번에 자네가 전무가 되는 건 틀림없는거구, 그러니 자네 한 일주일 동안 시골에 내려가서 긴장을 풀고 푹 쉬었다가 오게. 전무님이 되면 책임이 더 무거워질 테니 말야." 아내와 장인 영감은 자신들은 알지 못하는 사이에 퍽 영리한 권유를 내게 한 셈이었다. 내가 긴장을 풀어 버릴 수 있는, 아니 풀어 버릴 수밖에 없는 곳을 무진으로 정해준 것은 대단히 영리한 짓이었다. 버스는 무진 읍내로 들어서고 있었다. 기와 지붕들도 양철 지붕들도 초가 지붕들도 유월 하순의 강렬한 햇볕을 받고 모두 은빛으로 번쩍이고 있었다. 철공소에서 들리는 쇠망치 두드리는 소리가 잠깐 버스로 달려들었다가 물러났다. 어디선지 분뇨(糞尿)냄새가 새어 들어왔고 병원 앞을 지날 때는 크레졸 냄새가 났고, 어느 상점의 스피커에서는 느려 빠진 유행가가 흘러나왔다. 거리는 텅 비어 있었고 사람들은 처마 끝의 그늘에 쭈그리고 앉아 있었다. 어린아이들은 빨가벗고 기우뚱거리며 그늘 속을 걸어다니고 있었다. 읍의 포장된 광장도 거의 텅 비어 있었다. 햇볕만이 눈부시게 그 광장 위에서 끓고 있었고 그 눈부신 햇볕 속에서, 정적 속에서 개 두 마리가 혀를 빼물고 교미를 하고 있었다.

저녁 식사를 하기 조금 전에 나는 낮잠에서 깨어나서 신문 지국(新聞支局)들이 몰려 있는 거리로 갔다. 이모님댁에서는 신문을 구독하고 있지 않았다. 그렇지만 신문은, 도회인이 누구나 그렇듯이 이제 내 생활의 일부로서 내 하루의 시작과 끝을 맡아보고 있었던 것이다. 내가 찾아간 신문 지국에 나는 이모님댁의 주소와 약도를 그려 주고 나왔다. 밖으로 나올 때 나는 내 등뒤에서 지국 안에 있던 사람들이 그들끼리 무어라고 수군거리는 소리를 들었다.

아마 나를 알고 있는 사람들이었던 모양이다.

"……그래애? 거만하게 생겼는데……."

"……출세했다지?……."

"……옛날……폐병……."

그런 속삭임속에서, 나는 밖으로 나오면서 은근히 한마디를 기다리고 있었다. 그러나 결국 '안녕히가십시오'는 나오지 않고 말았다. 그것이 서울과의 차이점이었다. 그들은 이제 점점 수군거림의 소용돌이 속으로 끌려 들어가고 있으리라. 자기 자신조차 잊어버리면서, 나중에 그 소용돌이 밖으로 내던져졌을 때 자기들이 느낄 공허감도 모른다는 듯이 수군거리고 또 수군거리고 있으리라.

바다가 있는 쪽에서 바람이 불어오고 있었다. 몇 시간 전에 버스에서 내릴 때보다 거리는 많이 번잡해졌다. 학생들이 학교에서 돌아오고 있었다. 그들은 책가방이 주체스러운 모양인지 그것을 뱅뱅 돌리기도 하며 어깨 너머로 넘겨 들기도 하며 두 손으로 껴안기도 하며 혀끝에 침으로써 방울을 만들어서 그것을 입바람으로 훅 불어날리곤 했다. 학교 선생들과 사무소의 직원들도 달그락거리는 빈 도시락을 들고 축 늘어져서 지나가고 있었다. 그러자 나는 이 모든 것이 장난처럼 생각되었다.

학교에 다닌다는 것, 학생들을 가르친다는 것, 사무소에 출근했다가 퇴근한다는 이 모든 것이 실없는 장난이라는 생각이 든 것이다. 사람들이 거기에 매달려서 낑낑댄다는 것이 우습게 생각되었다.

이모댁으로 돌아와서 저녁을 먹고 있을 때, 나는 방문을 받았다. 박(朴)이라고 하는 무진중학교의 내 몇 해 후배였다. 한 때 독서광(讀書狂)이었던 나를 그 후배는 무척 존경하는 눈치였다. 그는 학생 시대에 이른바 문학소년이었던 것이다. 미국의 작가인 핏제랄드를 좋아한다고 하는 그 후배는 그러나 핏제랄드의 팬답지 않게 아주 얌전하고 매사에 엄숙하였고 그리고 가난하였다.

"신문 지국에 있는 제 친구에게서 내려오셨다는 얘길 들었습니다. 웬 일이십니까?"

그는 정말 반가워해 주었다.

"무진엔 왜 내가 못 올 덴가?"

그렇게 대답하며 나는 내 말투가 마음에 거슬렸다.

"너무 오랫동안 오시지 않으니까 그러는거죠. 제가 군대에서 막 제 대했을 때 오시고 이번이 처음이시니까 벌써……."

"벌써 한 4년 되는군."

4년 전 나는, 내가 경리(經理)의 일을 보고 있던 제약회사가 좀더 큰 다른 회사와 합병되는 바람에 일자리를 잃고 무진으로 내려왔던 것이 다. 아니 단지 일자리를 잃었다는 이유만으로 서울을 떠났던 것은 아니 다. 동거하고 있던 희(姬)만 그대로 내 곁에 있어 주었던들 실의(失意)의 무진행은 없었으리라.

"결혼하셨다더군요?"

박이 물었다.

"흐응, 자넨?"

"전 아직. 참, 좋은 데로 장가드셨다고들 하더군요."

"그래? 자넨 왜 여태 결혼하지 않고 있나? 자네 금년에 어떻게 되지?"

"스물아홉입니다."

"스물아홉이라. 아홉 수가 원래 사납다고 하데만, 금년엔 어떻게 해

보지 그래?"

"글쎄요."

박은 소년처럼 머리를 긁었다. 4년 전이니까 그해의 내 나이가 스물
아홉이었고, 희가 내 곁에서 달아나 버릴 무렵에 지금 아내의 전남편이
죽었던 것이다.

"무슨 나쁜 일이 있었던 건 아니겠죠?"

옛날의 내 무진행의 내용을 다소 알고 있는 박은 그렇게 물었다.

"응, 아마 승진이 될 모양인데 며칠 휴가를 얻었지."

"잘 되셨군요. 해방 후의 무진중학 출신 중에선 형님이 제일 출세하
셨다고들 하고 있어요."

"내가?"

나는 웃었다.

"예, 형님하고 형님 동기(同期)중에서 조형(趙兄)하고요."

"조라니 나하고 친하게 지내던 애말인가?"

"예, 그 형이 재작년엔가 고등고시에 패스해서 지금 여기 세무서장으
로 있거든요."

"아, 그래?"

"모르셨어요?"

"서로 소식이 별로 없었지. 그애가 옛날엔 여기 세무서에서 직원으
로 있었지, 아마?"

"예."

"그거 잘됐군. 오늘 저녁엔 그 친구에게나 가볼까?"

친구 조는 키가 작았고 살결이 검은 편이었다. 그래서 키가 크고 살

결이 창백한 나에게 열등감을 느낀다는 얘기를 내게 곧잘 했었다. 〈옛날에 손금이 나쁘다고 판단 받은 소년이 있었다. 그 소년은 자기의 손톱으로 손바닥에 좋은 손금을 파가며 열심히 일했다. 드디어 그 소년은 성공해서 잘살았다.〉 조는 이런 얘기에 가장 감격하는 친구였다.

"참, 자넨 요즘 뭘하고 있나?"

내가 박에게 물었다. 박은 얼굴을 붉히고 잠시 머뭇거리다가 모교에서 교편을 잡고 있다고, 그것이 무슨 잘못이라도 되는 것처럼 우물거리며 대답했다.

"좋지 않아? 책 읽을 여유가 있으니까 얼마나 좋은가. 난 잡지 한 권 읽을 여유가 없네. 무얼 가르치고 있나?"

후배는 내 말에 용기를 얻었는지 아까보다는 조금 밝은 목소리로 대답했다.

"국어를 가르치고 있습니다."

"잘했어. 학교측에서 보면 자네 같은 선생을 구하기도 힘들거야."

"그렇지도 않아요. 사범대학 출신들 때문에 교원 자격 고시 합격증 가지고 견디기가 힘들어요"

"그게 또 그런가?"

박은 아무말없이 씁쓸한 미소만 지어 보였다.

저녁 식사 후 우리는 술 한잔씩을 마시고 나서 세무서장이 된 조의 집을 향하여 갔다. 거리는 어두컴컴했다. 다리를 건널 때 나는 냇가의 나무들이 어슴푸레하게 물 속에 비춰 있는 것을 보았다. 옛날 언젠가, 역시 이 다리를 밤중에 건너면서 나는 이 시커멓게 웅크리고 있는 나무들을 저주했었다. 금방 소리를 지르며 달려들 듯한 모습으로 나무들은 서 있었던 것이다. 세상에 나무가 없다면 얼마나 좋을까 하고 생각하기도 했었다.

"모든게 여전하군."

내가 말했다.

"그럴까요?"

후배가 웅얼거리듯이 말했다.

조의 응접실에는 손님들이 네 사람 있었다. 나의 손을 아프도록 쥐고 흔들고 있는 조의 얼굴이 옛날보다 윤택해지고 살결도 많이 하얘진 것을 나는 보고 있었다.

"어서 자리로 앉아라. 이거 원 누추해서…… 빨리 마누랄 얻어야겠는데……."

그러나 방은 결코 누추하지 않았다.

"아니 아직 결혼 안했나?"

내가 물었다.

"법률책 좀 붙들고 앉아 있었더니 그렇게 돼버렸어. 어서 앉아."

나는 먼저 온 손님들에게 소개되었다. 세 사람은 남자로서 세무서 직원들이었고 한 사람은 여자로서 나와 함께 온 박과 무언가 얘기를 주고받고 있었다.

"어어, 밀담들은 그만 하시고, 하(河)선생, 인사해요. 내 중학 동창인 윤희중이라는 친굽니다. 서울에 있는 큰 제약회사의 간사님이시고 이쪽은 우리 모교에 와 계시는 음악 선생님이시고. 하인숙씨라고, 작년에 서울에서 음악대학을 나오신 분이지."

"아, 그러세요. 같은 학교에 계시는군요."

나는 박과 그 여선생을 번갈아 가리키며 여선생에게 말했다.

"네."

여선생은 방긋 웃으며 대답했고 내 후배는 고개를 숙여 버렸다.

"고향이 무진이신가요?"

"아녜요. 발령이 이곳으로 났기 땜에 저 혼자 와 있는 거예요." 그 여자는 개성있는 얼굴을 가지고 있었다. 윤곽은 갸름했고 눈이 컸고 얼굴색은 노리끼리했다.

전체로 보아서 병약한 느낌을 주고 있었지만 그러나 좀 높은 콧날과 두꺼운 입술이 병약하다는 인상을 버리도록 요구하고 있었다. 그리고 카랑카랑한 목소리가 코와 입이 주는 인상을 더욱 강하게 하고 있었다.

"전공이 무엇이었던가요?"

"성악 공부 좀 했어요."

"그렇지만 하선생님은 피아노도 아주 잘 치십니다."

박이 곁에서 조심스런 목소리로 끼어들었다. 조도 거들었다.

"노래를 아주 잘하시지. 소프라노가 굉장하시거든."

"아, 소프라노를 맡으시는가요?"

내가 물었다.

"네, 졸업연주회 땐 〈나비부인〉 중에서 〈어떤 갠 날〉을 불렀어요." 그 여자는 졸업연주회를 그리워하고 있는 듯한 음성으로 말했다.

방바닥에는 비단의 방석이 놓여 있고 그 위에는 화투짝이 흩어져 있었다. 무진(霧津)이다. 곧 입술을 태울 듯이 타 들어가는 담배꽁초를 입에 물고 눈으로 들어오는 그 담배 연기 때문에 눈물을 찔끔거리며 눈을 가늘게 뜨고, 이미 정오가 가까운 시각에야 잠자리에서 일어나서 그날의 허황한 운수를 점쳐 보던 화투짝이었다. 혹은, 자신을 팽개치듯이 기어들던 언젠가의 놀음판, 그 놀음판에서 나의 뜨거워져가는 머리와 떨리는 손가락만을 제외하곤 내 몸을 전연 느끼지 못하게 만들던 그 화투짝이었다.

"화투가 있군, 화투가."

나는 한 장을 집어서 소리가 나게 내려치고 다시 그것을 집어서 내려치고 또 집어서 내려치고 하며 중얼거렸다.

"우리 돈내기 한판 하실까요?"

세무서 직원 중의 하나가 내게 말했다. 나는 싫었다.

"다음 기회에 하지요."

세무서 직원들은 싱글싱글 웃었다. 조가 안으로 들어갔다가 나왔다. 잠시 후에 술상이 나왔다.

"여기엔 얼마쯤 있게 되나?"

"일주일 가량."

"청첩장 한 장 없이 결혼해버리는 법이 어디 있어? 하기야 청첩장을 보냈더라도 그땐 내가 세무서에서 주판알 튕기고 있을 때니까 별 수도 없었겠지만 말이다."

"난 그랬지만 청첩장 보내야 한다."

"염려 마라. 금년 안으로는 받아볼 수 있게 될 거다."

우리는 별로 거품이 일지 않는 맥주를 마셨다.

"제약회사라면 그게 약 만드는 데 아닙니까?"

"그렇죠."

"평생 병걸릴 염려는 없겠습니다. 그려."

굉장히 우스운 익살을 부렸다는 듯이 직원들은 방바닥을 치며 오랫동안 웃었다.

"참 박군(朴君), 학생들한테서 인기가 대단하더구먼. ……기껏 오분쯤 걸어오면 될 거리에 살면서 나한테 왜 통 놀러 오지 않았나?"

"늘 생각은 하고 있었습니다만……."

"저기 앉아 계시는 하선생님한테서 자네 얘긴 늘 듣고 있었지. ……자, 하선생 맥주는 술도 아니니까 한잔 들어봐요. 평소엔 그렇지도 않던데 오늘 저녁엔 왜 이렇게 얌전을 피우실까?"

"네 네, 거기 놓으세요. 제가 마시겠어요."

"맥주는 좀 마셔 봤지요?"

"대학 다닐 때 친구들과 어울려서 방문을 안으로 잠가 놓고 소주도 마셔본걸요."

"이거 술꾼인 줄은 몰랐는데."

"마시고 싶어서 마신 게 아니라 시험삼아서 맛 좀 본 거예요."

"그래서 맛이 어떻습디까?"

"모르겠어요. 술잔을 입에서 떼자마자 쿨쿨 자버렸으니까요."

사람들이 웃었다. 박만이 억지로 웃는 듯한 웃음이었다.

"내가 항상 생각하는 바지만, 하선생님의 좋은 점을 바로 저기에 있거든. 될 수 있으면 얘기를 재미있게 하려고 한다는 점, 바로 그거야."

"일부러 재미있게 하려고 하는 게 아녜요. 대학 다닐 때의 말버릇이에요."

"아하, 그리고 보면 하선생의 나쁜 점은 바로 저기 있어. "내가 대학 다닐 때" 라는 말을 빼 놓곤 얘기가 안됩니까? 나처럼 대학엔 문전에도

가보지 못한 사람은 서러워서 살겠어요?'

"죄송합니다."

"그럼 내게 사과하는 뜻에서 노래 한 곡 들려주시겠어요?"

"그거 좋습니다."

"좋지요."

"한번 들어봅시다."

사람들이 박수를 쳤다. 여선생은 머뭇거렸다.

"서울 손님도 오고 했으니까……. 그 지난번에 부르던 거 참 좋습디다." 조는 재촉했다.

"그럼 부릅니다."

여선생은 거의 무표정한 얼굴로 입을 조금만 달싹거리며 노래를 부르기 시작했다. 세무서 직원들이 손가락으로 술상을 두드리기 시작했다. 여선생은 〈목포의 눈물〉을 부르고 있었다. 〈어떤 갠 날〉과 〈목포의 눈물〉 사이에는 얼마만큼의 유사성이 있을까? 무엇이 저 아리아들로써 길들여진 성대에서 유행가를 나오게 하고 있을까? 그 여자가 부르는 〈목포의 눈물〉에는 작부(酌婦)들이 부르는 그것에서 들을 수 있는 것과 같은 꺾임이 없었고, 대체로 유행가를 살려주는 목소리의 갈라짐이 없었고, 흔히 유행가가 내용으로 하는 청승맞음이 없었다. 그 여자의 〈목포의 눈물〉은 이미 유행가가 아니었다. 그렇다고 〈나비부인〉 중의 아리아는 더욱 아니었다. 그것은 이전에는 없었던 어떤 새로운 양식의 노래였다. 그 양식은 유행가가 내용으로 하는 청승맞음과는 다른 좀더 무자비한 청승맞음을 포함하고 있었고, 〈어떤 갠 날〉의 그 절규보다도 훨씬 높은 옥타브의 절규를 포함하고 있었고, 그 양식에는 머리를 풀어헤친 광녀(狂女)의 냉소가 스며 있었고, 무엇보다도 시체가 썩어 가는 듯한 무진의 그 냄새가 스며 있었다.

그 여자의 노래가 끝나자 나는 의식적으로 바보 같은 웃음을 띠우고 박수를 쳤고 그리고 육감(六感)으로써랄까, 나는 후배인 박이 이 자리에서 떠나고 싶어하는 것을 알았다. 나의 시선이 박에게로 갔을 때, 나의 시선을 박은 기다렸다는 듯이 자리에서 일어났다.

누군지가 그에게 앉아 있기를 권했으나 박은 해사한 웃음을 띠우며 거절했다.

"먼저 실례합니다. 형님은 내일 또 뵙지요."

조는 대문까지 따라나왔고 나는 한길까지 박을 바래다주려고 나갔다. 밤이 깊지 않았는데도 거리는 적막했다. 어디선지 개 짖는 소리가 들려왔고 쥐 몇 마리가 한 길 위에서 무엇을 먹고 있다가 우리의 그림자에 놀라 흩어져버렸다.

"형님, 보세요. 안개가 내리는군요."

과연 한길의 저 끝이, 불빛이 드문드문 박혀 있는 먼 주택지의 검은 풍경들이 점점 풀어져 가고 있었다.

"자네, 하선생을 좋아하고 있는 모양이군."

내가 물었다. 박은 다시 해사한 웃음을 띠었다.

"그 여선생과 조군(趙君)과 무슨 관계가 있는 모양이지?"

"모르겠습니다. 아마 조형이 결혼 대상자 중의 하나로 생각하고 있는 거 같아요."

"자네가 그 여선생을 좋아한다면 좀더 적극적으로 나가야해. 잘 해봐."

"뭐 별로……."

박은 소년처럼 말을 더듬거렸다.

"그 속물들 틈에 앉아서 유행가를 부르고 있는 게 좀 딱해 보였을 뿐이지요. 그래서 나와 버린 거죠."

박은 분노를 누르고 있는 듯이 나직나직 말했다.

"클래식을 부를 장소가 있고 유행가를 부를 장소가 따로 있다는 것뿐이겠지, 뭐 딱할 거까지야 있나?"

나는 거짓말로써 그를 위로했다. 박은 가고 나는 다시 〈속물〉들 틈에 끼었다. 무진에서는 누구나 그렇게 생각하는 것이다, 타인은 모두 속물들이라고. 나 역시 그렇게 생각하는 것이다, 타인이 하는 모든 행위는 무위(無爲)와 똑같은 무게밖에 가지고 있지 않은 장난이라고.

밤이 퍽 깊어서 우리는 자리에서 일어났다. 조는 내가 자기 집에서 자고 가기를 권했다. 그러나 다음날 아침에 잠자리에서 일어나서 그 집을 나올 때까지의 부자유스러움을 생각하고 나는 기어코 밖으로 나섰다. 직원들도 도중에서 흩어져 가고 결국엔 나와 여자만이 남았다. 우리는 다리를 건너고 있었다. 검은 풍경 속에서 냇물은 하얀 모습으로 뻗어 있었고 그 하얀 모습의 끝은 안개 속으로 사라지고 있었다.

"밤엔 정말 멋있는 고장이에요."

여자가 말했다.

"그래요? 다행입니다."

내가 말했다.

"왜 다행이라고 말씀하시는 줄 짐작하겠어요."

여자가 말했다.

"어느 정도까지 짐작하셨어요?"

내가 물었다.

"사실은 멋이 없는 고장이니까요. 제 대답이 맞았어요?"

"거의."

우리는 다리를 다 건넜다. 거기서 우리는 헤어져야 했다. 그 여자는 냇물을 따라서 뻗어 나간 길로 가야 했고 나는 곧장 난 길로 가야 했다.

"아, 글루 가세요. 그럼…….

내가 말했다.

"조금만 바래다주세요. 이 길은 너무 조용해서 무서워요."

여자가 조금 떨리는 목소리로 말했다. 나는 다시 여자와 나란히 서서 걸었다. 나는 갑자기 이 여자와 친해진 것 같았다. 다리가 끝나는 바로 거기에서부터, 그 여자가 정말 무서워서 떠는 듯한 목소리로 내게 바래다주기를 청했던 바로 그때부터 나는 그 여자가 내 생애 속에 끼어든 것을 느꼈다. 내 모든 친구들처럼, 이제는 모른다고 할 수 없는, 때로는 내가 그들을 훼손하기도 했지만 그러나 더욱 많이 그들이 나를 훼손시켰던 내 모든 친구들처럼.

"처음에 뵈었을 때, 뭐랄까요, 서울냄새가 난다고 할까요, 퍽 오래 전부터 알던 사람처럼 느껴졌어요. 참 이상하죠?"

갑자기 여자가 말했다.

"유행가."

내가 말했다.

"네?"

"아니 유행가는 왜 부르십니까? 성악 공부한 사람들은 될 수 있는대로 유행가를 멀리하지 않았던가요?"

"그 사람들은 항상 유행가만 부르라고 하거든요."

대답하고 나서 여자는 부끄러운 듯이 나지막하게 소리내어 웃었다.

"유행가를 부르지 않으려면 거기에 가지 않는 게 좋다고 얘기하면 내 정간섭이 될까요?"

"정말 앞으론 가지 않을 작정이에요. 정말 보잘것없는 사람들이에 요."

"그럼 왜 여태까진 거기에 놀러 다녔습니까?"

"심심해서요."

여자는 힘없이 말했다. 심심하다, 그래 그게 가장 정확한 표현이다.

"아까 박군은 하선생님께서 유행가를 부르고 계시는 게 보기에 딱하다고 하면서 나가 버렸지요."

나는 어둠속에서 여자의 얼굴을 살폈다.

"박선생님은 정말 꽁생원이에요."

여자는 유쾌한 듯이 높은 소리로 웃었다.

"선량한 사람이죠."

내가 말했다.

"네, 너무 선량해요."

"박군이 하선생님을 사랑하고 있다는 생각을 해본 적은 없었던가요?"

"아이, '하선생님 하선생님' 하지 마세요. 오빠라고 해도 제 큰 오빠뻘이나 되실 텐데요."

"그럼 무어라고 부릅니까?"

"그냥 제 이름을 불러주세요. 인숙이라고요."

"인숙이 인숙이."

나는 낮은 소리로 중얼거려보았다.

"그게 좋군요."

나는 말했다.

"인숙인 왜 내 질문을 피하지요?"

"무슨 질문을 하셨던가요?"

여자는 웃으면서 말했다. 우리는 논 곁을 지나가고 있었다. 언젠가 여름밤, 멀고 가까운 논에서 들려오는 개구리들의 울음소리를, 마치 수많은 비단 조개 껍질을 한꺼번에 맞비빌 때 나는 듯한 소리를 듣고 있을 때 나는 그 개구리 울음소리들이 나의 감각 속에서 반짝이고 있는, 수없이 많은 별들로 바뀌어져 있는 것을 느끼곤 했었다. 청각의 이미지가 시각의 이미지로 바뀌어지는 이상한 현상이 나의 감각 속에서 일어나곤 했었던 것이다. 개구리 울음소리가 반짝이는 별들이라고 느낀 나의 감각은 왜 그렇게 뒤죽박죽이었을까. 그렇지만 밤하늘에서 쏟아질 듯이 반짝이고 있는 별들을 보고 개구리의 울음소리가 귀에 들려 오는 듯했었던 것은 아니다. 별들을 보고 있으면 나는 나의 어느 별과 그리고 그 별과 또 다른 별들 사이의 안타까운 거리가, 과학 책에서 배운 바로써가 아니라, 마치 나의 눈이 점점 정확해져 가고 있는 듯이, 나의 시력에 뚜렷하게 보여 오는 것이었다. 나는 그 도달할 길 없는 거리를 보는 데 홀려서 멍하니 서 있다가 그 순간 속에서 그대로 가슴이 터져버리는 것 같았었다. 왜 그렇게 못 견디어 했을까. 별이 무수히 반짝이는 밤하늘을 보고 있던 옛날 나는 왜 그렇게 분해서 못 견디어 했을까.

"무얼 생각하고 계세요?"

여자가 물어 왔다.

"개구리 울음소리."

대답하며 나는 밤하늘을 올려 봤다. 내리고 있는 안개에 가려서 별들
이 흐릿하게 떠보였다.

"어머, 개구리 울음소리. 정말예요. 제겐 여태까지 개구리 울음소리
가 들리지 않았어요. 무진의 개구리는 밤 열두 시 이후에만 우는 줄로
알고 있었는데요"

"열두 시 이후에요?"

"네, 밤 열두 시가 넘으면, 제가 방을 얻어 있는 주인댁의 라디오 소
리도 꺼지고 들리는 거라곤 개구리 울음소리뿐이거든요"

"밤 열두 시가 넘도록 잠을 자지 않고 무얼 하시죠?"

"그냥 가끔 그렇게 잠이 오지 않아요."

그냥 그렇게 잠이 오지 않는다, 아마 그건 사실이리라.

"사모님 예쁘게 생기셨어요?"

여자가 갑자기 물었다.

"제 아내 말씀인가요?"

"네."

"예쁘죠."

나는 웃으면서 대답했다.

"행복하시죠? 돈이 많고 예쁜 부인이 있고 귀여운 아이들이 있고 그
러면……."

"아이들은 아직 없으니까 쬐끔 덜 행복하겠군요."

"어머, 결혼을 언제 하셨는데 아직 아이들이 없어요?"

"이제 삼년 좀 넘었습니다."

"특별한 용무도 없이 여행하시면서 왜 혼자 다니세요?"

이 여자는 왜 이런 질문을 할까? 나는 조용히 웃어 버렸다. 여자는 아까보다 좀더 명랑한 목소리로 말했다.

"앞으로 오빠라고 부를 테니까 절 서울로 데려가 주시겠어요?"

"서울에 가고 싶으신 가요?"

"네."

"무진이 싫은가요?"

"미칠 것 같아요. 금방 미칠 것 같아요. 서울엔 제 대학 동창들도 많고…… 아이, 서울로 가고 싶어 죽겠어요."

여자는 잠깐 내 팔을 잡았다가 얼른 놓았다. 나는 갑자기 흥분되었다. 나는 이마를 찡그렸다. 찡그리고 또 찡그렸다. 그러자 흥분이 가셨다.

"그렇지만 이젠 어딜 가도 대학 시절과는 다를걸요. 인숙은 여자니까 아마 가정으로 숨어버리기 전에는 어느 곳에 가든지 미칠 것 같을걸요."

"그런 생각도 해봤어요. 그렇지만 지금 같아선 가정을 갖는다고 해도 미칠 것 같은 생각이 들어요. 정말 맘에 드는 남자가 아니면요. 정말 맘에 드는 남자가 있다고 해도 여기서는 살기가 싫어요. 전 그 남자에게 여기서 도망하자고 조를 거예요."

"그렇지만 내 경험으로는 서울에서의 생활이 반드시 좋지도 않더군요. 책임, 책임뿐입니다."

"그렇지만 여긴 책임도 무책임도 없는 곳인 걸요. 하여튼 서울에 가고 싶어요. 절 데려가 주시겠어요?"

"생각해 봅시다."

"꼭이에요, 네?"

나는 그저 웃기만 했다. 우리는 그 여자의 집앞에까지 왔다.

"선생님, 내일은 무얼 하실 계획이세요?"

여자가 물었다.

"글쎄요. 아침엔 어머님 산소엘 다녀와야 하겠고, 그러고 나면 할 일이 없군요. 바닷가에나 가볼까 하는데요. 거긴 한때 내가 방을 얻어 있던 집이 있으니까 인사도 할겸."

"선생님, 내일 거긴 오후에 가세요."

"왜요?"

"저도 같이 가고 싶어요. 내일은 토요일이니까 오전수업뿐이에요."

"그럽시다."

우리는 내일 만날 시간과 장소를 약속하고 헤어졌다. 나는 이상한 우울에 빠져서 터벅터벅 밤길을 걸어 이모 댁으로 돌아왔다.

내가 이불 속으로 들어갔을 때 통금 사이렌이 불었다. 그것은 갑자스럽게 요란한 소리였다. 그 소리는 길었다. 모든 사물이 모든 사고(思考)가 그 사이렌에 흡수되어 갔다. 마침내 이 세상에선 아무것도 없어져 버렸다. 사이렌만이 세상에 남아 있었다. 그 소리도 마침내 느껴지지 않을 만큼 오랫동안 계속할 것 같았다. 그때 소리가 갑자기 힘을 잃으면서 꺾였고 길게 신음하며 사라져갔다.

내 사고(思考)만이 다시 살아났다. 나는 얼마 전까지 그 여자와 주고받던 얘기들을 다시 생각해 보려 했다. 많은 것을 얘기한 것 같은데 그러나 귓속에는 우리의 대화가 몇 개 남아 있지 않았다. 좀더 시간이 지난 후, 그 대화들이 내 귓속에서 내 머릿속으로 자리를 옮길 때는 그리고 머릿속에서 심장 속으로 옮겨갈 때는 또 몇 개가 더 없어져 버릴 것인가. 아니 결국엔 모두 없어져버릴지도 모른다.

천천히 생각해 보자. 그 여자는 서울에 가고 싶다고 했다. 그 말을 그 여자는 안타까운 음성으로 얘기했다. 나는 문득 그 여자를 껴안고 싶은 충동에 사로잡혔다.

그리고…… 아니, 내 심장에 남을 수 있는 것은 그것뿐이었다. 그러나 그것도 일단 무진을 떠나기만 하면 내 심장 위에서 지워져 버리리라. 나는 잠이 오지 않았다. 낮잠 때문이기도 하였다. 나는 어둠 속에서 담배를 피웠다.

나는 우울한 유령들처럼 나를 내려다보고 있는 벽에 걸린 하얀 옷들을 흘겨보고 있었다. 나는 담뱃재를 머리맡의 적당한 곳에 떨었다. 내일 아침 걸레로 닦아 내면 될 어느곳에. '열두 시 이후에 우는' 개구리 울음소리가 희미하게 들려 오고 있었다. 어디선가 한 시를 알리는 시계 소리가 나직이 들려 왔다. 어디선가 두 시를 알리는 시계 소리가 들려 왔다. 어디선가 세 시를 알리는 시계 소리가 들려 왔다. 어디선가 네 시를 알리는 시계 소리가 들려 왔다. 잠시 후에 통금 해제의 사이렌이 불었다. 시계와 사이렌 중 어느것 하나가 정확하지 못했다. 사이렌은 갑작스럽고 요란한 소리였다. 그 소리는 길었다. 모든 사물이 모든 사고가 그 사이렌에 흡수되어 갔다. 마침내 이 세상에선 아무것도 없어져 버렸다. 사이렌만 이 세상에 남아 있었다. 그 소리도 마침내 느껴지지 않을 만큼 오랫동안 계속할 것 같았다. 그때 소리가 갑자기 힘을 잃으면서 꺾였고 길게 신음하며 사라져갔다. 어디선가 부부들은 교합(交合)하리라. 아니다. 부부가 아니라 창부와 그 여자의 손님이리라. 나는 왜 그런 엉뚱한 생각을 하고 있는지 알 수 없었다. 잠시 후에 나는 슬며시 잠이 들었다.

그날 아침엔 이슬비가 내리고 있었다. 식전에 나는 우산을 받쳐들고 읍 근처의 산에 있는 어머니의 산소로 갔다. 나는 바지를 무릎 위까지 걷어올리고 비를 맞으며 묘를 향하여 엎드려 절했다. 비가 나를 굉장한 효자로 만들어 주었다. 나는 한 손으로 묘 위의 긴 풀을 뜯었다. 풀을 뜯으면서 나는, 나를 전무님으로 만들기 위하여 전무 선출에 관계된 사람들을 찾아다니며 그 호걸 웃음을 웃고 있을 장인 영감을 상상했다. 그러다 나는 묘속으로 들어가고 싶었다.

돌아가는 길은, 좀 멀기는 하지만 잔디가 곱게 깔린 방죽 길을 걷기로 했다. 이슬비가 바람에 뿌옇게 날리고 있었다. 비를 따라서 풍경이 흔들렸다. 나는 우산을 접어 버렸다. 방죽 위를 걸어가다가 나는, 방죽의 경사 밑 물가의 풀밭에, 읍에서 먼 촌으로부터 등교하기 위하여 온 학생들이 모여서 웅성거리고 있는 것을 보았다.

나이 많은 사람들이 몇 사람 끼여 있었고 비옷을 입은 순경 한 사람이 방죽의 비탈 위에 쭈그리고 앉아서 담배를 피우며 먼곳을 바라보고 있었고 노파 한 사람이 혀를 차며 웅성거리고 있는 학생들의 틈을 빠져나와서 갔다. 나는 방죽의 비탈을 내려갔다. 순경 곁을 지나면서 나는 물었다.

"무슨 일입니까?"

"자살 시쳅니다."

순경은 흥미 없는 말투로 말했다.

"누군데요?"

"읍에 있는 술집 여잡니다. 초여름이 되면 반드시 몇 명씩 죽지요."

"네에."

"저 계집애는 아주 독살스러운 년이어서 안 죽을 줄 알았더니, 저것도 별 수 없는 사람이었던 모양입니다."

"네에."

나는 물가로 내려가서 학생들 틈에 끼었다. 시체의 얼굴은 냇물을 향하고 있었으므로 내게는 보이지 않았다. 머리는 파마였고 팔과 다리가 하얗고 굵었다. 붉은 색의 얇은 스웨터를 입고 있었고 하얀 스커트를 입고 있었다. 지난밤의 새벽은 추웠던 모양이다. 아니면 그 옷이 그 여자의 맘에 든 옷이었던가 보다. 푸른 꽃무늬 있는 하얀 고무신을 머리에 베고 있었다. 무엇인가를 싼 하얀 손수건이 그 여자의 축 늘어진 손에서 좀 떨어진 곳에 굴러 있었다.

하얀 손수건은 비를 맞고 있었고 바람이 불어도 조금도 나부끼지 않았다. 시체의 얼굴을 보기 위해서 많은 학생들이 냇물속에 발을 담그고 이쪽을 향하여 서 있었다. 그들의 푸른색 유니폼이 물에 거꾸로 비쳐 있었다. 푸른색의 깃발들이 시체를 옹위하고 있었다.

나는 그 여자를 향하여 이상스레 정욕이 끓어오름을 느꼈다. 나는 급히 그 자리를 떠났다.

"무슨 약을 먹었는지 모르지만 지금이라도 어쩌면……"

순경에게 내가 말했다.

"저런 여자들이 먹는 건 청산가립니다. 수면제 몇 알 먹고 떠들썩한 연극 같은 건 안하지요. 그것만은 고마운 일이지만."

나는 무진으로 오는 버스 안에서 수면제를 만들어 팔겠다는 공상을 한 것이 생각났다. 햇볕의 신선한 밝음과 살갗에 탄력을 주는 정도의 공기의 저온, 그리고 해풍(海風)에 섞여 있는 정도의 소금기, 이 세 가지를 합성하여 수면제를 만들 수 있다면…… 그러나 사실 그 수면제는 이미 만들어져 있었던 게 아닐까. 나는 문득, 내가 간밤에 잠을 이루지 못하고 뒤척거리고 있었던 게 이 여자의 임종을 지켜 주기 위해서가 아니었을까 하는 생각이 들었다. 통금 해제의 사이렌이 불고 이 여자는 약을 먹고 그제야 나는 슬며시 잠이 들었던 것만 같다. 갑자기 나는 이 여자가 나의 일부처럼 느껴졌다. 아프긴 하지만 아끼지 않으면 안될 내 몸의 일부처럼 느껴졌다. 나는 접어든 우산에 묻은 물을 휙휙 뿌리면서 집으로 돌아왔다. 집에는 세무서장인 조가 보낸 쪽지가 기다리고 있었다. 〈할 일 없으면 세무서에 좀 들러주게.〉 아침밥을 먹고 나는 세무서로 갔다. 이슬비는 그쳤으나 하늘은 흐렸다. 나는 조의 의도를 알 것 같았다. 서장실에 앉아 있는 자기의 모습을 보여주고 싶은 거다.

아니 내가 비꼬아서 생각하고 있는지 모른다. 나는 고쳐 생각하기로 했다. 그는 세무서장으로 만족하고 있을까? 아마 만족하고 있을 게다. 그는 무진에 어울리는 사람이다. 아니, 나는 다시 고쳐 생각하기로 했다. 어떤 사람을 잘 안다는 것─잘 아는 체한다는 것이 그 어떤 사람의 입장에서 보면 무척 불행한 일이다. 우리가 비난할 수 있고 적어도 평가하려고 드는 것은 우리가 알고 있는 사람에 한하는 것이기 때문이다.

조는 러닝샤쓰 바람으로, 바지는 무릎 위까지 걷어붙이고 부채를 부치고 있었다. 나는 그가 초라해 보였고 그러나 그가 흰 커버를 씌운 회

전의자 위에 앉아 있는 것을 자랑스러워하는 듯한 몸짓을 해보일 때는 그가 가엾게 생각되었다.

"바쁘지 않나?"

내가 물었다.

"나야 뭐 하는 일이 있어야지. 높은 자리라는 건 책임진다는 말만 중얼거리고 있으면 되는 모양이지."

그러나 그는 결코 한가하지 않았다. 여러 사람들이 드나들면서 서류에 조의 도장을 받아 갔고 더 많은 서류들이 그의 미결함(未決函)에 쌓여졌다.

"월말에다가 토요일이 되어서 좀 바쁘다."

그는 말했다. 그러나 그의 얼굴은 그 바쁜 것을 자랑스럽게 여기고 있었다. 바쁘다. 자랑스러워 할 틈도 없이 바쁘다. 그것은 서울에서의 나였다. 그만큼 여기는 생활한다는 것에 서투를 수 있다고나 할까? 바쁘다는 것도 서투르게 바빴다. 그리고 그때 나는, 사람이 자기가 하는 일에 서투르다는 것은, 그것이 무슨 일이든지 설령 도둑질이라고 할지라도 서투르다는 것은 보기에 딱하고 보는 사람을 신경질 나게 한다고 생각하였다. 미끈하게 일을 처리해 버린다는 건 우선 우리를 안심시켜 준다.

"참, 엊저녁, 하선생이란 여자는 네 색시감이냐?"

내가 물었다.

"색시감?"

그는 높은 소리로 웃었다.

"내 색시감이 그 정도로밖에 안 보이냐?"

그가 말했다.

"그 정도가 뭐 어때서?"

"야, 이 약아빠진 놈아, 넌 빽 좋고 돈 많은 과부를 물어 놓고 기껏 내가 어디서 굴러 온 줄도 모르는 말라빠진 음악 선생이나 차지하고 있으면 맘이 시원하겠다는 거냐?"

말하고 나서 그는 유쾌해 죽겠다는 듯이 웃어대었다.

"너만큼만 사는 정도라면 여자가 거지라도 괜찮지 않아?" 내가 말했다.

"그래도 그게 아니다. 내 편에 나를 끌어 줄 사람이 없으면 처가 편에서라도 누가 있어야 하는 거야."

그가 대답했다. 그의 말투로는 우리는 공모자였다.

"야, 세상 우습더라. 내가 고시에 패스하자마자 중매쟁이가 막 들어오는데…… 그런데 그게 모두 형편없는 것들이거든. 도대체 여자들이 성기(性器) 하나를 밑천으로 해서 시집 가보겠다는 고 배짱들이 괘씸하단 말야."

"그럼 그 여선생도 그런 여자 중의 하나인가?"

"아주 대표적인 여자지. 어떻게나 쫓아다니는지 귀찮아 죽겠다."

"퍽 똑똑한 여자일 것 같던데."

"똑똑하기야 하지. 그렇지만 뒷조사를 해보았더니 집안이 너무 허술해. 그 여자가 여기서 죽는다고 해도 고향에서 그 여자를 데리러 올 사람 하나 변변한 게 없거든."

나는 그 여자를 어서 만나 보고 싶었다. 나는 그 여자가 지금 어디서 죽어가고 있는 것처럼 생각되었다. 어서 가서 만나 보고 싶었다.

"속도 모르는 박군은 그 여자를 좋아한대."

그가 말하면서 빙긋 웃었다.

"박군이?"

나는 놀라는 체했다.

"그 여자에게 편지를 보내어 호소를 하는데 그 여자가 모두 내게 보여주거든. 박군은 내게 연애 편지를 쓰는 셈이지."

나는 그 여자를 만나 보고 싶은 생각이 싹 가셨다. 그러나 잠시 후엔 그 여자를 어서 만나 보고 싶다는 생각이 되살아났다.

"지난봄엔 그 여잘 데리고 절엘 한번 갔었지. 어떻게 해보려고 했는데 요 영리한 게 결혼하기 전까지는 절대로 안된다는 거야."

"그래서?"

"무안만 당하고 말았지."

나는 그 여자에게 감사했다.

시간이 됐을 때 나는 그 여자와 만나기로 한, 읍내에서 좀 떨어진 바다로 뻗어 나가고 있는 방죽으로 갔다. 노란 파라솔 하나가 멀리 보였다. 그것이 그 여자였다. 우리는 구름이 낀 하늘 밑을 나란히 걸어갔다.

"저 오늘 박선생님께 선생님에 관해서 여러 가지 물어 봤어요."

"그래요?"

"무얼 제일 중요하게 물어 보았을 것 같아요?"

나는 전연 짐작할 수가 없었다. 그 여자는 잠시 동안 키득키득 웃었다. 그리고 말했다.

"선생님의 혈액형을 물어 봤어요."

"내 혈액형을요?"

"전 혈액형에 대해서 이상한 믿음을 가지고 있어요. 사람들이 꼭 자기의 혈액형이 나타내 주는—그, 생물 책에 씌어있지 않아요?—꼭 그 성격대로 이기만 했으면 좋겠어요. 그럼 세상엔 손가락으로 꼽을 정도의 성격밖에 없을 게 아니에요?"

"그게 어디 믿음입니까? 희망이지."

"전 제가 바라는 것은 그대로 믿어 버리는 성격이에요."

"그건 무슨 혈액형입니까?"

"바보라는 이름의 혈액형이에요."

우리는 후덥지근한 공기 속에서 괴롭게 웃었다. 나는 그 여자의 프로필을 훔쳐보았다. 그 여자는 이제 웃음을 그치고 입을 꾹 다물고 그 커다란 눈으로 앞을 똑바로 응시하고 있었고 코끝에 땀이 맺혀 있었다. 그 여자는 어린아이처럼 나를 따라오고 있었다. 나는 나의 한 손으로 그 여자의 한손을 잡았다. 그 여자는 놀라는 듯했다. 나는 얼른 손을 놓았다. 잠시 후에 나는 다시 손을 잡았다.

그 여자는 이번엔 놀라지 않았다. 우리가 잡고 있는 손바닥과 손바닥의 틈으로 희미한 바람이 새어나가고 있었다.

"무작정 서울에만 가면 어떻게 할 작정이오?"

내가 물었다.

"이렇게 좋은 오빠가 있는데 어떻게 해주겠지요."

여자는 나를 쳐다보며 방긋 웃었다.

"신랑감이야 수두룩하긴 하지만…… 서울보다는 고향에 가 있는 게 낫지 않을까요?"

"고향보다는 여기가 나아요."

"그럼 여기 그대로 있는 게……."

"아이, 선생님. 절 데리고 가시잖을 작정이시군요."

여자는 울상을 지으며 내 손을 뿌리쳤다. 사실 나는 내 자신을 알 수 없었다. 사실 나는 감상(感傷)이나 연민으로써 세상을 향하고 서는 나이도 지난 것이다. 사실 나는, 몇 시간 전에 조가 얘기했듯이 '빽이 좋고 돈 많은 과부'를 만난 것을 반드시 바랐던 것은 아니지만 결과적으로는 잘 되었다고 생각하고 있는 사람인 것이다.

나는 내게서 달아나 버렸던 여자에 대한 것과는 다른 사랑을 지금의 내 아내에 대하여 갖고 있었다. 그러면서도 나는 구름이 끼어 있는 하늘 밑의 바다로 뻗은 방죽 위를 걸어가면서, 다시 내 곁에 선 여자의 손을 잡았다. 나는 지금 우리가 찾아가고 있는 집에 대하여 여자에게 설명해 주었다. 어느해, 나는 그 집에서 방 한 칸을 얻어들고 더러워진 나의 폐(肺)를 씻어 내고 있었다. 어머니도 세상을 떠나간 뒤였다. 이 바닷가에서 보낸 일 년. 그때 내가 쓴 모든 편지들 속에서 사람들은 '쓸쓸하다'라는 단어를 쉽게 발견할 수 있었다. 그 단어는 다소 천박하고 이제는 사람의 가슴에 호소해 오는 능력도 거의 상실해 버린 사어(死語)같은 것이지만 그러나 그 무렵의 내게는 그 말밖에 써야 할 말이 없는 것처럼 생각되었었다.

아침의 백사장을 거니는 산보에서 느끼는 시간의 지루함과 낮잠에서 깨어나서 식은땀이 줄줄 흐르는 이마를 손바닥으로 닦으며 느끼는 허전함과 깊은 밤에 악몽으로부터 깨어나서 쿵쿵 소리를 내며 급하게 뛰고 있는 심장을 한 손으로 누르며 밤바다의 그 애처로운 울음소리에 귀를 기울이고 있을 때의 안타까움, 그런 것들이 굴껍데기처럼 다닥다닥

붙어서 떨어질 줄 모르는 나의 생활을 나는 '쓸쓸하다'라는, 지금 생각하면 허깨비 같은 단어 하나로 대신시켰던 것이다. 바다는 상상도 되지 않는 먼지 낀 도시에서, 바쁜 일과중에, 무표정한 우편배달부가 던져주고 간 나의 편지 속에서 '쓸쓸하다'라는 말을 보았을 때 그 편지를 받은 사람이 과연 무엇을 느끼거나 상상할 수 있었을까? 그 바닷가에서 그 편지를 내가 띄우고 도시에서 내가 그 편지를 받았다고 가정할 경우에도 내가 그 바닷가에서 그 단어에 걸어 보던 모든 것에 만족할 만큼 도시의 내가 바닷가의 나의 심경에 공명할 수 있었을 것인가? 아니 그것이 필요하기나 했었을까? 그러나 정확하게 말하자면, 그 무렵 편지를 쓰기 위해서 책상 앞으로 다가가고 있던 나도, 지금에 와서 내가 하고 있는 바와 같은 가정과 질문을 어렴풋이나마 하고 있었고 그 대답을 '아니다'로 생각하고 있었던 듯하다. 그러면서도 그는 그 속에 '쓸쓸하다'라는 단어가 씌어진 편지를 썼고 때로는 바다가 암청색(暗靑色)으로 서투르게 그려진 엽서를 사방으로 띄웠다.

"세상에서 제일 먼저 편지를 쓴 사람은 어떤 사람이었을까요?" 내가 말했다.

"아이, 편지, 정말 편지를 받는 것처럼 기쁜 일은 없어요. 정말 누구였을까요? 아마 선생님처럼 외로운 사람이었겠죠?"

여자의 손이 내 손안에서 꼼지락거렸다. 나는 그 손이 그렇게 말하고 있는 듯한 느낌이 들었다.

"그리고 인숙이처럼."

내가 말했다.

"네."

우리는 서로 고개를 돌려 마주보면 웃음지었다.

우리는 우리가 찾아가는 집에 도착했다. 세월이 그 집과 그 집 사람들만은 피해서 지나갔던 모양이다. 주인들은 나를 옛날의 나로 대해주었고 그러자 나는 옛날의 내가 되었다. 나는 가지고 온 선물을 내놓았고 그 집 주인 부부는 내가 들어있던 방을 우리에게 제공해 주었다. 나는 그 방에서 여자의 조바심을, 마치 칼을 들고 달려드는 사람으로부터, 누군가 자기의 손에서 칼을 빼앗아 주지 않으면 상대편을 찌르고 말 듯한 절망을 느끼는 사람으로부터 칼을 빼앗듯이 그 여자의 조바심을 빼앗아 주었다. 그 여자는 처녀는 아니었다. 우리는 다시 방문을 열고 물결이 다소 거센 바다를 내어다보며 오랫동안 말없이 누워 있었다.

"서울에 가고 싶어요. 단지 그거뿐예요."

한참 후에 여자가 말했다. 나는 손가락으로 여자의 볼 위에 의미 없는 도화를 그리고 있었다.

"세상엔 착한 사람이 있을까?"

나는 방으로 불어오는 해풍 때문에 불이 꺼져 버린 담배에 다시 불을 붙이며 말했다.

"절 나무라시는 거죠? 착하게 보아주려는 마음이 없으면 아무도 착하지 않을 거예요." 나는 우리가 불교도(佛敎徒)라고 생각했다.

"선생님은 착한 분이세요?"

"인숙이가 믿어주는 한."

나는 다시 한번 우리가 불교도라고 생각했다. 여자는 누운 채 내게 조금 더 다가왔다.

"바닷가로 나가요 네? 노래 불러드릴게요."

여자가 말했다. 그러나 우리는 일어나지 않았다.

"바닷가로 나가요, 네? 방이 너무 더워요."

우리는 일어나서 밖으로 나왔다. 우리는 백사장을 걸어서 인가가 보이지 않는 바닷가의 바위 위에 앉았다. 파도가 거품을 숨겨 가지고 와서 우리가 앉아 있는 바위 밑에 그것을 뿜어 놓았다.

"선생님"

여자가 나를 불렀다. 나는 여자 쪽으로 고개를 돌렸다.

"자기 자신이 싫어지는 것을 경험하신 적이 있으세요?"

여자가 꾸민 명랑한 목소리로 물었다. 나는 기억을 헤쳐 보았다. 나는 고개를 끄덕이며 말했다.

"언젠가 나와 함께 자던 친구가 다음날 아침에 내가 코를 골면서 자더라는 것을 알려주었을 때였지. 그땐 정말이지 살 맛이 나지 않았어."

나는 여자를 웃기기 위해서 그렇게 말했다. 그러나 여자는 웃지 않고 조용히 고개만 끄덕거렸다.

한참 후에 여자가 말했다.

"선생님, 저 서울에 가고 싶지 않아요."

나는 여자의 손을 달라고 하여 잡았다. 나는 그 손을 힘을 주어 쥐면서 말했다.

"우리 서로 거짓말은 하지 말기로 해."

"거짓말이 아니에요."

여자는 방긋 웃으면서 말했다.

"〈어떤 갠 날〉 불러드릴게요."

"그렇지만 오늘은 흐린걸."

나는 〈어떤 갠 날〉의 그 이별을 생각하며 말했다. 흐린 날엔 사람들은 헤어지지 말기로 하자. 손을 내밀고 그 손을 잡는 사람이 있으면 그 사람을 가까이 가까이 좀더 가까이 끌어당겨주기로 하자. 나는 그 여자에게 '사랑한다'고 말하고 싶었다. 그러나 '사랑한다'라는 그 국어(國語)의 어색함이 그렇게 말하고 싶은 나의 충동을 쫓아 버렸다.

우리가 바닷가에서 읍내로 돌아온 것은 저녁의 어둠이 밀려든 뒤였다. 읍내에 들어오기 조금 전에 우리는 방죽 위에서 키스를 했다.

"전 선생님께서 여기 계시는 일주일 동안만 멋있는 연애를 할 계획이니까 그렇게 알고 계세요."

헤어지면서 여자가 말했다.

"그렇지만 내 힘이 더 세니까 별 수 없이 내게 끌려서 서울까지 가게 될걸."

내가 말했다.

집으로 돌아와서 나는 후배인 박이 낮에 다녀간 것을 알았다. 그는 내가 '무진에 계시는 동안 심심하시지 않을까 하여 읽으시라'고 책 세 권을 두고 갔다. 그가 저녁에 다시 오겠다고 하더라는 얘기를 이모가 내게 했다. 나는 피로를 핑계로 아무도 만나기 싫다는 뜻을 이모에게 알려 두었다.

이모는 내가 바닷가에서 아직 돌아오지 않았다고 대답하겠다고 말했다. 나는 아무것도 생각하고 싶지 않았다, 아무것도. 나는 이모에게 소주를 사오게 하여 취해서 잠이 들 때까지 마셨다. 새벽녘에 잠깐 잠이 깨었다. 나는 이유를 집어낼 수 없이 가슴이 두근거렸는데 그것은 불안이었다. '인숙이' 하고 나는 중얼거려 보았다. 그리고 곧 다시 잠이 들어 버렸다.

나는 이모가 나를 흔들어 깨워서 눈을 떴다. 늦은 아침이었다. 이모는 전보 한 통을 내게 건네주었다. 엎드려 누운 채 나는 전보를 펴보았다. 〈27일회의참석필요급상경바람 영〉. 〈27일〉은 모레였고 〈영〉은 아내였다. 나는 아프도록 쑤시는 이마를 베개에 대었다. 나는 숨을 거칠게 쉬고 있었다. 나는 내 호흡을 진정시키려고 했다. 아내의 전보가 무진에 와서 내가 한 모든 행동과 사고(思考)를 내게 점점 명료하게 드러내 보여주었다. 모든 것이 선입관 때문이었다. 결국 아내의 전보는 그렇게 얘기하고 있었다. 나는 아니라고 고개를 저었다. 모든 것이, 흔히 여행자에게 주어지는 그 자유 때문이라고 아내의 전보는 말하고 있었다. 나는 아니라고 고개를 저었다. 모든 것이 세월에 의하여 내 마음속에서 잊혀질 수 있다고 전보는 말하고 있었다.

그러나 상처가 남는다고, 나는 고개를 저었다. 오랫동안 우리는 다투었다. 그래서 전보와 나는 타협안을 만들었다. 한 번만, 마지막으로 한 번만 이 무진을, 안개를, 외롭게 미쳐 가는 것을, 유행가를, 술집여자의 자살을, 배반을, 무책임을 긍정하기로 하자. 마지막으로 한 번만이다. 꼭 한 번만, 그리고 나는 내게 주어진 한정된 책임 속에서만 살기로 약속한다. 전보여, 새끼손가락을 내밀어라.

나는 거기에 내 새끼손가락을 걸어서 약속한다. 우리는 약속했다.

그러나 나는 돌아서서 전보의 눈을 피하여 편지를 썼다. '갑자기 떠나게 되었습니다. 찾아가서 말로써 오늘 제가 먼저 가는 것을 알리고 싶었습니다만 대화란 항상 의외의 방향으로 나가 버리기를 좋아하기 때문에 이렇게 글로써 알리는 것입니다. 간단히 쓰겠습니다. 사랑하고 있습니다. 왜냐하면 당신은 제 자신이기 때문에, 적어도 제가 어렴풋이나마 사랑하고 있는 옛날의 저의 모습이기 때문입니다. 저는 옛날의 저를 오늘의 저로 끌어 놓기 위하여 있는 힘을 다할 작정입니다. 저를 믿어 주십시오. 그리고 서울에서 준비가 되는대로 소식 드리면 당신은 무진을 떠나서 제게 와 주십시오. 우리는 아마 행복할 수 있을 것입니다.' 쓰고나서 나는 그 편지를 읽어봤다. 또 한 번 읽어봤다. 그리고 찢어버렸다.

덜컹거리며 달리는 버스 속에서 나는, 어디쯤에선가, 길가에 세워진 하얀 팻말을 보았다. 거기에는 선명한 검은 글씨로 '당신은 무진읍을 떠나고 있습니다. 안녕히 가십시오'라고 씌어 있었다.

나는 심한 부끄러움을 느꼈다.

이무기 사냥꾼

손홍규

택시가 빵, 빠앙, 성급하고 짜증 섞인 경적을 울리며 추월해갔다. 건짜증이 난 용태는 평소 습관처럼 잇새로 침을 찍 뱉으려다, 자신이 지금 운전중이라는 사실을 깨닫고는 그만두었다. 사실 침을 뱉을 기운도 없었다. 온 신경은 오로지 자신의 샅으로 향하고 있었다. 눈앞에 작두가 있다면 배꼽 아래를 썩둑 잘라내고 싶을 지경이었다. 처음에는 쓰라리기만 하더니 급기야 그 부위를 칼로 도려낸 듯 쩌릿한 통증이 밀려왔다.

거웃에 괴상한 벌레가 살고 있다는 걸 그가 알게 된 건 이틀 전이었다. 불두덩이 따가울 정도로 맹렬히 가려워도 괴춤에 손을 집어넣고 벅벅 긁어대기나 했지, 눈으로 확인할 생각은 없었다. 시간이 지나면 사라질 피부병인 줄만 알았다. 그러다 용태는 부신 햇살이 옥탑방으로 비집고 들어오던 한낮, 시도때도없이 가려운 그놈의 불두덩을 관찰할 마음이 생겼다. 그러지 않아도 가려워 긁으려는데 손끝에 모기 물린 자국처럼 도톰하게 솟아오른 게 만져졌다. 그는 팬티를 내리고 손가락으로 거웃을 헤치며 더듬어보았다. 부스럼을 찾아 손톱으로 따짝거렸다. 벗겨낸 딱지 아래 희끄무레한 것이 눈에 띄었다. 그가 손가락으로 살짝 찍어 눈앞에 대고 보니 그것은 반투명의 조그맣고 앙증맞은 벌레였다.

용태는 벌레를 하늘색 페인트칠이 된 창틀에 내려놓았다. 창문으로 들이치는 햇살에 눈살을 찌푸리던 그는 손갓을 만들어 벌레를 주시했다. 일종의 보호본능이랄까. 벌레는 꼼짝도 않고 한동안 그대로 있었다. 죽은 체하는 게 분명했다. 용태는 피식 웃었다. 힘없고 나약한 것들은 일쑤 이처럼 죽은 체하게 마련이었다.

아버지도 그랬다. 마을에서 사람들이 올라오면 숨부터 헐떡거렸다. 깊은 산에서 곰이나 범을 만난대도 눈썹조차 꿈틀거리지 않을 아버지였다. 그러나 그때만은 비루먹은 개와 다르지 않았다. 사람들의 매질이 어느정도 무르익으면 아버지는 너구리처럼 웅크리고 죽은 듯이 꼼짝도 하지 않았다. 그러면 사람들은 한무더기의 가래를 아버지의 몸에 뱉어 놓고 마을로 내려갔다. 용태는 이제 그쯤이면 아버지의 연기, 죽은 시늉도 끝날 것이라 여겼다. 그러나 아버지는 사람들이 이미 마을에 돌아가 밥상을 받고 그날의 무용담을 식구들에게 떠벌리고 발을 닦고 이부자리에 들어가고도 남을 만큼의 시간이 지난 뒤에야, 야행성 길짐승과 날짐승의 눈동자가 달빛에 번들거릴 즈음에야, 그 시늉을 멈추고 일어났다. 이따금 용태는 정말로 아버지가 죽은 게 아닐까 싶어 부지깽이로 아버지의 옆구리를 찔러보기도 했다. 용태는 그런 검쟁이 아버지가 미웠다. 어머니 역시 미웠다. 어머니는 어둑한 흙집 안에서 시체처럼 누운 채 아버지가 마을 남정네들에게 두들겨맞는 소리를 들으며 눈물이나 흘렸을 것이다. 그는 밤마다 마을에 내려가 은신처로 이용하는 폐가에서 아이들을 모아놓고 괴롭히던 일도 떠올렸다. 말을 듣지 않거나, 부모에게 이르거나, 은신처에 나오지 않은 적이 있거나, 그런 아이들에겐 어김없이 주먹질을 했다. 씨벌놈이 멀 꼬라봐, 눈깔을 쑤셔벌랑게!

침을 뱉듯 이렇게 으르렁거리면 마을 아이들은 꼼짝도 못했다. 잇새로 찍 소리를 내며 침을 뱉는 습관을 가지게 된 것도 그때부터였다. 고등학교에 다니는 형들이 용태의 버르장머리를 고쳐주겠다며 떼로 몰려온 적도 있으나 용태는 낯빛도 바꾸지 않고 면도칼로 제 배를 그었다. 그 뒤로는 누구도 그를 건드리지 않았다.

그가 잠시 멍해 있는 동안 이 작은 벌레가 꿈틀거렸다. 안쪽으로 모으고 있던 더듬이와 다리를 바깥쪽으로 쭉 뻗더니 꼬물꼬물 움직이기 시작했다. 머릿니와는 달리 몸통도 작고 연한 우윳빛을 띠는 이 반투명의 벌레가 창틀을 따라 달팽이처럼 기어갔다. 그는 손가락으로 그 조그만 벌레를 건드렸다. 시야에서 사라졌다 싶어 살펴보니 손가락 끝에 묻어 있었다. 그는 잃어버릴세라 조심스레 벌레를 떨어냈다. 벌레는 다시 꼼짝도 않고 죽은 시늉을 했다.

거웃을 살피니 털마다 흰빛을 띠는 것들이 매달려 있었다. 엄지와 검지로 털 한올을 뽑아놓고 그 흰빛을 띠는 것들을 떼어내니 마치 쉼표처럼 생겼다. 벌레의 알이었다. 그는 서캐를 바닥에 놓고 손톱으로 눌렀다. 진저리를 치는 그의 온몸에 소름이 돋았다. 손톱 아래서 미세한 저항이, 툭, 서캐의 몸통이 터지는, 폭발이 느껴졌다.

들창을 통해 볕이 비치는 마루에서 그렇게 아버지도 사면발이를 잡았다. 아버지는 그 벌레를 가랑니라고 불렀다. 머릿니만 알고 있던 용태는 가랑이에도 그런 이가 산다는 게 신기하기 짝이 없었다. 대체 가랑니란 어떻게 생겨먹은 것일까 궁금해 그가 다가갈라치면 아버지는 냉큼 일어나 솥뚜껑 같은 손으로 그의 따귀를 갈기곤 했다. 그럴 때의 아버지는 묘하게도, 수치를 견디는 표정을 짓고 있었다. 그리고 보면 그게 꼭 아버지의 속곳이랄 수는 없었다. 허연 허벅지를 드러낸 어머니 곁에 쭈그리고 앉아 무언가에 골똘하던 아버지의 모습도 떠올랐다.

어둑어둑해질 때까지 한나절을 잡았으나 서캐와 벌레는 끝없이 나왔다. 옥탑방 창문 아래 골목길은 야간근무 교대를 위해 발걸음을 서두르는 외국인노동자들로 북새통을 이뤘다. 용태는 창문 밖으로 고개를 길게 늘이고 그들의 머리 위로 악다구니를 퍼부었다. 술티! 레베카! 칼리! 개호로잡년들아! 거저 줘도 다시는 안 먹을 허벌창들아! 용태는 엄지를 집게와 가운뎃손가락 사이에 넣고 주먹을 쥔 채 을러댔다. 고개를 쳐들고 바라보던 몇몇 외국인노동자들도 용태를 따라했다. 꼴두기짓은 만국공통어였다. 술티, 레베카, 칼리, 제법 육덕들이 푸짐해 그중 하나쯤은 붙잡고 살림을 차려도 좋겠다고 생각한 용태였으나 그 순간만은 포달을 떨지 않을 수 없었다.

거웃은 말할 것도 없이 겨드랑털이며 머리털이며 털이란 털은 다 밀어버려야 할지도 몰랐다. 용태는 군대시절 사면발이에 걸려 온몸의 털을 다 밀어버린 고참을 본 적이 있다. 물론 직접 눈으로 본 건 처음이었으나 이 작은 벌레가 사면발이라는 걸 모를 만큼 미욱하지는 않았다. 그는 치를 떨며 슈퍼로 달려가 에프킬라를 구입해 불두덩에 뿌렸다. 얼마나 많이 뿌렸는지 에프킬라 액이 허벅지를 타고 내려가 무릎에 걸린 팬티를 흥건히 적셨다. 하루를 기다렸으나 기대한 만큼의 효과는 없었다. 어쩔 수 없이 그는 약국에 가서 사면발이, 옴에 특효라는 린단로션을 사왔다. 급한 마음에 그는 거의 반 통에 가까운

양을 한번에 뿌렸다. 온몸에 돋은 소름은 좀체 사라지지 않았다. 그의 머릿속에는 오로지 이 벌레를 한시라도 빨리 박멸해야 한다는 생각뿐이었다.

약이 피부에 스며들면 물로 씻어내야 하는데 그럴 틈이 없었다. 알리가 혀 짧은 소리로 그의 이름을 부르며 재촉한 탓이었다. 사면발이란 녀석들이 죽었는지 살았는지는 알 수 없으나 집을 나서자 불알과 샅이 화끈거리기 시작했다. 처음엔 견딜 만했다. 그러나 시간이 지날수록 화끈거림을 넘어 회칼로 살갗을 얇게 저민 듯 고통스러웠다.

그는 담배를 빼물고 습관처럼 조수석을 힐끔거렸다. 알리가 멀쩡하다면 그의 입에 담배가 물릴 새도 없이, 아니 담배를 피우고 싶다는 기색이 드러나기만 하면, 제가 불을 붙여 건네줬을 것이다. 그러나 알리는 식은땀이 송골송골 맺힌 이마로 방아를 찧으며 졸고 있다.

이따금 엄지로 관자놀이를 누르던 용태는 에어컨을 끄고 운전석의 차창을 내렸다. 습기 머금은 바람이, 아니 자동차가 달려가면서 끌어들이는 후텁지근한 공기의 덩어리들이 왈살스럽게 차 안으로 밀려들어와 그의 머리칼을 날린다. 기분 탓인지, 담배를 피우니 통증이 조금 가라앉는 듯하다. 벌린 입으로 쑤시고 들어오는 습한 공기에 담배연기도 뭉텅 밀려들어와 사레가 들린 그가 재채기를 한다. 알리가 실눈을 뜨더니 고개를 들고 입가의 침을 후루룩 빨아들인다. 생기없이 머르레한 알리의 눈동자가 이쪽저쪽으로 움직인다. 알리는 열없는 웃음을 지으며 손등으로 이마를 쓱 훔친다. 알리의 손등에는 땀에 희석된 핏물이 묻어 있다.

"꿈, 꾸었어요. 내 고향, 우리 식구, 다 함께 달을 먹었어요. 맛있어요, 달."

용태가 고개를 돌려 알리의 옆얼굴을 물끄러미 본다.

용태는 자신의 생김새가 친탁이 아닌 외가 내림인 걸 퍽 다행스럽게 여기고 있었다. 그는 만약 아버지를 닮았더라면 유랑극단 따위에 납치당해 철창에 갇힌 원숭이 신세가 되었을지도 모른다고 늘 생각했다. 유난히 커다란 모공 탓에 얼굴 전체가 곰보처럼 얽어 보이는데다 한가운데 자리잡은 뭉툭한 주먹코, 툭 불거진 광대뼈, 각진 턱, 입을 살짝만 벌려도 드러나는 누런 대문니와 시뻘건 잇몸, 세살배기가 찰흙으로 빚어놓은 듯한 게 바로 아버지의 얼굴이었다. 낯빛은 석탄처럼 시커멓고 눈썹은 숯으로 그린 듯 검고 두꺼웠으며 눈두덩은 움푹 꺼져 있어 그의 아버지는 몽골로이드보다는 차라리 니그로에 가까웠다.

아버지에게 물려받은 게 있다면 동물적인 감각뿐일 것이다. 오소리, 노루, 멧돼지 등 산짐승은 아버지의 손아귀를 벗어나지 못했다. 산은 아버지의 목장이었으며 아버지는 그곳에 정착한 유목민이었다. 산에 사는 야생동물들은 이름만 야생이지 아버지는 마음만 먹으면 마치 우리에 갇힌 가축을 끄집어내듯 손쉽게 잡을 수 있었다. 아버지는 그 뭉툭한 코를 바람이 불어오는 방향과 비끼게 한 뒤 커다란 콧구멍을 벌름거리며 짐승의 냄새를 맡았다. 그때의 눈빛은 영락없는 사냥꾼의 그것이었다. 할아버지부터 이어져온 그 사냥꾼의 내림은 용태에게도 이어져 어린시절의 그 역시 꿩, 토끼를 곧잘 잡았다.

그는 아버지가 마을 이장집의 보리타작에 놉으로 팔려가던 날을 생생히 기억하고 있었다. 마을에서 평소 노름꾼으로 호가 난 작자가 산에 올랐다. 열병을 앓는 그의 어머니를 덮치려던 노름꾼은 오히려 작살에 목덜미와 팔에 두 치 길이의 상처를 입었다. 대신 그의 어머니는 노름꾼의 발에 차여 잉태한 아이를 핏덩이로 쏟았다.

보리타작을 마치고 돌아온 아버지의 목덜미와 팔뚝에는 까끄라기가 들러붙어 있었다. 학교에서 돌아와 이미 그 꼴을 본 용태는 어머니 곁에서 울다 쓰러져 선잠이 들어 있었다. 어머니를 조심스레 끌어안아 마루로 올려놓는 아버지를 그는 흐리멍덩한 눈으로 쳐다보았다. 아버지는 멧돼지를 잡을 때 쓰던 손때 묻은 작살을 쥐고 성큼성큼 산을 내려갔다. 아버지는 노름꾼의 멱을 겨냥했으나 작살은 그 작자의 목덜미를 스치고 땅바닥에 꽂혔다. 며칠 뒤 마을 남정네들이 몽둥이를 쥐고 산으로 올라왔다. 그들은 불문곡직하고 아버지를 두들겨팼다. 그의 눈에 비친 아버지는 비굴하지 않았다. 꼿꼿이 선 채로 몽둥이를 견디다가 정신을 잃으며 고목처럼 쓰러졌을 뿐이다. 죽은 체를 한 게 아니었다. 상피붙은 자식이 도둑질까지! 사람들은 이렇게 으르렁거리며 아버지의 몸에 가래를 뱉고 내려갔다. 며칠 뒤 그의 아버지는 피오줌을 쌌고 어머니는 눈으로 피고름을 흘렸다. 어머니는 눈을 잃었고 아버지는 생식능력을 잃었다.

용태는 문득 이러다 생식능력을 잃는 건 아닌지 하는 걱정이 들었다. 차는 여전히 천변도로를 달리고 있었다.

"덥쟈?"

"우리 고향 그리쇼깔, 한국보다 더해요. 더워서, 숨도 쉬기 어려워요. 이건, 괜찮아요."

하긴 더운 나라에서 왔으니 이깟 더위쯤이야 아무렇지도 않겠지. 용태는 고개를 주억거린다. 알리는 더이상 피를 흘리지는 않는다. 병원 이야기를 꺼내보았자 알리는 고개를 저을 게 분명하다. 함께 지내는 여섯 달 동안 그는 알리가 병원에 가는 걸 본 적이 없다.

용태의 가슴에 잠복해 있던 부아가 슬그머니 일어난다. 술티? 그는 고개를 젓는다. 제법 얼굴에서 색기가 흐른다지만 술티는 그럴 배짱도 숫기도 없다. 혜련? 그래, 혜련이 유력한 용의자다. 위장결혼으로 한국에 왔다가 애까지 싸질러놓고 도망쳐나온 배짱이라면 뭇 사내들과 몸을 섞고 있더라도 대수로울 게 없다. 아니다. 언젠가 혜련은 몸 파는 여자들을 경멸하는 말을 한 적이 있다. 그럼 레베카일까? 방글라데시는 빠구리데시냐?는 농담의 의미를 설명해주자 배시시 웃던 레베카. 그는 푼더분한 얼굴에 눈웃음을 잘 치는 레베카에 혐의를 둔다. 아니, 칼리일지도 모른다. 처녀라고 우기더니 요분질을 하면서 그의 등에 손톱자국을 내지 않았는가. 이렇게 따지고 보니 새삼 용태는 피부가 시커먼 이민족여자와 너무 많은 동침을 했다는 생각이 들었다. 그저 술기운에, 여자가 그리워서, 마지못해 한국남자의 기개를 보여준 것뿐이다. 이럴 때면 차라리 손바닥 같은 곳에 여자성기가 달려 있어 색정이 들끓을 때마다 홀로 해결할 수 있는, 자웅동체 따위로 태어났으면 얼마나 좋을까 하는 생각이 들었다. 혜련은 그나마 동포니 덜 께름칙하지만 방글라데시 여자들과 잠을 잔 건 실수다.

그의 가슴에서 한번 치민 화는 쉽사리 잦아들지 않는다. 알리가 아니었다면 그런 방글라데시 여자들을 알게 될 일도, 잠을 자게 될 일도 없었을 터이다. 용태는 알리와의 첫만남을 더듬어보았다.

세 해 전이었다. 그즈음 고향에 있던 용태는 카드빚이 이천만원을 훌쩍 넘어가고 있었다. 오입으로 진 빚도 꽤 되었으나 그보다 노름에 손을 댄 게 화근이었다. 아버지는 여전히 석산 저수지에서 살다시피 했고 집안 구석구석을 뒤져도 동전 한닢 나오지 않았다.

결국 그는 사채를 빌려 카드빚을 막고 캐나다 밴쿠버로 갔다. 그러나 캐나다의 입국심사는 생각보다 까다로웠다. 한국인 통역관은 입국동기가 불분명하다며 고개를 저었다. 그는 다음날 한국행 비행기로 밴쿠버를 떠나라는 강제추방 명령서를 쥔 채 지하의 보호실로 끌려갔다.

낯빛이 시커먼 사내 셋이 쌍꺼풀 짙은 눈으로 그를 올려다보았다. 말이 통할 리 없으니 용태도 구석에 자리를 잡고 앉았다. 입국은 고사하고 아까운 비행기삯만 날리게 되어 속이 부글부글 끓었다. 씹어먹을 캐나다 새끼들 어쩌고 욕을 해댔으나 시간이 흐를수록 염치 불고하고 뱃속에서는 꾸르륵 소리가 났다. 캐나다인 공안은 쇠창살 너머에서 마치 그들을 벌레 보듯 했다. 지하 보호실에 끌려올 때도 그들은 용태와 몸이 부딪치자 더러운 걸 떨어내듯, 손을 마구 내저었다. 용태도 잇새로 침을 찍 뱉는 것으로 울분을 표했다.

그는 하룻밤을 함께 보내게 된 사내들 쪽을 보았다. 그러자 기다렸다는 듯 그중 한명이 갑자기 신음을 내며 입에 게거품을 물더니 픽 고꾸라지는 게 아닌가. 다른 사내들이 그를 보고 다급하게 손짓을 했다.

보아하니 숨넘어가기 일보직전인 듯했다. 용태는 이국만리에 와서 이게 웬 날벼락인가 싶었다. 조금 뒤 그 사내는 숨조차 쉬지 못하고 온몸을 부르르 떨더니 그걸로 끝이었다. 용태는 영화에서 보던 대로 손가락을 그 사내의 인중에 대보는 둥 귀를 가슴에 대보는 둥 했으나 숨결이나 박동은 느껴지지 않았다. 워낙 보호실이 썰렁한 탓도 있으나 사내의 몸은 차갑게 식어 있었다. 캐나다인 공안들은 용태의 침뱉는 재주가 신기했는지 그를 흉내냈으나 그들의 침은 자신들의 아랫입술에 간당간당 매달릴 뿐이었다. 그렇게 보호실의 미개인들에게는 관심도 없던 캐나다인 공안들이 창살문을 열고 들어왔다. 그들은 어디론가 전화를 하고 뭐라뭐라 지껄이며 소란을 피웠다. 조금 뒤 가운을 입은 사람들이 오더니 들것에 그 사내를 싣고 나가버렸다. 그러자 금방 대우가 달라졌다. 비록 마른 빵과 우유, 찐달걀에 불과했지만 보호실에 남은 셋이 실컷 먹고도 남을 음식물이 들어왔다. 죽었는지 살았는지 알 게 뭐여. 용태만 그렇게 여기는 것 같지는 않았다. 들것에 실려간 사내와 동료인 듯한 나머지 두 명 역시 전혀 걱정하는 기색이 아니었다. 역시나 동방예의지국과는 다른 족속들이었다. 용태는 끌끌 혀를 찼다. 배가 부르자 슬슬 사내의 생사가 궁금해졌다. 용태는 그들과 함께 게걸스럽게 먹어댔다는 사실이 부끄러웠다. 비록 강제추방되는 신세인 건 피차일반이라 해도 더럽고 못생긴 작자들과 한보따리로 취급된다는 게 못내 억울했다.

그러나 그런 걱정과 억울함 따위는 쏟아지는 잠에 밀려 슬그머니 꼬리를 감췄다. 자신을 부르는 소리에 깨어난 그는 얼른 손목시계부터 보았다. 어느덧 서울행 비행기 시간이 코앞에 다가와 있었다. 보호실을 나서던 그는 지난밤 들것에 실려간 사내와 눈이 마주쳤다. 사내는 싱긋 웃었다. 뽀레 데카 허베!(다음에 또 만나요) 사내가 이렇게 외치자 용태도 엉겁결에 손을 흔들었다. 죽다가 살아난 건지, 아니면 어린시절 아버지가 그랬듯이 죽은 시늉을 한 건지 헷갈렸다. 그러나 그건 쉽게 흉내낼 수 있는 게 아니었다. 예수처럼 부활한다는 게 말이 될 법한 소린가. 허나 분명 그는 그 사내의 숨이 멎은 걸, 심장이 뛰지 않는 걸, 온몸이 차갑게 식어가는 걸, 직접 보고 만지지 않았는가. 그 탓에 캐나다에서 쫓겨난다는 수치와 모멸의 감정은 뒷전으로 밀려나고 한국으로 돌아오는 비행기 안에서 내도록 깊은 의혹에 빠져 있어야 했다.

한국에 돌아온 그는 고향 근처조차 얼씬거릴 엄두도 내지 못하고 부천에서 한 해 동안 택배기사로 일했다. 술을 끊고 담배를 줄이고 더더구나 오입은 생각도 않고 제법 성실하게 돈을 모았다. 조그만 셋방을 얻어 옛 친구의 자취방에 빌붙은 생활도 청산했다. 명절 혹은 휴일이면 더러 고향 생각에 한숨이 나와 소주 한 병을 마시곤 바보처럼 눈물을 찔끔 흘리기도 했다. 어머니가 보고 싶었다. 비록 흙집 마루에 누워 자리보전이나 하던 어머니일지라도 막상 타향살이의 설움이 목구멍까지 치솟아오르면 가장 먼저 떠오르는 사람은 바로 어머니였다. 어머니의 무덤가에 앉아 오래도록 울고 싶었다. 아버지는 지금도 석산 저수지에 앉아 이무기를 잡겠다며 진물이 흐르는 눈을 슴벅거리고 있을 게다.

노름꾼의 황소가 사라졌다. 며칠 동안 마을은 소도둑 때문에 뒤숭숭했고 그의 아버지가 소를 끌고 가는 모습을 보았다는 누군가의 말 한마디에 마을 사람들은 탕개가 풀리듯 자리에서 벌떡 일어났다. 며칠째 뜬

눈으로 밤을 지새우며 언제 출몰할지 모를 소도둑에 시달린 사람들은 누구랄 것도 없이 손에 몽둥이를 쥐고 그의 집으로 올라갔다.

그의 고향집은 석산 저수지가 굽어보이는 산중턱에 자리잡고 있었다. 마을로 내려가는 실오라기 같은 한가닥 오솔길만 없다면 속세와 완전히 절연된 공간이었다. 무너진 흙담과 여기저기 널린 구들돌만이 오래전 그곳에 다른 몇채의 집이 있었음을 알려줄 뿐이었다. 그러나 무엇보다 커다란 절연은 마을 사람들의 마음속에서였다. 그들은 먼발치에서라도 그의 아버지를 보게 되면 침을 뱉었다. 상피붙은 자식. 마을 사람들은 오누이인 그의 아버지와 어머니가 부부가 된 걸 용납하지 못했다. 아버지가 피오줌이 흥건히 고인 웅덩이 앞에서 넋두리를 읊기 전까지는 용태도 그런 줄만 알고 있었다. 쩌그 무내미 말여, 왜 거서 물 먹지 말라고 헌 줄 아냐? 무내미서 빨갱이들이 몰살당해갖고 핏물로 그득했을 때 말여, 너그 외할배 피도 있었어야. 너그 외할배, 장헌 냥반이었다. 빨치산 대장이었은게. 그 냥반이 너그 할배헌티 애를 하나 맡겼어야. 그것이 너그 어메여. 할배는 화전 갈고 먹덜 않힜다. 유명짜헌 포수였어. 너그 어메 맡고는 개새끼맨키로 납작 엎져서 살았어. 그렇게 우덜을 키운 것이여.

두 달 사이 다섯 마리의 소가 사라졌다. 그의 아버지는 엉뚱하게도 소도둑으로 석산 저수지의 이무기를 지목했다.

빨갱이가 몰살당허고 얼마 안됐을 것이여. 잔뜩 성이 난 이무기 한 마리가 쩌그 저수지에서 물기둥맨키로 솟아나와갖고 송아치 한 마리를 몸뚱이로 뚤뚤 말아서 저수지 저 짚은 디로 끄져가는 걸 봤어야. 그의 아버지는 그렇게 확신에 찬 어조로 말했다. 용태는 코웃음만 쳤다.

이무기 따위가 있을 리 없었다. 소도둑의 정체는 도둑맞은 소들의 임자였다. 그들은 스스로 자신들의 외양간에 들어가 소를 끌고 나와 쇠살쭈에게 넘겨주었고 떼지어 산으로 올라와 그의 아버지에게 소도둑이라는 누명을 씌웠다. 그의 할아버지 때부터 푼돈을 모아 장만한 산밭의 주인이 바뀌었다. 그들은 마치 원래 자신들의 것이었으나 누군가에게 강탈당한 재산을 되찾기라도 하듯, 무척 당연한 일을 치르듯 태연하기 짝이 없었다.

아버지의 이무기 사냥법은 그보다 어처구니가 없었다. 저수지를 굽어보는 둔덕의 아름드리 소나무 두 그루에 도르래가 달린 밧줄을 묶고, 밧줄의 다른 쪽을 자신의 양쪽어깨와 허리에 엇갈려 묶었다. 마을 아낙들은 아버지의 탄탄한 가슴을 먼발치에서 훔쳐보거나 부러 다가와 힐끔거리곤 했다. 마을 남정네들이 아버지에게 품고 있던 적개심의 근원도 어쩌면 그 탄탄한 근육질 몸뚱이였는지도 모른다.

한팔에 쇠토시를 낀 아버지는 어망을 벗어난 물고기처럼 저수지에 들어가는 순간 자맥질을 시작했다. 길고긴 꼬리처럼 밧줄만이 느슨하게 드리워져 있었다. 신호를 보내면 밧줄을 끌어당기라 했다. 아무리 기다려도 신호는 오지 않았다. 이무기가 쇠토시 낀 팔뚝만 뭉텅 잘라 삼켰는지도 모를 일이다. 그런 상상을 할 때쯤 그의 아버지는 저수지 가운데 부표처럼 머리통만 내놓고 숨을 쉬다가 다시 사라졌다.

그렇게 한 해가 지나고 두 해가 지나도 이무기는 코빼기도 내비치지 않았으며 여전히 소도둑은 기승을 부렸고 마을 사람들은 몽둥이를 들고 산으로 올라왔다.

노령산맥의 산그리메가 천망처럼 뒤덮인 석산 저수지는 한여름에도 깊은 우물에서 길어올린 물처럼 맑고 차가웠다. 밧줄과 도르래는 낡아 갔다. 그는 밧줄이 묶인 소나무 아래 누워 도망치고 싶은 충동과 싸웠 다. 아버지는 다른 고기는 거들떠보지도 않고 오로지 이무기만 사냥했 다. 단 한 번, 솥뚜껑만한 자라 한 마리를 겨드랑이에 끼고 나온 적이 있다. 일제시대에 제방을 쌓은 뒤 한 번도 바닥을 드러낸 적 없는 저수 지였다. 팔뚝만한 잉어, 붕어, 메기에 관한 소문은 소문 축에도 들지 못 했다. 그러나 냄비뚜껑도 아니고 여년묵어 솥뚜껑만한 자라를 직접 눈 으로 본 건 마을 사람들도 처음이었다. 많은 사람들이 군침을 흘렸다. 낚시금지가 해제되어 찾아온 도시의 낚시꾼들은 시퍼런 지폐를 막무가 내로 아버지의 주머니에, 그게 여의치 않자 그의 주머니에 꽂아주곤 했 다. 더러는 방생해야 한다고, 이 저수지의 터줏대감이라고 우기는 이도 있었으나 그의 아버지는 피식 웃고 말았다. 아버지는 자라의 입에 나뭇 가지를 물렸다. 나뭇가지를 당기자 자라의 모가지가 고무줄처럼 늘어 났다. 자라의 모가지는 작둣날 아래 싹둑 동강이 났다. 그는 사기대접 을 자라의 잘린 모가지 아래 갖다댔다. 첫번째 사발의 피는 아버지가 후루룩 마셨고 두번째 피는 어머니가 알사탕을 문 채 마셨다. 자라 대 가리와 몸통은 고깃국을 끓여 먹었고 등껍질은 잘 다듬어 빗물받이로 썼다.

택배기사를 그만둔 뒤로는 염색공장의 원단 운반기사로 아홉 달을, 가구공장의 기사로 열 달을 보냈다. 그리고 성남 근처의 아파트 공사장 에서 일당잡부가 되었다.

염색공장에서 트럭을 몰 때는 신기하기만 했다. 어디에 그토록 많은 깜둥이들이 숨어 있었는지 알 수가 없었다. 피부색깔이 다른 인종들만 있는 건 아니었다. 겉으로 봐서는 구분하기 힘들 만큼 똑같은 조선족들까지 골목마다에서 쏟아져나왔다.

염색공장을 그만둔 건 자의가 아니었다. 기숙사에서 생활하는 외국인노동자들이 밀린 두 달치 월급을 달라며 파업을 하는 바람에 한동안 부산스럽더니, 임금을 지불하고 회사가 부도를 내버렸다. 결국 그마저 일자리를 잃었다.

가구공장에서는 용태 역시 까대기나 다름없는 가건물 기숙사에서 살았다. 불행히도 조선족 한 명을 제외하곤 스무 명 남짓이 모두 시커먼 외국인노동자들이었다. 그나마 피부색 비슷하고 말투는 달라도 의사소통에 아무런 문제가 없는 조선족이 고향 사람처럼 살갑게 여겨졌다. 그 한 조선족이 서른일곱의 장웅이라는 노총각이었다. 금강산 관광특구에서 판매원으로 있는 자신의 약혼자에 대해 아무때나 떠벌리지만 않는다면 그런대로 괜찮은 동료였다. 장은 이따금 얼굴을 찌푸리곤 했는데 그럴 때마다 왼쪽 배를 손으로 움켜쥐었다.

가구공장도 마찬가지였다. 체불된 임금을 달라며 외국인노동자들이 파업을 했다. 외국인노동자들은 사무실을 점거한 채 그곳에서 숙식을 해결했다. 파업 노동자들의 눈을 피해 기숙사를 찾아온 사장 뒤에 장이 서 있었다. 자네들은 저런 놈들과는 다르지 않은가. 우리는 배달민족이잖어. 사장은 그에게 격려금이라며 봉투를 건넸고 장에게도 밀린 월급 가운데 일부를 먼저 주었다.

얼굴이 환해진 장은 그를 기숙사 근처의 먹자골목으로 데려갔다. 식탁 네 개가 고작인 조붓한 고깃집마다 사람들이 그득했다. 가구공장의 노동자는 눈에 띄지 않았다. 다른 공장의 기숙사에서 나온 듯 시커먼 외국인노동자들이 한국인들과 다름없이 삼겹살을 안주 삼아 소주를 마시고 있었다.

술에 취해 서로 주먹질하는 외국인노동자들을 보며 그가 눈살을 찌푸리자 장이 정색하며 말했다. 용태 아우, 쟤들 너무 미워하지 말라우. 외국인이란 것만 빼면, 고향 떠나 밥 빌어먹고 사는 이주노동자인 건 아우나 나나 쟤들이나 한가지 아니갔어. 그와 장은 얼큰하게 취해 고깃집을 나섰다. 그러던 장이 기숙사 앞에서 갑자기 배를 움켜쥐며 마른 짚단처럼 힘없이 쓰러졌다.

기숙사에, 약, 약, 있으니까이, 약 좀 갖다달라우…….

그도 평소에 장이 알약 먹는 걸 몇번 본 적이 있다. 그는 기숙사로 뛰어들어가 약병을 찾아왔다. 장은 약을 목구멍으로 넘기긴 했으나 곧이어 고깃집에서 먹은 걸 모두 게웠다. 식은땀 맺힌 이마를 씨멘트 바닥에 비벼대며 끙끙대는 장을 보면서 그는 어린시절의 아버지를 떠올렸다. 농성장을 나와 담배를 피우던 몇몇 가구공장의 외국인노동자들이 달려오더니 구급차를 불렀다.

다음날 오전, 장은 싸늘한 시체가 되었다. 그는 믿을 수가 없었다. 이보소, 성님, 웅이 성님, 참말로 뒈진 거요? 응? 눈 좀 떠보소, 응? 지난밤, 맹장파열로 쓰러진 장은 다시 복막염이라는 진단을 받았다. 오한과 고열로 시달리던 장은 점차 맥박이 약해지고 숨소리가 거칠어지더니 급기야 헛소리를 지르며 할근거렸다. 의사는 복막염 때문에 생긴 패혈증이라고 했다. 그동안 진통제만으로 견뎠다는 게 기적이라고 덧붙였다. 다 죽여버리갔어! 싹 쓸어버리갔어! 투지이 이호우우!(돌격, 앞으로) 그는 장의 마지막 절규가 무슨 뜻인지 알고 있었다. 장의 시신이 안치된 영안실을 나오던 그의 귓불에 장의 목소리가 는질는질 매달려 있었다. 고깃집에서 얼큰하게 취한 장은 물기 가득한 벌건 눈으로 이렇게 말했다. 중국에서 뭘 했냐고 물었지? 이래봬도 인민해방군 장교이지 않았갔어! 장은 북조선과 남조선이 전쟁을 하면 다시 인민군에 들어가서 북을 도와 남을 쓸어버리고 싶다고 말했다. 남조선은 사람이 사는 곳이 아니라고 했다. 짐승도 이보단 낫지 않갔어? 보라우, 우리는 배가 고파도 사람을 그렇게 짐승 취급은 안해.

아파트 공사장에서 철근을 나르거나 각종 공사쓰레기를 포대에 담아 나르는 일을 한 지 보름째 되는 날이었다.

아파트 앞에서 건물이 무너지는 듯한 굉음이 들려왔다. 외벽을 마감하지 않아 온통 잿빛인 아파트는 신과의 전쟁에서 패배한 거인 같았다. 비계로 쓰던 철봉이며 남은 철근을 쌓아둔 게 허물어진 모양이었다. 국적을 알 수 없는 시커먼 노동자 두 명이 쓰러져 있었다. 그들 얼굴 주위로 피가 흥건히 고여 있었다. 몰려든 인부들이 웅성거렸고 알아들을 수 없는 이국의 언어들이 피어오른 먼지와 더불어 흩날렸다. 그는 손으로 입과 코를 가리며 사고현장으로 다가갔다.

현장소장이며 감독관들이 달려왔다. 피투성이 외국인노동자들은 구급차에 실려갔다. 구급차의 경보소리가 아련해질 즈음 사람들은 여전히 쓰러져 있는 또 한 명의 사내를 발견했다.

"야 인마, 정신차려. ……어? 이 자식, 숨도 안 쉬네!"

감독관 가운데 한 명이 흠칫 놀라며 여전히 쓰러져 있는 사내 곁에서 떨어져나왔다.

"죽은 거 아냐?"

삽시간에 군중들이 술렁거렸다. 숨조차 쉬지 않던 사내가 조금 뒤 두 손으로 머리를 감싸쥐며 막 잠에서 깨어난 사람처럼 일어났다. 사람들은 낮도깨비를 만난 듯 저마다 놀라며 한걸음씩 뒤로 물러났다. 사내는 비틀비틀 몇걸음 걷더니 쓰러졌다. 그리고 다시 일어나 머리를 감싸쥐고 어지럽다는 듯 도리질을 했다. 그 꼴을 지켜보던 소장이 손전화를 하더니 사내에게 다가갔다.

"야, 괜찮아? 머리 괜찮아?"

"괜찮아요. 조금, 어지러워요."

한국인 잡부들이 소곤거리는 소리가 들려왔다. 내 조카는 말여, 교통사고를 당했는디 집으로 전화를 했다네, 사고가 났다고. 다들 그놈은 살았구나 싶어서 안심했는디, 그놈이 전화를 끊자마자 죽은 거여. 맞어, 머리를 다치면 아픈 줄도 모르다가 어느 순간 골로 간다데. 대가리에 피가 고여서 그런다지? 어쩌고 하는 소리를 현장소장도 들었는지 눈살을 찌푸렸다.

현장사무소 쪽에서 양복쟁이가 헐레벌떡 뛰어오더니 소장에게 봉투를 건넸다. 소장은 그 봉투를 사내의 손에 쥐여주었다.

"머리 계속 아프면, 병원에 가봐, 알지? 사진, 병원, 말이야."

사내가 힘없이 고개를 끄덕이더니 엄지로 관자놀이를 꾹꾹 눌렀다.

"내일부터는 안 나와도 돼, 그러니 지금 돌아가, 알았어?"

"해고?"

"아니, 아니, 일당 잡부에 해고가 어딨냐? 그냥 너 아픈 것 같으니까

쉬라고, 알았어?"

비틀비틀 현장을 빠져나가는 사내는 바람에 날리는 종이 같았다. 현장소장이 봉투를 건넬 때 용태는 이미 그 사내가 누군지 기억해냈다. 캐나다에서 하룻밤을 보낸, 죽은 시늉으로 보호소 사람들의 굶주린 배를 채워준 그 사내였다. 저 사내를 따라잡아야 한다는 생각이 그의 머릿속을 스치고 지나갔다. 죽은 시늉을 저렇게 완벽하게 해낼 수 있는 사람은 달리 없었다. 어린시절의 아버지조차 저 사내만큼 완벽하지는 않았다. 예상대로 사내는 공사장에서 보이지 않는 곳에 이르자 뒤를 한번 힐끔 보더니 똑바로 걷기 시작했다. 봉투를 꺼내 내용물을 확인하는 품이 여축 없이 하루 일을 마치고 일당을 확인하는 노동자처럼 태연하기 그지없었다. 사내를 노려보는 용태의 눈빛은 영락없는 사냥꾼의 그것이었다.

"옛날, 프레스공장, 월급 같아요. 하루에 열네 시간, 일, 했어요. 오십만원 받았어요."

가까이에서 보니 알리도 제법 호감 가는 얼굴이었다. 짙은 눈썹과 쌍꺼풀 탓에 느끼하긴 하지만, 이국에서 노동으로 사는 녀석치고는 해반주그레한 낯이었다. 현장소장이 건넨 봉투에는 현금으로 오십만원이 들어 있었다. 캐나다에서의 인연을 알리도 모른 체하지 않았다. 나이가 몇이냐는 그의 물음에 알리는 손가락 열 개를 두 번 쥐었다 펴더니 네 손가락만 다시 세웠다. 용태보다 세 살 적었다. 그는 대번에 환히 웃으며 알리의 형님이자 보호자를 자처했다. 그들은 의기투합하였고 일주일 뒤 용태는 아파트 공사장의 함바에 딸린 지옥 같은 숙소를 박차고

나와 알리의 자취방으로 거처를 옮겼다. 알리의 남다른 재주를 알고는 있었으나 딱히 그 재주를 어떤 식으로 써먹어야 할지 도통 떠오르지가 않았다.

그와 알리는 오랜 동료처럼 함께 날품팔이를 했다. 알리는 생각보다 오달졌다. 잔꾀를 부리거나 눈치를 보기는커녕 감독자가 없어도 빈둥거리지 않았다.

용태는 뭔가 자신의 기대만큼 일이 풀리지 않는다고 여겼다. 그렇게 알리와 함께 잡부로 막노동판을 전전한 지 달포쯤 되는 날, 그는 각목에 박혀 있던 못에 발바닥을 찔렸다. 파상풍 주사를 맞으러 간다면, 그날 일당을 못 받는 건 둘째치고 일당이 고스란히 주사비로 날아갈 판이었다. 알리는 숫제 통곡을 터뜨리기라도 할 듯 슬픈 표정으로 그의 발바닥을 살폈다. 그는 십장의 권유대로 성냥을 태웠다. 성냥에 불을 붙여 흔들어 끄면 성냥대가리가 붉게 달아 있었다. 그러면 그 대가리를 상처에 쑤셔박았다. 그래야 녹이 타 없어진다는 것이다. 열 개비까지는 무척 고통스러웠으나 그뒤로는 묘한 쾌감까지 느꼈다. 그렇게 성냥을 오십 개비쯤 태운 뒤에야 걸을 수 있었다. 그사이 알리가 약국에 갔다왔는지 마이신 두 알을 건넸다.

"우리, 다치면, 이거 먹었어요. 형, 먹어요."

그날 밤 그는 입술을 꾹 깨물고 자신의 삶에서 무언가 극적인 반전이 있어야 한다고 생각했다. 그러자 그런 반전이 눈앞에 기다리고 있는 것만 같았다.

며칠 전 밤샘작업에서 제외된 한국인노동자들이 술을 마시고 와서는 행패를 부린 일이 있었다. 그들은 알리의 멱살을 붙잡고 시룽시룽 콧김을 뿜으며 주먹을 을러댔다. 좆만헌 새끼야, 여기가 어디라고 뭉개고 있어? 너희 나라로 꺼져, 개새끼들아. 밤샘작업은 힘은 들망정 이틀치 일당을 쳐주기 때문에 누구나 바라는 일이었다. 허나 외국인노동자들은 하루치 일당만 쳐줘도 묵묵히 밤샘작업을 했다. 그 탓에 한국인노동자들은 찬밥신세였다. 용태도 그들의 심정은 충분히 이해했지만 그놈의 불뚝성 때문에 한국인노동자들과 맞대거리를 했다. 이런 씨벌놈들이, 그렇게 아쉬우면 너그도 하루치 일당만 받고 하면 되잖어? 뭐, 이 새끼야? 너는 어느 나라 놈이길래 깜둥이들 편을 드는 거여? 한바탕 주먹다짐 끝에 공사장에서 쫓겨나기는 했지만, 그뒤 알리는 용태를 친형처럼 여기는 눈치였다.

그는 자신의 이마를 툭 치며 옆에서 잠들어 있는 알리를 흔들어 깨웠다.

"알리, 너 한국에 돈 벌러 왔쟈? 응?"

알리는 방금 깨어난 녀석답지 않게 힘차게 고개를 끄덕였다.

"너, 동생 학비 대고 싶다매? 하세월에 그 돈 벌래? 형 말대로만 허면 그까짓 거 금방 벌 수 있다. 어뗘?"

그가 만나본 외국인노동자들은 '돈'이라는 말을 들었을 때 마치 '굴' 혹은 '키위'란 말을 들은 것과 비슷한 반응을 보였다. 그 말에 침을 꼴깍 삼키는 건 알리도 마찬가지였다.

"월급 못 받고 쫓겨난 게 여러번이라고 했쟈? 그거 형이 다 받아줄랑게 형이 시키는 대로만 혀."

알리는 연수생 신분으로 입국했다가 여권을 빼앗겨 불법체류자가 된 경우가 아니었다. 세 해 전 밴쿠버에 간 것도 캐나다 입국이 목적이 아니었다. 미국으로 가려 했으나 밀입국이 여의치 않아 밴쿠버를 경유했던 것이다. 그러나 미국이란 나라가 그리 쉽게 가난한 나라의 못생긴 녀석들을 받아들일 리 없었다. 밀입국에도 많은 돈이 들었다. 한국 돈으로 오백만원가량을 들여서 왔다고 했다. 밀입국자 신분이다보니 다른 불법체류자처럼 인권단체나 상담소에 도움을 청하기가 어려웠다. 그런 단체들도 밀입국자 신분으로는 법적 구제를 받기 어렵다며 난색을 표할 뿐이었다. 알리는 한국에서 지낸 두 해 동안 다섯 군데나 공장을 옮겼지만 어디에서도 제대로 된 월급을 받아본 적이 없었다. 위조여권마저 첫번째 공장에서 빼앗기고 말았다.

지난 여섯 달 동안 그와 알리의 사업은 순조로웠다. 알리가 못 받은 임금을 받으러 간 척 실랑이를 벌이다 상대방이 가볍게 밀치기만 하면 일은 끝난 셈이었다. 그는 알리의 동행 혹은 목격자를 위장해 알리의 시체를 처리하거나, 못 본 체하는 대가로 돈을 받아냈다. 그가 한국인이라는 점이 상대방에게 그 순간만은 놀라울 정도의 신뢰감을 부여했다. 알리의 전 고용주들을 모두 희생양으로 삼은 뒤에는 교통사고를 위장하거나, 폭력사고를 위장하였다. 그렇게 모은 돈으로 비록 옥탑이지만, 닭장 같던 알리의 자취방을 벗어났고 비록 고물이지만 소형차도 한대 장만했다. 물론 옥탑방의 계약자와 고물차의 소유주는 용태였다. 이게 바로 그가 노린 사냥감이었다.

용태와 알리는 자신들의 옥탑방이 있는 주택가 골목 어귀에 도착했다. 후끈한 공기가 골목을 빠져나가지 못한 채 맴돌고 있었다. 용태는 잇새로 침을 찍 뱉었다. 살이 끈적거렸다. 그 부근의 통증은 잦아들 줄을 몰랐다. 한시라도 빨리 올라가 찬물을 끼얹고 싶었다.

　그는 알리를 부축해 옥탑방으로 올라갔다. 알리는 살금살금 다리를 절었다. 옥탑방에 들어섰을 때에는 용태와 알리 모두 온몸이 땀으로 범벅이 되어 있었다. 용태는 욕실에 들어가 바지를 내렸다. 팬티를 벗어보니 안쪽에 사면발이의 시체가 무수히 들러붙어 있었다. 그는 샤워를 했다. 통증은 쉬이 사라지지 않았다. 절로 몸이 배배 꼬였다. 입으로는 후아, 후아, 가쁜 숨을 내쉬었다. 알리가 조심스럽게 욕실문 앞에서 물었다.

　"용태 형, 괜찮아요? 왜, 그래요?"

　"난 괜찮아. 옷장 안에 구급약 있응게 너, 약이나 발라라."

　용태는 물 받은 대야에 얼음을 넣은 뒤 엉덩이를 뭉개고 앉았다. 오늘은 모처럼 멀리 원정을 나갔건만, 재수없게도 모범시민을 만났다. 공항 근처의 차량과 인적이 드문 네거리 횡단보도에서 교통사고를 가장했는데, 알리가 진짜로 다쳤다. 당황한 알리는 죽은 시늉을 못하고 횡단보도에서 바르작거렸다. 그가 다가가 눈짓을 하자 그제야 알리는 죽은 시늉을 시작했다. 운전자는 자신의 차에 알리를 싣고 가려 했다. 놀란 그가 알리를 빼앗아 트렁크에 싣고는 돈을 요구하자, 운전자는 눈을 화등잔만하게 뜨더니 도망가버렸다.

　용태는 이를 응등그려 문 채 그대로 앉아 있었다. 축 늘어져 주름살이 오글오글 잡혀 있던 불알이 탱탱해졌다. 조금 뒤 방문 열리는 소리가 나더니 알리의 나지막한 목소리가 들려왔다. 그가 알아들을 수 없는 방글라데시 말이었다. 조금 뒤 알리는 성이 난 듯 으르렁거렸고 여자의 훌쩍거림도 들려왔다. 가만히 들어보니 그건 칼리의 목소리였다. 칼리는 알리의 사촌누이다. 이따금 찾아와 알리에게 돈을 빌려가곤 했다. 칼리와 잠을 잔 뒤로 용태도 몇푼씩 쥐여주곤 했다.

불알과 샅이 얼얼할 지경이었다. 얼음도 거지반 녹았고 통증도 숙지 근해졌다. 사면발이는 박멸되었고 통증도 사라졌다. 용태는 헤벌쭉 웃으며 방으로 들어갔다. 그는 선풍기를 켜고 알리 옆에 누웠다.

"괜찮냐?"

"조금, 아파요. 다리가."

"병원허고 원수졌냐? 내일은 병원에 가보자. 근디, 아까 온 게 칼리냐?"

"네. 칼리, 왔어요. 돈 달랬어요. 화가 나서 다 줬어요."

불꺼진 방 안을 은은하게 채운 달빛에 두 사람의 피곤한 얼굴이 드러났다. 알리가 소리죽여 울었다. 용태는 개의치 않았다. 가끔 알리는 그렇게 잠자리에 들면 울곤 했다. 왜냐고 묻자 누나 때문이라고 했다. 알리의 누나는 소 다섯 마리와 맞바꿔 인도로 팔려갔다. 알리는 자신의 누나가 콜카타나 뭄바이의 사창가에 있을 거라고 했다. 특히 오늘처럼 칼리와 다툰 날에는 엄살이 더 심했다.

선풍기 바람은 미지근했다. 용태는 일어나 반쯤 열린 창문을 활짝 열었다. 후락한 주택가 위로 웃자란 쑥부쟁이마냥 십자가들이 솟아 있었다.

"오늘도 어김없이 저놈의 십자가들이 하느님헌테 똥침을 주고 있구나!"

용태는 마치 지금까지 포기했던 자신의 꿈 숫자를 헤아리듯 십자가를 셌다. 가구공장 기숙사에서도 창을 통해 대여섯의 십자가가 보였다.

흥, 십자가? 내레 남조선에 와서 제일 놀란 게 있다면 그거야. 용태 아우는 알지 모르갔는데, 십자가보다 꼭대기에 있는 게 뭔지 알갔어? 하느님 똥구멍 아뇨? 그거이 아니야. 그럼 뭐요? 피뢰침. 피뢰침 없는 십자가 봤어? 우리 머리 꼭대기에도 그런 것이 꼭 있는 것 같단 말이야. 죽은 장의 목소리가 용태의 귓가에서 웅웅거렸다.

그의 머릿속에서 질정없는 생각들이 맴돌았다. 이 짓도 그만둘 때가 되었다. 택배시절의 돈도 다 허물어져 따로 챙겨둔 돈이라야 푼돈에 불과하나, 헌털뱅이 차 한대, 이 옥탑방의 보증금 이천만원이면 충분했다. 알리에게는 조금 미안하지만, 녀석은 한국말도 잘하고 세상살이의 요령도 깨쳤으니 죽지 않고 견딜 것이다.

어둑새벽, 용태는 알리의 헛소리에 잠에서 깼다. 패혈증으로 고통스러워하던 장의 모습이 겹쳐지면서 그의 가슴 한쪽을 섬쩍지근한 냉기가 훑고 지나갔다. 불을 켜고 알리의 다리를 살폈다. 외상은 없으나 은결이 들었는지 퉁퉁 부어 있었다. 알리를 병원으로 옮긴 그는 응급실 의자에 앉은 채 깜박 잠이 들었다. 눈을 떠보니 어떻게 알고 왔는지 칼리가 그의 옆자리에 앉아 있었다. 용태는 은근슬쩍 요즘 아픈 데 없느냐고 떠보았지만 칼리는 배시시 웃으며 고개를 저을 뿐이다. 칼리가 아니라면 레베카인가?

"나, 꿈꿨어요. 용태 형, 고향."

비영비영한 낯의 알리가 뜬금없이 이렇게 말했다.

"내 고향 꿈을 니가 왜 꾼다냐?"

알리가 입원한 병실에는 당뇨를 앓는지 얼굴에 황달기 가득한 노인 한 명이 더 있었다.

"이무기, 이무기 맞죠? 그거 잡으러 가자고, 형, 그 말, 떠올랐어요. 밤새 앓으면서."

용태는 알리에게 아직도 이무기를 잡겠다며 저수지에서 살다시피 하는 아버지에 관한 이야기를 해준 적이 있다.

"나, 그거 믿어요. 이무기. 우리 고향에도 호랑이, 벵골호랑이, 밤이면 와서, 사람들 잡아갔어요. 그런데 아버지, 호랑이 오면 죽은 척, 숨도 안 쉬고, 동생 잡혀가도, 그랬어요. 그래서 형, 아버지, 부러웠어요."

병원을 나온 용태는 이제 알리와 헤어져야 할 때가 왔다고 여겼다. 앞으로 더 정을 붙이면 헤어지기 어려울지도 모른다. 나, 그거 믿어요. 용태는 진저리를 쳤다. 우스갯소리로 한 말이었다. 아니, 사실은 누구라도 믿어주길 바라고 한 말이었다. 그러나 지금까지 용태의 말을 믿어준 사람은 알리밖에 없다. 한 사람 더 있기는 했다. 죽은 조선족 노총각 장웅은 그의 말을 믿어주었다.

언젠가 그는 알리에게 죽은 시늉을 어쩌면 그렇게 기막히게 할 수 있느냐고 물은 적이 있다. 그때의 알리의 목소리가 귓가에 대고 속삭이듯 또렷하게 떠올랐다. 파키스탄, 우리, 원래 하나였어요. 우리 독립할 때, 파키스탄 군인, 사람 많이 죽였어요. 우리 할아버지, 죽은 척해서 살아났어요. 인도군 들어올 때도, 사람 많이, 죽었어요. 우리 아버지, 죽은 척해서 살아났어요. 신의 뜻으로, 살아났어요. 내 동생 호랑이, 죽을 때, 나도 아버지 옆에서, 죽은 척했어요. 죽는 거, 부끄럽지 않아요. 언젠가, 모두, 죽어요. 나, 카펫 만드는 공장, 사슬로 묶였어요. 잠도 못 자고, 도망도 못 가고, 열여섯 시간, 네, 잠도 못 자고, ……죽으니까 풀려났어요. 죽으니까 공장 안 가도 됐어요. 죽으면, 고통에서, 풀려나요. 그래서 살아남아요. 죽고, 살고, 다 하나예요.

옥탑방에 돌아온 용태는 알리와 자신의 옷가지를 모두 옥상의 빨랫줄에 걸었다. 그리고 알몸이 되어 방 한가운데 누웠다. 땀이 흘러 등이 장판에 들러붙다시피 했다. 조금 뒤척일 때마다 쩌억 소리가 났다. 온몸의 힘을 풀고 숨을 멈추었다. 나슨한 상태로 몰입해갔다. 생각처럼 쉽지는 않다. 어머니가 떠올랐다. 노름꾼은 기어이 어머니를 범했다. 그리고 사면발이를 옮긴 게 틀림없었다. 어머니가 그 작자에게 강간을 당한 날 아버지는 여느날처럼 이무기 사냥에 실패하고 물이 뚝뚝 듣는 몸으로 돌아왔다. 아버지가 흙집의 문을 열자 어머니가 고개를 돌려 그쪽을 보았다. 아니, 어머니는 이미 아버지가 오는 걸 눈이 아닌 온몸으로 느꼈을 테니 이미 문을 향해 고개를 돌리고 있었을 것이다. 아버지가 흙집으로 한걸음 들어서자 어머니의 가느다란 목소리가 아버지의 발치에 툭 떨어졌다.

여보…….

그 한마디에 모든 게 들어 있었다. 지나온 세월의 한과 고통, 아버지와 어머니가 함께 나누었던 그 모든 기쁨과 슬픔의 편린들이. 그로부터 며칠 뒤 아버지는 들창을 통해 햇살이 비치는 마루에서 가랑니를 잡고 있었다. 한 놈 한 놈 잡아 손톱으로 꾹꾹 눌러 세상살이의 원한과 고통, 가슴 깊은 곳에 자리잡은 울분을 툭, 툭, 터뜨리고 있었다.

아무나 흉내낼 수 있는 게 아니구먼. 용태는 참았던 숨을 터뜨리며 후텁지근한 공기를 흠뻑 들이켰다. 슬슬 집주인과 연락을 취해 보증금

빼내갈 요량을 마련해야 한다. 그 돈만 있으면 헌털뱅이 차를 몰고 고향에 내려갈 수 있을지도 모른다. 물론 고향의 틀박이 사채업자 눈에 띄면 반죽음은 당하겠지만, 노름판에서 함께 굴러먹기도 하고, 궂은일을 해준 적도 있으니, 그 돈으로 목숨은 건사할 수 있을 게다. 그러면 아버지 대신 한번쯤 몸에 밧줄을 두르고 팔에는 쇠토시를 끼고 스스로 미끼가 되어 이무기 사냥에 나설 수도 있을 것이다.

용태는 감았던 눈을 뜨고 이제 마지막이 될 방 안을 둘러보았다. 그때 용태의 눈에 옷장 옆 구석에 서 있는 약병이 들어왔다. 그는 일어나 구석에 손을 넣고 약병을 꺼냈다. 린단로션. 그건 자신이 사용하는 약병이 아니다. 그는 알리의 병실 전화번호가 적힌 쪽지를 꺼내 전화를 건다. 전화기의 단추를 누르는 그의 손끝이 떨린다. 병실을 나올 때 그를 향해 앗살라무 알라이꿈!(안녕) 하고 외치던 알리가 떠올랐다.

늙은이의 갈근거리는 숨소리가 흘러나왔다. 병실에서 언뜻 본 당뇨 환자가 분명했다.

"알리라는 환자 좀 바꿔주십쇼."

"알리? 그 방굴라데시 총각? 그 총각 아까 퇴원했는디."

그의 잇새로 침 대신 웃음이 비어져나온다. 하긴 사면발이란 녀석이 피부색 따져가며 피를 뽑지는 않겠지? 옥상으로 올라오는 발소리가 들리자 그는 눈을 감는다. 여러 명이다. 안에 누구 없느냐고 외치면서 방문을 두드린다. 오늘까지 방 빼주겠다더니 여태 있는가보네. 빨래까지 널어놨구만. 내가 여기 안 살다보니 미처 확인을 못했수. 아주머니, 그래도 어떻게 해주셔야죠. 저희는 방 빼서 왔단 말예요. 미안해요, 미안해. 그나저나 여기 총각들은 아직도 안 나가고 뭐 하는 거야.

방문이 왈칵 열렸다. 집주인과 이 옥탑방을 계약한 듯한 여자 둘이 동시에 소리를 질렀다.

"에구머니나!"

그들은 알몸의 용태를 보고 고개를 돌렸다. 그러나 그는 꼼짝도 하지 않았다.

"이봐, 총각! 살았어, 죽었어?"

집주인이 부엌의 빗자루로 용태의 발끝을 건드렸다. 그러나 용태는 꼼짝도 하지 않았다.

"아주머니, 저거 보세요. 입가에 저거! 피, 아닌가요?"

그와 동시에 집주인은 비명을 질렀고 여자들도 뒷걸음치기 시작했다. 용태는 실눈을 뜨고 그들을 보았다. 입술을 깨물었더니 살점이 떨어져나갔는지 입술과 그 언저리가 얼얼하다. 언제까지 이렇게 죽은 시늉을 해야 할지 알 수가 없었다. 당분간 이무기 사냥은 작파다. 용태는 어머니의 관을 내릴 때 본, 저 아래 석산 저수지에서 물기둥처럼 솟아오르던 이무기의 추억을 애써 기억에서 밀어냈다.

부신 햇살이 쏟아지는 옥탑방 창틀로 살아남은 사면발이 한 마리가 달팽이처럼 느릿느릿 기어가고 있었다.

비애

안톤 체홉

땅거미가 지고 있다. 크고 축축한 눈송이가 방금 켜진 가로등 주위를 맴돌다 부드럽고 얇은 층을 이루며 지붕 위에, 말 등에, 사람들 어깨 위에, 그리고 모자 위에 내리고 있다. 마부 이오나 포타포프는 눈송이가 하얗게 덮여 도깨비처럼 보인다. 인간의 몸으로서 더 이상 굽힐 수 없을 만큼 허리가 굽어진 그는 마부석에 앉아 있었다. 그리고 미동도 하지 않고 있다. 모든 눈송이가 온통 자기 몸 위에 떨어져도 그 눈을 털어낼 필요가 없다고 생각하는 것 같다. 그의 작은 말도 하얗게 눈에 덮인 채 움직이지 않고 서 있다. 미동도 하지 않는 앙상한 몰골과 바로 곁에서 보아도 곧은 나무처럼 보이는 다리가 1코펙(Copek=Kopeika. 러시아의 동화 또는 금액의 단뒤, 1/100루블 Anton Pavlovick Chekhov)쯤 하는 생강빵처럼 보이게 한다. 말은 깊은 생각에 잠겨 있음이 분명하다. 쟁기도 걸지 않고 늘상 그리고 서둘러 발걸음을 재촉하는 사람들로 가득찬 어지러운 세계에 던져진다면 역시 생각에 빠져들지 않을 수 없을 것이다.

이오나와 그의 말은 오랫동안 그 자리에서 꼼짝하지 않고 있다. 그들은 저녁 식사 전에 집을 나섰지만 지금껏 손님 한 사람도 채워 보지 못했다. 거리에는 저녁 안개가 깔리기 시작하고 램프에서 나오는 하얀 불빛은 더욱 밝은 색으로 변하고 있었다. 거리의 소란한 소리는 더욱 커지고 있다.

"마부, 비보르그로 갑시다!"

갑자기 이오나는 자기를 부르는 소리를 듣는다.

"여보, 마부!"

이오나는 벌떡 일어나서 눈송이에 덮인 눈썹 사이로 멋진 외투를 걸치고 모리에 후드를 쓴 장교 한 사람을 본다.

"비보르그로."

장교가 다시 말한다.

"당신, 잘 들었소, 응? 비보르그로 갑시다."

알아들었다는 표시로 고개를 끄덕이고 이오나는 고삐를 집어든다. 말등과 목에 덮여 있던 눈들이 흘러내린다. 장교는 썰매 속에 자리를 잡는다. 마부는 말을 향해 혀를 차면서 백조처럼 목을 뽑아내어 몸을 일으켜 앉고는 필요에서라기보다는 습관에 의해서 채찍을 휘두른다. 작은 말도 역시 목을 뽑고 나뭇가지처럼 보이는 나리를 굽혀, 할 수 없다는 듯이 걷기 시작한다.

"무슨 짓을 하는 거야, 이 미친 사람이!"

말이 움직이자마자 이오나는 앞뒤로 지나가는 사람들 틈에서 이런 고함 소리를 듣는다.

"도대체 당신 어느 쪽으로 모는 거야? 오, 오, 오른쪽으로!"

"말을 몰 줄 모르나? 오른쪽으로 가란 말이오!"

장교가 화난 목소리로 말한다.

자가용 마차를 모는 마부가 그에게 욕지거리를 퍼붓는다. 길을 건너다 말의 콧등에 어깨를 스친 행인 하나가 소매에서 눈을 털어내며 잔뜩 화난 얼굴로 그를 노려본다. 이오나는 바늘 방석에라도 앉은 듯 자리를 옮겨 앉으며 몸의 균형을 유지하려는 듯 팔꿈치를 휘두르며 숨이 막치는 사람처럼 하품을 해댄다. 그는 자기가 왜, 무엇 때문에 거기에 있게 되었는지 모르는 사람처럼 보인다.

"참, 불한당 같은 놈들도 다 있군!"

장교가 농담을 건네본다.

"아무래도 저자들은 모두 당신과 부딪치거나 당신 말발굽 아래 깔리기로 합의라도 한 것 같소!"

이오나는 몸을 돌려 장교를 쳐다본다. 그리고 입술을 움직인다. 분명히 무슨 말을 하려는 것 같으나 나오는 소리라고는 콧소리 뿐이다.

"뭐라고요?"

장교가 묻는다.

이오나는 입을 비틀 듯이 미소를 띄우며 힘겨운 쉰 목소리로 말한다.

"나리, 내 아들이 이번 주에 죽었습니다요."

"으음, 그래 어떻게 죽었소?"

이오나는 손님을 향해 몸을 돌리고 말을 잇는다.

"그야 누가 알겠습니까? 고열이라고 하더구마는, 사흘간 병원에 입원했다가 그만 죽고 말았습니다요……하느님의 뜻이었겠지요."

"말을 돌려, 이 녀석아!"

어둠 속에서 이런 말이 들린다.

"어디로 덤벼드는 거야, 이 늙은 놈아, 엉? 눈을 똑바로 뜨고 다녀!"

"가시오, 가!"

장교가 말한다.

"그렇지 않으면 내일까지도 도착 못하겠소. 좀더 서둘러 갑시다."

마부는 다시 목을 빼고 몸을 일으켜 세워 똑바로 앉고는 마지못한 듯 채찍을 휘두른다. 여러번 마부는 손님을 향해 몸을 틀어 바라보지만 손님은 눈을 감고 있다. 얘기를 듣고 싶지 않은 것이 분명하다. 비보르그에서 장교를 내려준 그는 술집 옆에 멈추고 앉은 자리에서 몸을 둘러 접고는 다시 꼼짝하지 않는다. 눈은 또 그의 몸과 말을 덮기 시작한다. 한 시간, 그리고 또 한 시간…… 그런 뒤 보도를 따라 덧신의 삐걱거리는 소리와 함께 서로 다투는 소리가 들리면서 세 남자가 나타난다. 두 사람은 키가 크고 호리호리하지만 한 사람은 키가 작고 곱사등을 하고 있다.

"마부, 폴리스 브리지로 갑시다."

곱사등의 사나이가 쉰 목소리로 말한다.

"우리 세 사람의 요금에 2그리베니크 주겠소."

이오나는 고삐를 집어들고 혀를 찬다. 2그리베니크는 터무니없는 요금이었으나 1루블이 됐건 5코팩이 됐건 그는 상관하지 않는다. 손님만 있으면 아무래도 좋은 것이다. 서로 밀치고 당기며 험악한 말씨는 쓰는 젊은 사나이들이 다가와서 모두 한꺼번에 자리를 잡으려 한다. 그러다가 어느 한 사람이 서고 나머지 두 사람이 앉을 것인가에 대해 언쟁을 한다. 입씨름도 하고 서로 욕설도 주고받더니 마침내 곱사등이 사내가 서기로 하고 나머지 두 사람은 앉기로 결정한다. 그가 제일 작기 때문이다.

"이제 어서 갑시다."

곱사등의 사나이가 제 자리를 잡더니 이오나의 목에다 숨을 뿜어내며 코먹은 소리로 한다.

"지독히 낡은 마차로군. 이봐요, 마부! 마차가 이게 뭐요? 페테르부르크에서 가장 형편없는 마차잖아!"

"헤헤헤헤"

이오나는 낄낄거리며 웃는다.

"그게 저……."

"그래 됐소. 어서 가기나 합시다. 도대체 끝까지 이런 속도로 갈 거요?"

"혼 좀 나 보겠소?"

"머리가 터질 것 같은 기분이다."

호리호리한 사나이 하나가 이렇게 말한다.

"지난 밤, 돈크마소스에서 바스카와 함께 꼬냑 네병을 마셨더니 그런 모양이야."

"자네가 왜 거짓말을 하는지 모르겠군."

또 다른 호리호리한 사나이가 화를 내듯 말한다.

"거짓말을 막 하는 것 같아."

"하늘에 맹세코 진짜 한 말일세."

"그게 사실이라니, 벼룩이 기침하는 것도 사실이겠군."

"헤헤……."

이오나가 낄낄거린다.

"참 재미있는 젊은 양반들이오."

"흥, 제기랄!"

곱사등의 사나이가 화를 내며 말한다.

"당신, 가는 거요, 안가는 거요. 이 골치 아픈 영감아! 그걸 말이라고 모는 거요? 채찍을 더 휘두르라고. 가요, 젠장. 어서 가자구, 채찍질을 잘하란 말이오."

이오나는 목 뒤에서 작은 사나이가 흥분하여 목소리가 떨리는 것을 느낀다. 그는 손님들이 내뱉는 욕설을 들으며 그들을 쳐다본다. 그리고 조금씩 외로움을 떨쳐낸다. 곱사등의 사나이는 욕을 하기도 하고 기침도 해댄다. 호리호리한 사나이들은 낟쟈페트로브나라는 사람에 관한 얘기를 시작한다. 이오나는 여러번 그들을 뒤돌아본다. 그는 잠시 침묵을 지키더니 다시 몸을 돌려 중얼거리기 시작한다.

"우리 아들놈이…… 이번 주에 죽었습니다요."

"우리는 모두 죽기 마련이오."

한 차례 기침을 하더니 곱사등이 사나이가 입술을 닦아내며 한숨을 쉬듯 말한다.

"자, 어서 갑시다. 어서요, 영감. 이런 속도로는 더 이상 못 가겠소. 도대체 언제 데려다 줄 거요?"

"글쎄, 자네 저 영감 목을 조금 찔러보지 그러나?"

"이 늙은이야, 내 말 들리나? 내 영감 목에 힘이 나게 해주지. 당신 같은 사람 점잖게 대해 주느니 차라리 걷는 게 낫지. 내 말 들려, 이 늙은 구렁이 같은 영감아! 침이라도 뱉어줄까?"

이오나는 그들이 자기에게 던지는 주먹질을 느끼기보다는 듣고 있다.

"헤헤, 재미있는 젊은 양반들이군. 신의 가호를!"

이오나는 이렇게 말하며 웃는다.

"마부, 결혼은 했소?"

호리호리한 사내가 묻는다.

"나요? 헤헤, 재미있는 젊은 양반, 이젠 마누라와 젖은 땅덩어리밖에 없다오…… . 헤, 호호…… . 바로 무덤이오. 내 아들놈이 죽었습죠. 나는 살아있고…… 기가 막힐 노릇이죠. 저승 사자가 문을 잘못 두드린 것입죠. 내게 찾아왔어야 하는 건데, 아들놈을 찾아갔으니…… ."

이오나는 몸을 돌려 그들에게 아들이 어떻게 죽었는지 말해 주려한다. 그러나 그때 곱사등의 사내가 한숨을 조금 내쉬며 말한다.

"다행이군, 마침내 다 왔군."

이오나는 그들이 어두운 문으로 사라지는 것을 본다. 다시 그는 혼자가 되어 적막에 휩싸인다. ……잠시 사라졌던 슬픔이 다시 찾아와 그의 가슴을 세차게 찢어 놓는다. 초조하고 서두르는 눈빛으로 그는 길 양쪽에 지나가는 사람들 중에서 자신의 이야기를 들어줄 만한 사람이 없을까 살펴본다. 그러나 사람들은 그를 알아보는 체하지도 않고 그냥 서둘러 지나쳐 버린다. 그의 슬픔은 끝이 없는 것이다. 가슴이 터져 슬픔이 쏟아져 나온다면 온 세상을 다 넘치도록 흘러나올 텐데 아무도 알아주는 사람이 없다. 그 슬픔은 볼품없는 조개껍데기 속에 숨어 낮이 되어 밝은 빛이 있어도 아무도 볼 수가 없다.

이오나는 무슨 마포 부대를 들고 서 있는 짐꾼을 붙들고 말을 걸기로 한다.

"여보시오, 지금 몇 시나 됐소?"

"아홉 시가 넘었습니다. 그런데 왜 여기서 멈추어 서 있지요? 어서 가시오."

이오나는 몇 발짝 움직이다가 몸을 반으로 접고 다시 슬픔에 빠져든다. 사람들에게 도움을 청하는 것이 소용없음을 깨닫는다. 5분도 채 안되어 그는 몸을 꼿꼿이 펴고, 심한 고통을 느끼는 듯 고개를 치켜 들고 고삐를 잡아당긴다. 더 이상 슬픔을 가눌 수 없다. 마구간으로 가야겠다고 생각한다. 작은 말도 그의 뜻을 알았다는 듯 걸음을 빨리 한다.

한 시간 반쯤 지나 이오나는 지저분한 난로 곁에 자리를 잡고 앉는 다. 난로 주위에, 마룻바닥에, 긴 의자 위에 사람들이 널려 코를 골고 있다. 공기는 탁하고 숨이 막힐 정도로 뜨겁다. 이오나는 잠든 사람들 을 바라보고 몸을 긁적거리다가 이렇게 일찍 들어온 것을 후회한다.

"아직 사료값도 벌지 못했는데……."

그는 생각하기 시작한다.

"나는 이래서 탈이야. 자기 직업이 무엇인지 분명히 알고, 먹을 것도 충분히 벌어 놓고, 자기 말이 먹을 사료값도 충분히 벌어야 언제나 평 화롭게 잠들 수 있는데……."

한 구석에서 나이 어린 마부가 반쯤 몸을 일으키고 졸린 눈을 비비고 투덜거리며 물이 담긴 양동이로 손을 뻗는다.

"한잔 하겠나?"

이오나가 그에게 물어본다.

"아니오, 생각 없습니다."

"그래? 그래야 하지! 그런데, 여보게 내 아들이 죽은 것을 알고 있나? 듣고 있나? 이번 주, 병원에서…… 얘기가 길다네."

이오나는 자기 말을 들어주는 사람이 있나 살펴본다. 그러나 아무도 자기 말을 들어주는 사람은 없다. 젊은 마부도 얼굴을 감추고 곧 깊은 잠에 빠져버렸다. 노인은 한숨을 내쉰다. 머리를 긁적거린다. 그 젊은 마부가 물을 마시고 싶어했던 것처럼 자기도 누구에겐가 말을 하고 싶었다. 곧 아들놈이 죽은지 일주일이 될 것이오. 그러나 그는 누구에게도 아들의 죽음에 관해 제대로 이야기할 수 없었다. 그 이야기는 천천히 그리고 주의 깊게 해야 할 것이다. 어떻게 아들이 병들게 되었는지, 아들이 얼마나 고통스러워했는지, 죽기 전에 어떤 말을 했는지, 어떻게 죽어갔는지를 천천히 그리고 주의 깊게 말해 주지 않으면 안 된다. 또한 장례식 때의 일이나 죽은 아들의 옷을 찾기 위해 병원에 갔던 일 등, 모든 것을 자세하게 얘기해주어야만 하는 것이다. 딸 아니시아는 마을에 남겨두고 왔다. 그 애에 관한 이야기도 해주어야 한다. 그런 이야기는 아무것도 아니란 말인가? 듣는 사람은 함께 탄식하고 슬퍼해 주겠지? 물론 여자들에게 이야기해 주는 편이 낫겠지. 여자들은 어리석기는 해도 단 두 마디에 울음을 터뜨릴 수도 있으니까.

'가서 말을 한번 봐야겠다.' 이오나는 생각한다.

'잠 잘 시간은 언제든지 있는 법이니까. 잠 못 잘까 봐 걱정할 필요는 없지.'

그는 코트를 걸치고 마구간으로 자신의 말을 보러 간다. 그리고 옥수수와 건초, 날씨를 생각해본다. 혼자 남게 되면 그는 아들 생각을 하지 않는다. 아들 이야기를 남에게 들려줄 수는 있으나 혼자 아들을 생각해보고 아들의 모습을 그려본다는 것은 참을 수 없는 고통인 것이다.

"배불리 먹고 있니?"

이오나는 밝은 눈동자를 쳐다보며 그의 말에게 이렇게 묻는다.

"그래, 어서 먹어, 돈을 못 벌어 옥수수를 먹을 수는 없어도 건초는

먹을 수 있지 않니? 그래, 나는 이제 너무 늙었어 – 아들 녀석이라면 말을 아주 잘 몰 수 있겠지. 나는 이제 틀렸어. 그 녀석 아주 일류 마부였는데, 그 녀석만 살아 있다면……."

이오나는 잠시 입을 다물고 있다가 계속 말을 잇는다.

"그게 지금 형편이란다. 내 말아, 쿠즈마 이오니치는 이제 이 세상에 없단다. 우리를 이 세상에 남겨놓고 훌쩍 가버렸지. 이를테면 너도 망아지를 낳아 망아지 어미였는데 그런데 말이지, 갑자기 그 망아지가 너보다 먼저 가버린 것이야. 슬픈 일이지, 그렇지 않니?"

말은 먹이를 씹으며 귀를 기울인다. 제 주인의 손등 위에 입김을 내뿜는다.

이오나는 가슴 속의 슬픈 감정을 억누를 수 없다. 그리고 그는 자기의 조그마한 말에게 모든 얘기를 들려주기 시작한다.

목걸이

기 드 모파상

　그녀는 매우 아름답고 매력이 있었지만, 조물주의 잘못으로 가난한 하급 공무원의 가정에 태어난 듯 싶었다. 자기 몫으로 마련된 돈도 있을 리 없고 아무런 희망도 갖지 못하였다. 그렇다고 돈이 많거나 지체 높은 남자들에게 알려져 눈을 끌게 할 수도 없었다. 따라서 사랑이나 청혼을 받을 길도 막히고 하여, 할 수 없이 문부성에 근무하는 하급 공무원에게 시집을 가게 되었다.

　화려하게 몸치장을 할 만한 여유도 없었으므로 소박한 차림을 했다. 그러나 이런 처지에 있는 여자들은 다 마찬가지지만, 결코 그런 환경에 만족을 느낄 수 없었다. 여자란 신분이나 가문이 문제가 아니라, 우아하고 아름답고 매력만 있으면, 얼마든지 훌륭한 혈통과 가문을 대신하게 마련이다. 바탕이 아름답고 천성이 우아하고 마음씨가 부드러우면, 그것으로 능히 특권 계급이 될 수 있는 것이다. 따라서, 평민의 딸이라 할지라도 그것으로 얼마든지 귀족의 딸들과 어깨를 겨룰 수 있는 것이다.

　그녀는 자기야말로 이 세상에서 온갖 쾌락과 사치를 즐기기 위해 태어난 사람이라고 생각하고 있었으므로 언제나 마음이 언짢았다. 집이 초라하고, 벽이 남루하며, 의자가 낡고, 가구가 때묻은 것을 볼 때마다 마음이 괴로웠다. 이러한 것은, 같은 처지에 있는 다른 여자들 같으면 별로 의식하지 않을 터이지만, 그녀만은 마음이 아프고 화가 났다. 그리하여 식모 노릇을 하고 있는 부르따뉴 태생의 계집애를 보고만 있어도 서글픈 생각과 미칠 듯한 몽상이 머릿속에 떠올랐다. 그녀는 동양식 장식이 걸리고, 높은 청동 촛대에 촛불이 휘황하며, 짧은 바지를 걸친 두 하인이 활활 타오르는 난로의 후끈한 열에 싸여 졸음이 와서 긴 의자에 기대어 자고 있는 비단으로 장식한 넓은 살롱을 상상해 보았다. 값지고 진귀한 보석들이 달려있는 아름다운 가구하며, 뭇 여성들의 선망을 받고 있는 사교계의 인기 있는 남성들과 친한 친구들이 모여 저녁 한때의 이야기를 즐기도록 마련한 향취 높고 아담한 방을 상상해 보는 것이었다.

저녁 식사 때 벌써 사흘째나 빨지 않은 테이블 보를 깔아 놓은 둥근 식탁에 앉자, 마주 앉은 남편이 수프 뚜껑을 열고, "아, 훌륭한 수프로군, 나에겐 난생 처음인걸……." 하고 기뻐하는 소리를 듣자, 그녀는 다시금 호화로운 만찬의 광경을 머릿속에 그려보았다. 번쩍이는 은그릇들, 선경의 숲 속에 나오는 기이한 새들과 고대의 인물들을 그려 놓은 벽화, 눈부신 그릇에 담긴 산해진미, 불그레한 생선이나 들꿩의 고기를 뜯으면서, 스핑크스와 같은 미소를 띠고 정담을 나누는 남녀들의 모습이 그녀의 눈앞에 아른거렸다.

그녀에게는 이렇다할 옷도 보석도 없었다. 그런데도 그녀가 가장 사랑한 것은 옷과 보석이었다. 자기는 그런 것들을 위해 세상에 태어난 사람이라고 생각하고 있었다. 그토록 그녀는 인생을 향락하고 싶었다. 모든 남성들의 인기를 차지하고 사랑을 받고 싶었다.

그녀에게는 부유한 친구가 한 사람 있었다. 수도원 학교 시절의 동창이었다. 그녀는 그 친구를 별로 찾아가고 싶지가 않았다. 그녀로서는 그 친구를 만나는 것이 몹시 마음 아픈 일이었다. 그 친구를 만나고 집에 돌아오면, 그녀는 으레 며칠 동안 슬픔과 뉘우침과, 절망과 비관으로 종일 울곤 하였다.

어느날 저녁에 남편이 사뭇 자랑스러운 얼굴로 손에 커다란 봉투를 한 장 들고 들어왔다.

"이거 당신에게로 온 거요."

하고 남편은 말하였다.

그녀는 얼른 봉투를 뜯고 그 속에서 카드 한 장을 꺼내었다. 거기에는 이런 말이 적혀 있었다.

'문부성 장관 조르주 랑포노 부처는 1월 18일 월요일 저녁에 장관 관저에서 야회를 개최하오니 루아젤 부처께서는 참석해 주시기를 바랍니다.'

남편은 자기 아내가 기뻐서 어쩔 줄 모르리라고 생각하였으나, 조금도 기뻐하지 않을뿐더러, 아내는 그 초청장을 심술궂게 테이블 위에 내던지며 중얼거렸다.

"이걸 날더러 어떻게 하라는 거예요?"

"아니, 여보. 난 당신이 기뻐서 어쩔 줄을 모르리라고 생각하였는데, 그게 무슨 말이오. 당신은 별로 외출도 못 하였으니 좋은 기회가 아니오? 이것을 얻느라고 얼마나 애썼는지 알아요? 직원들이 저마다 얻으려고 했지만 몇 장 차례가 오지도 않았소. 아무튼 그 날 가면 정부의 고관들을 다 볼 수 있을 거요"

그녀는 성난 목소리로 남편을 노려보더니. 이윽고 참을 수 없다는 듯이 쏘아붙였다.

"대관절 무엇을 몸에 걸치고 가라는 거에요?"

남편은 거기까지는 미처 생각지 못하였다. 그리하여 그는 이렇게 중얼거렸다.

"아니, 거 극장에 갈 때 입었던 옷 있지 않소? 내 눈에는 그 옷이 퍽 좋아 보이던데……."

그는 더 말을 잇지 못하였다. 아내가 울고 있었던 것이다. 두 방울의 커다란 눈물이 눈가에서 입 끝으로 서서히 흘러내리고 있었다.

"왜 그래? 글쎄, 왜 그러는 거야?"

그녀는 간신히 슬픔을 가라앉히고 나서 잦은 두 볼을 닦으며 조용히 대답하였다.

"아녜요, 아무것도 아녜요. 단지 입고 갈 옷이 없어서 그래요. 난 야회에 안 갈 테에요. 그 초대장은 다른 친구에게 주어 버리세요! 나보다 좋은 옷을 가진 아내가 있는 사람에게 말이에요."

남편은 실망하였다. 그는 이렇게 말하였다.

"이것 봐 마틸드! 멋있는 옷 한 벌 맞추는 데 얼마나 해? 다른 나들이 때에도 입을 수 있고 그다지 비싸지 않은 옷 말이야."

그녀는 잠시 생각하여 보았다. ─'얼마나 요구해야 그 검소한 공무원 생활을 하는 자기 남편이 단박에 기절해 버리지 않고, 놀라서 소리를 지르지도 않을까.'하고 값을 따져 보았다.

이윽고 그녀는 주저주저 하면서 말하였다.

"확실히 알 수는 없지만 4백 프랑쯤 있으면 될 거에요."

남편은 얼굴빛이 약간 해쓱해졌다.

그는 꼭 그만한 돈을 예금해 두었지만, 그 돈으로 총을 사서 이번 여름에 낭테에르 벌판으로 사냥을 가려던 참이었다. 일요일마다 그 곳에 가서 종달새 사냥을 하는 몇몇 친구들과 어울릴 심산이었다.

그러나 그는 이렇게 대답하였다.

"그래, 내 4백 프랑을 줄 테니 좋은 옷을 맞추도록 해."

무도회의 날짜는 점점 다가왔다. 루아젤 부인은 근심과 슬픔에 싸여 있었다. 옷은 거의 다 되어 가고 있었다.

남편은 어느 날 저녁에 이렇게 물었다.

"왜 그래? 당신 요새 며칠 동안 아주 얼빠진 사람 같구려."

그녀는 대답하였다.

"나는 보석도 패물도 아무것도 몸에 붙인 것이 없으니, 이런 딱할 데가 어디 있어요. 내 모양이 얼마나 꼴불견이겠어요. 차라리 그 야회에는 나가지 않는 것이 좋겠어요."

남편은 말하였다.

"생화를 달고 가구려. 요즘은 그것이 아주 멋있어 보이더군. 10프랑만 주면 아름다운 장미꽃 두셋은 살 수 있을 거야."

그녀는 고개를 옆으로 저었다.

"싫어요! 돈 많은 여자들 틈에 끼여서 가난하게 보이는 것처럼 창피한 일이 어디 있어요."

그러나 남편은 큰 소리로 말했다.

"참 당신도 딱하구려! 아 당신 친구 포레스티에 부인 있지 않소. 그여자한테 찾아가서 보석을 좀 빌려 달라고 하구려. 그만한 것쯤 편리를 못 봐줄 사이가 아닐 테니까."

"참 그렇군요! 그 생각을 미처 못 했군요."

이튿날 그녀는 친구의 집을 찾아가서 딱한 사정을 이야기하였다.

포레스티에 부인은 거울이 달린 의자 앞에 가서 커다란 보석 상자를 들고 와서 열어 보이며 르와젤 부인에게 말하였다.

"자, 골라봐."

그녀는 우선은 몇 개의 팔찌를 골라 보았다. 다음에는 진주 목걸이를, 그 다음에는 베니스제의 십자가를 골랐다. 그 십자가는 금과 진주로 되어 있었는데 솜씨가 놀라웠다. 그녀는 거울 앞에 서서 보석을 이 것저것 몸에 걸어 보면서 망설일 뿐, 어떤 것을 놓고, 어떤 것을 빌려가야 할지 마음을 정하지 못하고 번번이 이렇게 말하는 것이었다.

"또 뭐 없어?"

"왜 없어. 가서 골라 봐. 어느 것이 네 마음에 들는지 나는 알 수 없으니까."

그러자 까만 공단 상자 속에 눈부신 다이아몬드 목걸이가 들어 있는 것이 눈에 띄었다. 그녀는 그것이 어쩌나 탐이 났던지 가슴이 뛰기 시작했다. 그것을 쳐들자. 이번에는 손이 떨려왔다. 그녀는 그 목걸이를 몽탕트(목을 세우게 되있는 옷) 위로 목에 걸고는, 아름다운 자기 모습에 도취되어 있었다.

그녀는 간신히 입을 떼어 이렇게 말하였다.

"이걸 좀 빌려 줘. 다른 건 필요 없어."

"그렇게 해."

그녀는 친구의 목을 얼싸안고 뜨거운 포옹을 하였다. 이어서 목걸이를 들고 황급히 집으로 돌아왔다.

드디어 무도회 저녁이 돌아왔다. 르와젤 부인은 크게 인기를 끌었다.

그녀는 어느 여자보다도 아름답고 우아하고 맵시가 있었으며, 언제나 미소를 머금고 기쁨에 넘쳐 있었다. 모든 남자들마다 그녀를 바라보고는 이름을 부르며 소개를 받으려고 하였다. 비서관들은 저마다 그녀와 춤을 추고 싶어하였다. 이윽고 장관도 그녀를 유심히 바라보았다.

그녀는 도취된 기분으로 춤을 추었다. 자기의 미모가 가져온 승리와 성공을 이룩한 영광, 온갖 찬사와 감탄, 소생하는 정욕과, 여성들에게도 한없이 달콤하고 완전무결한 최고의 승리로 이루어진 행복의 구름 속에서 기쁨에 도취되어 모든 것을 잊어버리고 있었다.

그녀는 이튿날 새벽 네 시쯤 되어서야 야회에서 나왔다. 남편은 자정 때부터 조그마한 응접실에서 세 사람의 친구들과 함께 졸고 있었다. 그 동안에 그들의 부인은 저마다 마음껏 쾌락에 도취되어 있었다.

남편은 돌아올 때를 생각하여 가져온 평시의 허름한 웃옷을 아내의 어깨에 걸쳐 주었다. 그 초라한 모습은 아무래도 야회복과는 어울리지 않았다. 그녀도 그것을 느끼고, 값진 털옷으로 몸을 단장한 다른 여자들의 눈에 띄지 않도록 몸을 피하였다.

루아젤은 아내를 불러 세웠다.

"잠깐만 기다려. 이대로 밖으로 나가면 감기 들 테니까. 내가 나가서 마차를 한 대 불러 올게."

그러나 아내는 남편의 말은 전혀 듣지 않고, 날쌘 걸음으로 층계를 총총히 내려갔다. 두 사람은 낙심하여 달달 떨면서 센강 쪽으로 내려갔다. 그때 마침 강변에서 밤에나 돌아다니는 낡은 마차 한 대를 발견했다. 낮에는 파리에서 차마 그 초라한 꼴을 보이기가 창피하다는 듯이 밤에만 벌이를 하는 그런 마차였다.

두 내외는 그 마차를 집어 타고 마르티르 거리에 있는 집 문 앞에 다다랐다. 그들은 쓸쓸한 마음으로 발을 옮겨 층계를 올라갔다. 그녀에게는 모든 것이 끝나 버린 것이다. 그리고 남편은 아침 열 시까지는 문부성에 출근해야 한다는 생각을 하고 있었다.

그녀는 다시 한 번 자기의 화려한 모습을 보기 위해 거울 앞에 가서 어깨 위에 걸친 웃옷을 벗었다. 그런데 그녀는 갑자기 비명을 질렀다. 목에 걸었던 목걸이가 보이지 않았던 것이다.

옷을 벗고 있던 남편이 엉거주춤하며 물었다.

"왜 그래?"

그녀는 남편을 향해 얼빠진 듯한 어조로 대답하였다.

"저…… 저…… 포레스티에 부인의 목걸이가 없어졌어요."

남편은 실성한 사람처럼 벌떡 일어났다.

"아니 뭐라고…… 그럴 리가 있나!"

그들은 옷 갈피와 외투 갈피, 그리고 호주머니 속 등을 온통 뒤져보았으나, 목걸이는 아무데서도 눈에 띄지 않았다.

남편은 물었다.

"무도회에서 나올 때는 분명히 갖고 있었나?"

"그럼요. 장관댁 현관에서 만져 보기까지 한걸요."

"그러나 만일 한길에서 떨어뜨렸다면 소리가 났을 텐데. 그리고 보니 마차속에서 잃은 것이 분명하군."

"그런 것 같아요. 당신 그 마차 번호를 아세요?"

"몰라. 당신도 마차 번호를 잘 보아 두지 않았지?"

그들은 낙심하여 서로 마주 쳐다볼 뿐이었다. 이윽고 루아젤은 옷을 다시 입기 시작하였다.

"혹시 찾을지 모르니 돌아온 길을 다시 가 봐야지."

그는 밖으로 나갔다. 그녀는 야회복을 벗을 생각도, 잠자리에 들 기력도 없었다. 그리하여 불도 피우지 않고 아무 생각도 없이 의자 위에 멍하니 앉아 있을 뿐이었다.

7시쯤 되어 남편이 돌아왔다. 아무것도 눈에 띄지 않았던 것이다.

그는 경찰국과 신문사로 달려가 현상을 걸고 광고도 내었다. 그리고 조그마한 마차를 부리는 회사를 온통 찾아보고, 조금이라도 가망이 있어 보이는 곳은 모조리 찾아다녔다.

아내는 이 끔찍스러운 재난 앞에서 넋을 잃고 종일 남편을 기다리고 있었다.

르와젤은 저녁때가 되어서야 눈이 푹 꺼진 창백한 얼굴을 하고 돌아왔다. 그는 아무것도 발견하지 못하였다.

"당신 친구에게 편지라도 써야 할까 봐. 목걸이의 고리가 부서져서 수선을 하는 중이라고. 그렇게 하면 다시 사방으로 찾아다닐 시간 여유를 얻을 수 있을 테니까."

아내는 남편이 부르는 대로 받아썼다.

한 주일이 지나자 그들은 모든 희망을 잃고 말았다.

그리고 이 며칠 동안에 5년이나 더 늙어 보이는 루아젤은 이렇게 말했다.

"어떻게 해서든지 그 보석을 돌려줘야지."

다음 날 두 내외는 목걸이가 들어 있던 빈 상자를 들고, 그 안에 적힌 상호의 보석 상점을 찾아갔다. 상점 주인은 여러 권의 장부를 뒤적거리더니 이렇게 말하였다.

"부인, 그 목걸이는 저희 집에서 사 간 것이 아니올시다. 저희는 다만 상자만 제공했나 봅니다."

두 사람은 잃은 것과 꼭같은 보석을 구하기 위해, 그 기억을 더듬어 가면서 보석상마다 찾아다녔다. 두 내외는 비탄에 젖어 환자처럼 보였다.

이윽고 이 부부는 팔레 루아이얄의 어느 보석상에서 그들이 찾고 있던 것과 똑같아 보이는 다이아몬드 목걸이를 찾아내었다. 값은 4만 프랑이었으나 3만 6천 프랑이면 팔겠다고 하였다.

그들은 사흘 안으로 살 터이니 다른 사람에게 팔지 말아 달라고 통사정을 하였다. 그리고 만일 3월 말까지 잃어버린 목걸이를 다시 찾으면, 상점에서 3만 4천 프랑으로 도로 사준다는 조건으로 계약을 하였다.

루아젤에게는 아버지에게서 물려받은 1만 8천 프랑의 재산이 있었다. 나머지 돈은 빚을 얻을 수밖에 없었다.

그는 이 사람에게서 천 프랑, 저 사람에게서 5백 프랑, 여기서 5백 루이, 저기서 3백 루이 하여, 닥치는 대로 돈을 꾸었다. 차용증서를 쓰고, 재산을 몽땅 잡히고 고리 대금은 물론 모든 대금 업자와 거래를 했다. 그는 그 돈을 마련하기 위해 전 생애를 담보하다시피 하였으며, 갚을 수 있을는지 알 수 없지만, 아무튼 서약서에 마구 도장을 눌렀다. 그는 앞으로 닥칠 불행에 대한 걱정, 머지않아 찾아올 비참하기 짝이 없는 어두운 그림자, 앞으로 겪어야 할 모든 물질적인 궁핍과 정신적인 고통에 대한 두려움으로 전신을 떨며, 새 목걸이를 사기 위해 보석상에 가서 계산대 위에 3만 6천 프랑을 내놓았다.

루아젤 부인은 그 목걸이를 사들고 곧 포레스티에 부인을 찾아 갔다.

부인은 퉁명스러운 어조로 이렇게 말하였다.

"좀 일찍 갖다 줘야지. 내게도 쓸 일이 생길지 모르지 않아."

포레스티에 부인은 상자를 열어 보지는 않았다. 루아젤 부인은 친구가 그 상자를 열어볼까 봐 은근히 걱정이 되었다. 만일 친구가 물건이 바뀐 줄 알면 어떻게 생각하였을까? 무어라고 했을까? 자기를 도둑년으로 여기기 않았을까?

루아젤 부인은 가난한 생활이 얼마나 괴로운가를 알게 되었다. 그러나 그녀는 곧 비장한 결심을 하였다. 우선 저 끔찍한 빚부터 갚아야 하는 것이다. 그녀는 꼭 갚을 심산이었다. 식모를 내보냈다. 집도 바꾸어 지붕밑 다락방으로 세를 얻어들었다.

그녀는 집안 일이 얼마나 힘이 들고, 부엌 치다꺼리가 얼마나 귀찮은지 몸소 체험하여 잘 알게 되었다. 그녀는 기름기가 묻은 그릇과 냄비 속을 닦느라고 분홍빛 손톱이 다 닳았다. 더러운 옷이나 내복, 걸레 등속을 빨아서 줄에 널었다. 아침마다 쓰레기를 담아 들고 거리까지 나갔다. 층계참에서 숨을 돌리며 물을 길어 올렸다. 하류 계급의 아낙네들과 다름없는 차림을 하고, 바구니를 팔에 끼고 야채 가게와 식료품 상점과 고깃간을 드나들며 값을 깎다가 욕을 먹기도 하면서, 돈 한 푼을 아꼈다. 두 내외는 달마다 지불할 것은 또박또박 이행하고, 경우에 따라서는 차용증서를 고쳐 쓰고 연기하였다.

남편은 저녁마다 어느 상인의 장부를 정리하는 부업을 맡았다. 그리고 때로는 한 페이지에 5수의 보수를 받고 사본을 만들어 주기도 하였다.

이러한 생활이 10년 동안이나 계속되었다.

10년이 지나서야 모든 빚을 정리할 수 있었다. ─고리 대금의 이자와 묵은 이자의 이자까지 다 갚게 되었다. 루아젤 부인은 무척 늙어 보였다. 그녀는 억세고 완강하고 거칠고 가난한 살림꾼 아낙네가 되어 버렸던 것이다. 머리는 빗질을 하지 않아 텁수룩하고, 치마는 구겨지고, 빨개진 손으로 마룻바닥을 훔치고, 커다란 목소리로 떠들어대었다. 그러나 가끔 남편이 출근하고 나면, 창가에 걸터앉아서, 지난날의 야회, 그토록 아름다워 총애를 받던 야회를 회상해 보았다.

그 목걸이만 잃어버리지 않았던들, 어떻게 되었을까? 누가 알 수 있으랴. 알 수 없지! 인생이란 무척 기이하고 허망한 거야! 대수롭지 않은 일이 파멸을 가져오기도 하고 구원을 해주기도 하고!

그러던 어느 일요일이었다. 그녀는 한 주일 동안의 피로를 풀려고 샹젤리제 거리로 산책을 갔다가 우연히 어린 아이를 데리고 산책을 하는 포레스티에 부인을 만났다. 부인은 여전히 젊고 아름답고, 매력을 간직하고 있었다.

루아젤 부인은 가슴이 두근거렸다. 가서 그 동안의 경위를 이야기할까? 그렇지! 이미 빚을 다 갚았겠다. 이야기 못 할 게 뭐람?

그녀는 가까이 다가갔다.

"잔느 아냐? 이게 얼마만이야!"

포레스티에 부인은 그녀를 미처 알아보지 못하였다. 이런 비천한 여자가 자기를 그토록 정답게 부르는 것이 적이 놀라웠다.

"누구야?…… 나는 잘 모르겠는데…… 사람을 잘못 보지 않았어요?"

"어머! 나 마틸드 루아젤이야."

친구는 크게 외쳤다.

"뭐, 마틸드…… 아이 가엾어라! 그런데 왜 이렇게 변했어!"

"그동안 고생 많이 했어. 우리가 마지막 헤어진 후로 고생살이가 이만 저만이 아니었어. 그것도 다 너 때문이지 뭐야……."

"나 때문이라니……. 그게 무슨 소리야!"

"왜 생각나지 않아? 저 문부성 장관의 야회에 가려고 내가 빌려 갔던 다이아몬드 목걸이 말이야."

"응, 그래서?"

"그걸 잃어버렸지 뭐야."

"뭐? 아니 내게 고스란히 돌려주지 않았어?"

"그렇지만 그건 품질은 같지만 다른 목걸이야. 그 목걸이 값을 갚느라 고 10년이나 걸렸지 뭐야……. 인제 다 해결되었어. 얼마나 마음이 후련 한지 몰라."

포레스티 부인은 발길을 멈추고 서 있었다.

"그래, 내 것 대신에 다른 다이아몬드 목걸이를 사왔단 말이야!"

"그럼, 여태껏 그걸 몰랐구나. 하긴 똑같은 것이니까."

그녀는 약간 으스대는 듯한 순박한 웃음을 지어 보였다.

포레스티에 부인은 크게 감동되어 친구의 두 손을 꼭 쥐었다.

"아이 가엾어라, 마틸드! 내것은 가짜였어. 기껏해야 5백 프랑밖에 되 지 않는……."

Ⅲ. 미디어

제8장

미디어의 이해

1. 문학은 미디어다

마샬 맥루한(Herbert Marshall McLuhan)은 '지구촌(global village)'이라는 말을 발명했고 이미 1950년대부터 매스미디어를 학문적 연구의 대상으로 삼았던 최초의 학자다. 그의 대표적 저서『미디어의 이해』의 첫 장은 "미디어는 메시지다"라는 제목을 갖고 있다. 신문, 라디오, 흑백TV 정도의 올드 미디어(old media)가 전부였던 시절에 일찍이 그는 메시지라는 내용이 미디어라는 형식과 분리될 수 없다고 주장했다. 메시지의 내용과 성격이 미디어라는 형식에 의해 사실상 결정된다고 본 것이다.

언어나 문장은 인류 역사상 가장 오래된 미디어다. 이 매체(media)를 거치지 않는 메시지는 없다. 그러므로 이 유서깊은 매체의 가장 세련된 총합으로서 문학은 사실상 모든 미디어와 관계된다고 할 수 있다. 그러므로 문학은 오늘날과 같은 스마트폰 시대의 중요한 콘텐츠로 부활할 것이다. 모든 이야기는 손 안에서 영상으로 바뀔 것이며 그것은 다시금 새로운 아이디어를 낳을 것이다. 그 배경이 되는 시공간은 구글어스나 네이버 지도, 다음 로드뷰 등을 통해 실시간으로 확인되고 새로운 이야기가 덧붙여질 것이다. 예컨대 시「국화 옆에서」는 미당 서정주가 남긴 생전의 동영상 및 구체적인 정보 등과 연동되어 젊은 세대와 소통할 것이다. 이처럼 소셜 미디어(social media)로 대표되는 모든 새로운 커뮤니케이션의 중심에 문학이 놓일 것이다.

이러한 현상에 대한 보다 깊은 이해를 돕기 위해서 우리는 미디어가 무엇이고, 그것이 불러올 변화가 어떤 것이며, 그 전망은 어떨 것인지 등에 대해 생각해 볼 필요가 있다.

2. 미디어란 무엇인가?

미디어라는 말은 본래 매개체라는 의미를 담고 있다. 미디엄(medium)의 복수형으로 채널(channel)이라는 말로 대체될 수도 있다. 좁은 의미로 메시지를 수용자들 즉 관객, 독자, 시청자들에게 전달하는 그릇(message-vehicle)을 가리키며 넓은 의미로는 인간의 의사소통을 매개하는 데 있어서 벌어지는 유형무형의 현상과 조건 일체를 아울러 지칭하는 의미로 사용된다. 가장 원초적인 예로 입소문(word of mouth)을 들 수 있겠지만 일반적으로는 우리나라의 MBC, KBS, SBS 등의 공중파 방송과 조선일보, 중앙일보, 동아일보 등의 신문 같은 대중매체 즉 매스미디어(mass media)를 가리키는 의미로 한정된다. 일반적으로 미디어라

하면 매스미디어를 지칭하며 이 장에서도 그렇게 사용할 것이다.

매스미디어는 매스커뮤니케이션(mass communication)과 떼려야 뗄 수 없는 관계를 맺고 있으며 종종 구별되지 않고 사용되기도 한다. 미디어를 정의하고 규정하는 데 있어서 인쇄매체라든가 전파 등의 "그릇의 운반체(vehicle-carrier)" 그리고 방송국, 신문사 등의 기관 즉 "미디어 기관(media company)" 등 다양한 요소를 고려해야 한다. 일반적으로는 출판과 방송을 중심으로 한 올드미디어, 디지털 정보통신기술의 발전과 관련하여 새롭게 출현한 뉴미디어(new media)로 구별되는 것이 보통이다. 이러한 구분은 절대적이지 않으며 어떤 매체가 새롭게 등장하느냐에 따라 상대적인 개념으로 활용된다. 예컨대 아이폰이나 아이패드의 등장과 함께 이전의 휴대전화가 한순간에 과거의 매체로 전락해버린 것이 대표적인 사례다. 뿐만 아니라 최근의 미디어의 경우 정보 전송을 위한 그릇으로서 망(net)의 디지털화의 중요성이 날로 증대되고 있는 추세다.

3. 마샬 맥루한 VS 소셜 맥루한

매스미디어에 대해 논의할 때 마샬 맥루한의 중요성을 간과할 수 없다. 앞서 언급한 것처럼 그는 매스미디어의 중요성에 주목하고 그것을 이론화하여 해명하는 데 있어서 선구적인 역할을 담당했다. 그것도 그럴 것이 맥루한이 이러한 작업을 수행했던 1950~60년대는 인쇄매체에서 전파매체로의 이행이 이루어지고 있었던 격동의 시대였다.

맥루한은 모든 미디어가 근본적인 차원에서 인간 감각기관의 연장이라고 전제한다. 기술의 발전과 함께 매스미디어는 비약적으로 확장되어 인간의 본래적인 시공간적 제약과 한계를 능히 극복할 수 있게 만들 수 있을 것이라고 전망했다. 예를 들어 지구 반대편에서 벌어지는 축구경기는 눈의 연장으로서 TV에 의해 간단히 중계된다. 인간의 눈이라는 감각기관이 지구 반대편에까지 연장된 것이다.

하지만 거꾸로 그러한 미디어의 형식은 거기에 담겨진 메시지 즉 인간의 다양한 인식의 방식 및 삶의 의미를 결정하는 틀이 되기도 한다. 예컨대 우리에게 축구경기의 일반적인 형식은 TV에 비춰지는 바로 그것이며 경기장의 관객석에서 볼 수 있는 것과는 사뭇 다르다. 그것에서 벗어나면 처음에는 위화감을 갖게 된다. TV에서 보는 것과 다른 생소한 프레임이나 시각에서 경기를 관람할 것을 요구받게 되기 때문이다. TV라는 미디어의 형식이 축구경기를 관람하는 우리의 인식을 결정하는 것이다.

일반적으로 대중은 이 사실을 의식하지 못하면서도 매스미디어의 압도적인 영향력 하에 놓여 있는 것이 사실이다. 심지어 매스미디어가 개개인을 대중이라는 용어로 뭉뚱그려 호명하고 있는 사실을 전혀 알지 못하고 있는 것처럼 말이다. 맥루한이 미디어를 감각기관의 연장으로 규정했던 데에는 바로 이와 같은 상반되는 의미가 동시적으로 자리하고 있다.

대중은 미디어의 홍수 속에서 방황하고 있다. 스마트폰은 물론 최첨단의 미디어 기기다. 그러나 그것을 선택하는 것은 개인의 자의적 판단에 의해서라기보다 시대와 환경의 변화와 관련된 유형무형의 강요 때문인 경우가 많다. 하루가 다르게 발전하는 IT 즉 정보통신 기술은 과거의 기기를 삽시간에 낡은 것으로 만들어 용도폐기시킨다. 매일 달라지는 환경 속에서 쓰고 싶어도 이미 옛것이 되어 통용되지 못하는 경우가 허다하다.

그럼에도 불구하고 태블릿 PC, 3D TV, 스마트카 등 기술의 발전에 따라 새롭게 매일매일 출현하는 다양한 뉴미디어는 삶의 근본적인 변화를 가져오며 그 각각을 활용하는 사람들끼리의 각별한 유대와 집단의식을 형성하고 있다. 특히 페이스북이나 트위터 등의 소셜 네트워크 서비스(Social Network Service, SNS)의 파급력은 그야말로 상상을 초월한다. SNS는 그 사용자들 간의 새로운 인간관계를 구축해가고 있다. 그것은 기존의 군중(cloud)이나 공중(public), 대중(mass)과는 구별되는 새로운 집단의 출현을 야기한다. SNS는 인간관계의 사적인 네트워크를 다양한 의사소통(communication) 그 자체로 실체화시켰다. 그 웅성거리는 사람들의 모임이 전례 없는 형태로 세계를 변화시키고 있다. 바로 회중(會衆, Social)의 출현이다. 사소한 대화 그것 자체가 연장된 새로운 미디어의 시대로 이행하고 있는 것이다.

이러한 현상을 "소셜 맥루한"이라 포괄적으로 명명해도 좋지 않을까. 이와 관련하여 우연의 일치겠지만 마샬(marshal)이라는 단어가 내포하고 있는 다양한 의미는 실로 흥미롭다. 일반적으로 '장군'을 의미하는 말이지만 동사로 "사람을 모으다" 또는 "대중을 통제하다"라는 의미도 아울러 함께 갖고 있다. 물론 마샬 맥루한의 '마샬(Marshall)'은 고유명사이고 '엘(L)' 하나가 빠져 있기 때문에 동일한 단어라고 말할 수는 없을 것이다. 하지만 '소셜' 개념과 대비하여 기묘한 상관관계가 유추되는 것은 부정할 수 없는 사실이다. '마샬'이 사람을 모으고 통제하는

지도자를 가리키는 동음이의어를 연상시킨다면 소셜은 사람들이 자발적으로 모여 웅성거리면서 서로 의사소통하는 집단 그 자체를 지칭한다는 점에서 오늘날 전세계 네트워크상에서 벌어지고 있는 의미심장한 변화와 결코 무관하지 않은 것처럼 보인다. 일찍이 맥루한이 그 중요성을 강조했던 미디어의 혁신이 바로 이러한 변화를 선도하고 있다. 맥루한이라는 한 사람의 위대한 지성이 위키피디아 같은 소셜의 집합적 지성으로 대체되어 가고 있는 것처럼 말이다. 바로 마샬 맥루한에서 "소셜 맥루한"으로의 이행이 이루어지고 있는 것이다.

이와 관련하여 기존의 의사소통 모델은 마땅히 수정되어야 한다. 예를 들어 H. 라스웰의 SMCRE 모델에서 송신자(sender)와 수신자(receiver)는 명백하게 구분되었으며 그 역할 또한 한정되어 있었다. 그러나 오늘날과 같은 스마트 모바일 플랫폼에서 송신자와 수신자는 수시로 그 역할을 뒤바꾸며 명백히 구분되지도 않는다. 이제 모든 이는 메시지의 송신자인 동시에 수신자(Sender+Receiver : SR)가 된다. 일반인들은 신문과 방송 등의 매체에서 제작된 콘텐츠를 일방적으로 수용하는 수신자의 역할에서 벗어나 각종 IT 기기의 힘을 빌려 능동적으로 콘텐츠를 제작할 수 있고 SNS를 통해 자유롭게 유통 확산시킬 수도 있다. 기존의 미디어 또한 이와 같은 회중의 콘텐츠를 적극적으로 수용할 수 있으며 또한 그렇게 하고 있다. 매스미디어 및 매스 커뮤니케이션에 있어서 일대 혁신이 일어나고 있으며 마케팅 등 인접 영역에 대해서도 실로 중대한 영향을 미치고 있다.

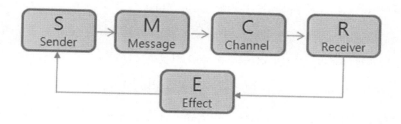

헤럴드 라스웰 (Harold Dwight Lasswell)의
전통적 커뮤니케이션 이론 모델(SMCRE)

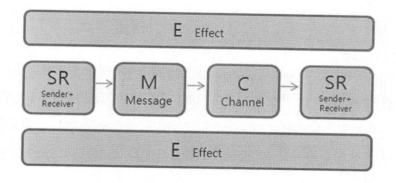

SMCRE 모델에 기초하여 새롭게 정립한 커뮤니케이션 이론 모델
(김원호, 「마샬 맥루한 vs 소셜 맥루한」, 『월간 마케팅』 2011년 3월호)

4. 뉴미디어의 과거와 미래
- 스마트 미디어 제너레이션 생태계로

오늘날 가장 진보한 미디어는 태블릿PC를 비롯한 스마트 미디어다.
스마트 미디어가 출현하기 전까지 TV를 비롯한 실로 다양한 미디어
가 부침(浮沈)과 명멸(明滅)을 거듭해왔다. 영화 〈라디오스타〉에 인용된

"비디오 킬 더 라디오스타(Video kill the radio star)"라는 노래는 1930년대 TV의 등장과 함께 라디오의 위상이 급격히 쇠락했던 내력을 함축적으로 보여준다. 매스미디어는 기술의 진보와 함께 인간과 밀접한 관계를 맺으며 진화해왔지만 그것은 이처럼 뉴미디어가 등장하면서 기존의 매체가 쇠퇴하고 다시 시간이 지나 뉴미디어가 올드미디어로 전락하여 새로운 매체로 대체되는 과정에 다름 아니었다. 요컨대 미디어가 부단히 교체되는 변증법적 과정의 반복이었다고 할 수 있다.

(1) 인터넷의 등장 (Internet, I generation)

그 중에서도 인터넷의 출현은 기존의 미디어 환경을 일거에 전복시켰던 전무후무한 사건이 되었다. 1960년대 미국 국방부 내부에서 군사적 목적으로 개발된 인트라넷은 그것이 일반에게 공개된 후 얼마간은 소수 IT 전문가의 전유물로서 간주되어 왔다. 하지만 "월드와이드웹(world-wide-web, www)" 같은 공통의 표준이 제정되고 넷스케이프나 익스플로러 등의 웹브라우저가 개발되면서 인터넷에 대한 일반인의 접근성이 혁신적으로 제고되었다는 사실은 잘 알려져 있다.

인터넷은 그 출현 반세기만에, 특히 20세기 말에서 21세기 초까지의 짧은 기간 동안 인류의 생활을 근본적으로 바꾸었다. 예컨대 야후나 다음 같은 포털사이트가 초기에 내세웠던 웹메일 서비스로 인해 국가에 의해 독점되던 기존 우편 체계의 중요성은 현저히 약화되었다. 신문은 포털사이트 메인화면의 뉴스로, 백과사전은 위키피디아로 대체되었다. 사람들은 더 이상 기상 정보 등을 TV나 신문에 의존하지 않고 인터넷을 통해 실시간으로 확인할 수 있게 되었다. 굳이 음반 가게에 가지 않아도 무수한 오디오·비디오 콘텐츠를 유튜브 등에서 다운로드 받아 감상할 수 있다. 현실의 모임과 교제의 상당 부분이 네트워크상의 커뮤니티로 대체되기도 했다. 어떤 의미에서 인터넷의 출현은 기존 미디어의 상당수를 은밀하게 또는 공공연하게 살해했다고 해도 좋을 것이다. 또한 이러한 혁신은 미디어 생태계에 있어서 또 다른 중요한 변화를 파생시켰다. 바로 모바일 환경의 출현이다.

(2) 모바일 환경의 출현 (Mobile 1.0, M generation)

본래 군사적 목적으로 활용되던 무선이동통신 기술이 모토로라에 의해 민간으로 넘어오게 되면서 비약적인 발전을 이룩하게 된다. 누구나 손 안에 휴대전화 한 대씩을 갖게 된, 변화된 미디어 생태계에 대한 적응 여부는 관련 기업의 사활을 결정할 정도로 중요했다. 목재사업으로 출발한 무명의 핀란드 기업 노키아는 일찍부터 이동통신 단말기 제조와 생산에 주력한 결과 세계 굴지의 기업으로 성장했으며 삼성과 엘지는 내수 시장에서의 치열한 경쟁을 발판으로 일찍부터 제3세계 휴대전화 단말기 시장에 진출하기 위해 부단히 노력한 결과 모토로라와 어깨를 나란히 하는 세계적인 단말기 제조회사로서의 명성을 확립했다. SK텔레콤은 기존의 이동통신 표준 GSM을 대체하는 코드분할 방식의 통신 표준 CDMA를 세계 최초로 상용화하는 데 성공했다. 반면 일본의 기업들은 최첨단의 기술을 보유하고 있음에도 불구하고 내수 시장 및 국내 독자 표준에 만족한 결과 2000년대 후반부터 세계 시장에서 고전을 면치 못하게 되었다.

(3) 모바일 환경의 혁신(Mobile 2.0, S generation, Smart generation)

애플에 의해 주도된 스마트 혁명은 하드웨어와 음성통화가 중심이 되었던 모바일 1.0 시대의 미디어 생태계를 근본적으로 혁신했다. 그것은 미려한 디자인과 직관적인 인터페이스를 자랑하는 아이폰과 아이패드 등의 스마트 기기를 무선 네트워크를 활용하여 아이튠즈 같은 웹상의 애플리케이션 마켓과 직접 연동시키는 방식으로, 순식간에 스마트기기 시장을 평정했다. 모바일 기기를 PC로부터 완전히 독립시켜 편의성을 극도로 제고한 애플의 혁신적인 발상은 이후 구글 안드로이드나 마이크로소프트 윈도폰 등의 OS 그리고 그러한 포맷을 활용해야 하는 무수한 단말기 제조회사들에게 있어서 모방과 극복의 대상이 되었다. 반대로 이러한 변화에 능동적으로 적응하지 못한 노키아나 RIM 같은 회사들의 실적을 현저히 감소시켰고 닌텐도의 NDSL 같은 기기로서는 결코 따라올 수 없는 애플리케이션의 개방성을 자랑했으며 자국산 IT 기기 및 콘텐츠에 대한 선호도가 비교적 강했던 한국과 일본에 진출하여 삼성이나 소니 등의 기업들이 자국 시장에서 차지하고 있었던 우월적 지위를 실질적으로 위협했다. 현재 전 세계 소비자들의 열광과 추종을 받고 있는 애플의 개성적인 스마트 기기는 그러나 OS 및 아이튠즈의 패쇄적 구조로 말미암아 삼성과 HTC가 중심이 된 구글 안드로이드 진영의 급속한 추격을 일정부분 허용하고 있다. 애플의 성장을 이끌었던 카리스마적 존재 스티브 잡스의 사망 및 후발 주자들의 분발은 스마트 제너레이션 시장의 미래를 더욱 예측하기 어렵게 만들고 있다.

(4) 싱글미디어 시대의 종언

모바일 2.0, 스마트 제너레이션 시대의 도래는 하나의 콘텐츠가 단일한 미디어에 국한되지 않아도 되는 세상을 열었다. 하나의 콘텐츠는 PC와 TV, 스마트폰 등의 다양한 미디어를 넘나들며 자유롭게 활용될 수 있다. 예컨대 과거 마이클 잭슨의 뮤직비디오를 보려면 적어도 TV 수상기와 비디오 레코더를 통해야 했고, 비디오테이프에 녹화된 뮤직비디오를 영화 등 다른 미디어를 통해 상영하려면 복잡한 변환 작업을 거치지 않으면 안 되었다. 이와 같이 콘텐츠가 곧 미디어였던 시대는 끝났고 이제까지의 미디어 생태계는 화석이 되었다. 오늘날 우리는 유튜브에 업로드된 소녀시대의 뮤직비디오를 TV, PC, 태블릿 PC, 스마트폰 등의 다양한 기기 및 경로를 통해 감상할 수 있다. 미디어는 전례 없이 유동적인 환경에 노출되었고 다종다양한 콘텐츠의 진화를 적극적으로 수용해야 생존할 수 있는 시대가 되었다. 예를 들어 삼성 같은 기업은 200만 건의 전자책 콘텐츠를 제공하기로 한 것은 물론이고, PC-TV-스마트폰 등 미디어에 구애받지 않고 영상, 음악, 뮤직비디오 등의 다양한 콘텐츠를 제공하는 '호핀(hoppin)' 서비스를 개시했다. 새로운 시대(new generation)의 도래와 함께 새로운 기술(new technology)을 창조적으로 수용하는 새로운 인류(new mankind)가 살아남는 식으로 현재의 미디어 생태계는 급변하고 있다. 이 변화의 물결에서 살아남은 자와 도태된 자의 명암과 운명이 엇갈리고 있다. 지금 우리는 이 시대에 살아남을 수 있는가?

5. 소셜 미디어의 시대, 미디어의 주권이 바뀐다

2010년 10월 13~14일 간 서울에서 제11회 세계지식포럼이 열렸다. 전 세계 IT 업계를 선도하는 많은 인사들이 참석한 이 포럼에서 개진되었던 다양한 논의와 주장을 주최측인『매일경제』가 정리하여 "IT 미래를 위한 5대 키워드"(2010.10.25)로 압축한 바 있다. 그 5대 키워드는 다음과 같다. ① 초연결사회가 올 것이고 ② SNS는 비즈니스의 기본이 될 것이며 ③ 슈퍼 애플리케이션이 출현할 것이고 ④ 스마트폰은 곧 PC를 능가하게 되며 ⑤ 공감의 시대를 선도하는 자가 살아남을 것이라는 전망 등이 그것이다. 에릭슨 회장 한스 베스트베리도, 페이스북 창업자인 크리스 휴즈도 SNS 등에 기초한 인간 사이의 관계 및 유대의 형식에 있어서 발생하게 될 근본적인 변화에 주목했다. 베스트베리는 모든 기기가 네트워크를 통해 광범위하게 연결되는 초연결사회의 출현을 예견했으며, 휴즈는 SNS를 배제한 비즈니스는 이제 상상할 수조차 없게 되었다고 주장했다. 테크놀로지의 혁신 그중에서도 SNS를 비롯한 소셜 미디어(social media)에 의한 개인 간의 연결은 일종의 사회신경망처럼 긴밀한 것이 되고 있다. 오늘날 이루어지는 그 어떤 인간의 의사소통 행위도 이러한 현상으로부터 분리하여 생각할 수 없다는 것이다.

소셜 미디어란 자발적인 참여자들로 구성된 인적 네트워크가 웹상에 실체화되어 마치 살아있는 유기체처럼 성장하고 또 변이하는 최신의 미디어를 일컫는다. 그 구조상 송신자와 수신자 사이의 관계가 기존처럼 일방향적이라기보다 쌍방향적이거나 때로는 대단히 복합적이고 다층적인 형태를 가질 수밖에 없다. 블로그나 SNS, 메시지보드나 팟캐스트 등을 대표적인 예로 거론할 수 있다.

　실제로 2011년 한국의 스마트폰 판매량은 2,000만 대를 넘어섰고 태블릿 PC의 판매 증가 추세도 심상치 않다. 하지만 인구절벽으로 인해 2014년에는 1,800만 대로 줄어드는 마이너스 성장을 하고 있다고 한다. 이런 상황에서 스마트폰은 한 단계 더 높은 기술적 고도화로 사용자를 만족시키기 위해 노력할 것이다. 그것이 바로 커넥티드 자동차 즉 스마트카의 등장이다. 전파 환경도 달라지고 있다. 3G, 4G를 넘어 이제 5G의 시대를 열고 무선 인터넷 환경이 초고속으로 발전하고 있다. 기존의 미디어와 달리 시공간의 제약에 구애되지 않고 실시간으로 정보를 공유하는 SNS의 영향력은 전지구적으로 확산되는 것은 물론 우주로까지 확장될 것이 자명하다.

6. 지금도 미디어의 진화는 계속된다.

　미디어는 인간이 종말을 맞을 때까지 끊임없이 탄생되고 복제되고 도태되고 수정되는 반복의 역사를 연출할 것이다. 현재 미디어는 전통적인 개념의 미디어를 뛰어넘어 상호 결합하는 새로운 미디어 DNA 생태계를 만들어내고 있다. 문학은 물론 광고나 방송, 다양한 콘텐츠들이 새로운 미디어 환경에 적응하기 위해 다양한 변신을 시도하고 있다. 특히 모바일이 중심이 되는 미디어 환경으로 급속히 진화했다.

　이제 사람들은 전통적인 백화점이나 이마트, 홈에버 같은 대형 유통점의 오프라인 환경에서만 쇼핑을 하고 있지 않다. 그렇다고 온라인으로 쇼핑하는 것에 두려워하는 사람들도 있다. 그래서 탄생한 것이 O2O

미디어 환경이다. 오프라인 to 온라인으로 해석되는 이 단어는 신문이 방송과 결합하듯 오프라인과 온라인이 결합한 것을 의미한다. 이런 상황에서 중요한 역할로 대두된 것이 바로 모바일, 스마트폰이다. 밥을 먹을 때도 택배를 보낼 때도 카셰어링으로 차를 이용할 때도 호텔에 갈 때도 사람들은 모바일로 선택한다. 또한 삼성페이, 네이버페이, 알리페이 같은 핀테크를 통해 스마트폰으로 결제하는 원스톱 소비 시대의 트렌드가 완성되고 있다. 기존의 은행은 사라질지 모른다. 그 자리를 카카오가 삼성의 갤럭시가 대체할 수도 있다. 이렇듯 미디어 환경은 우리가 예측할 수 없는 극단의 속도로 움직이고 있다.

이세돌 9단과의 대결에서 승리한 인공지능 알파고, 로봇이 인간의 직업을 빼앗는 세상, 로켓이 이제 일반인들에게 우주여행을 가능하게 해주는 꿈의 실현, 기름 없이 달리는 자동차의 세상, 세상은 인간의 기본 기능의 확장된 형태의 미디어들이 지속적으로 탄생하고 있다. 이 속에서 인간은 어떻게 인간성을 최대한 지킬 것인지 문학은 어떤 묘책으로 이 시대에 적응할 것인지 고민하고 솔루션을 찾아야 할 것이다.

제9장

영화와 드라마

1. 영화라는 대중적 형식

특별한 교육이나 훈련을 거치지 않아도 누구나 영화나 드라마를 볼 수 있다. 뿐만 아니라 그 내용과 의미를 쉽게 이해할 수 있다. 이점에서 영화나 드라마는 문학이나 클래식 음악과 같은 예술 형식과 구별된다. 클래식 음악을 이해하고 즐기기 위해서는 무엇보다도 음악의 기본적인 요소라든가 특정한 악곡의 구성이라든가 오케스트라의 악기 구성, 곡의 작곡 배경 등을 일부러 찾아가며 공부하지 않으면 안 된다.

그러나 영화를 볼 때 그런 것들은 요구되지 않는다. 영화는 그저 시간을 내서 영화관에 찾아가 한정된 시간만큼 스크린을 응시하고 있기만 하면 된다. 영화는 관객의 주목을 이끌어내는 것을 고려하여 만들어졌으므로 굳이 일부러 집중하려 노력하지 않아도 영상에 집중하게 된다. 영화의 스토리텔링이나 미장센, 크로스커트, 쇼트, 시퀀스 트래킹 쇼트 따위의 영상 구성의 형식적 요소를 알지 못하는 그 누구라도 영화의 줄거리와 각 장면 및 배우들의 연기가 의미하는 바를 이해할 수 있다. 다시 말해 영화의 각 장면이 무슨 의미를 갖고 있는지에 대해 굳이 심사숙고하지 않아도 의미와 줄거리를 파악하는 데 별 지장이 없다는 것이다.

영화가 이처럼 이해하고 감상하기 쉬운 것은 이것이 일반적인 대중의 지식과 취향을 최대한 배려한 대중적인 형식이기 때문이다. 또한 문자나 그림, 음향 등의 다른 기호의 중개를 거치지 않고 실제 인간과 사물의 모습을 있는 그대로 촬영한 영상 및 녹음한 음향을 관객들에게 직접 제시하는 형식이기 때문이다. 영화와 같은 영상 매체에 등장하는 인물들의 외향이나 행동 양식 등의 연기 일체는 우리가 실제로 살아가고 있는 모습과 별반 다를 것이 없으며 또한 실제의 일상 세계를 최대한 참조하여 만들어지기 때문에 더욱 이해하기 쉽다. 요컨대 영화는 현실 세계와 대단히 유사하다.

그러나 영화는 인간의 일상생활을 있는 그대로 담아낸 것이 아니다. 영화라고 하는 장르는 스토리 구성을 위해 대단히 복잡한 형식적 장치를 갖고 있다. 예를 들어 다음 장면에 대해 생각해 보자.

일반적으로 영화에서 흔히 볼 수 있는 자동차 내부 씬이다. 그런데 이 장면에서 카메라는 어디에 위치하고 있는가? 다시 말해 우리는 어떤 위치에서 등장인물의 행동을 바라보고 있는가? 그리고 무엇보다도 중요한 것은 달리고 있는 자동차 내부를 이러한 위치에서 바라본다는

일이 과연 현실 속에서 가능한가라는 것이다.

우리에게 대단히 익숙한 장면이지만 이것은 실제 현실에서는 불가능하다. 다시 말해서 이러한 위치에서 달리고 있는 차 내부를 들여다보는 것은 오직 영화에서만 가능한 것이다. 이점에서 이 카메라의 위치는 대단히 초현실적이다. 물론 관객의 몰입과 이해를 쉽게 하기 위한 장치일 테지만 흥미로운 사실은 영화를 구성하는 장면 가운데 이와 같이 초현실적인 기법들이 의외로 많이 동원된다는 것이다.

예컨대 영화나 드라마에서 두 사람이 대화를 나누고 있는 장면을 떠올려 보자. 카메라는 말하고 있는 사람을 번갈아 가며 비춘다. 두 사람을 번갈아 비출 때마다 여러 차례 장면의 단절이 발생한다. 그러나 우리의 일상생활에서 이와 같은 단절은 존재하지 않는다. 우리의 눈에 비쳐지는 이미지는 항상 끊김이 없는 연속이다. 영화에만 존재하는 이와 같은 단절을 '컷(cut)'이라고 한다. 이러한 컷들이 잡아내는 이미지는 예를 들어 다음과 같은 것들이다.

영화의 영상은 기본적으로 이와 같은 사각의 스크린에 담긴다. 이것

을 가리켜 '프레임(frame)'이라고 하는데 이것 역시 우리가 일반적으로
세계를 보는 방식과 차이가 있다. 즉 우리의 시각에는 이와 같은 경계
나 틀이 없다. 다시 말해 우리는 모든 사물을 이와 같은 사각형 내부에
담아내면서 바라보지 않는다는 것이다.

그뿐만이 아니다. 오직 프레임 내부에만 이미지가 담겨 있다는 사실
에 유의할 필요가 있다. 프레임 외부에는 영상이나 이미지와 관련된
어떤 무엇도 존재하지 않는다. 따라서 위의 이미지에 보이는 것처럼
등장인물은 상반신만 존재할 뿐 하반신은 잘려나가 있는 것이다. 영
화의 영상은 이처럼 신체나 사물의 일부분만을 포착하면서 배우의
감정이나 연기, 혹은 영상의 느낌을 살리는 경우가 많다. 하지만 이
것은 오직 영화에서만 가능하다. 이런 식으로 현실 세계의 일부를 잘
라내지 않으면 안 되는 영화의 형식적 요소를 가리켜 '프레임화(fram-
ing)'라고 한다. 영화의 영상은 이와 같은 프레임화의 연속이며 이때 프
레임 내부에 배우와 사물, 배경을 어떻게 배치하느냐에 따라 의미와 분
위기가 현저하게 달라진다.

컷과 프레임은 영화의 내러티브(narrative)를 구성하는 가장 기초적인 형식적 요소에 속한다. 컷과 유사한 말로 '숏(shot)'이 있는데, 이것은 "중단되지 않은 한 차례의 카메라 작동"을 의미한다. 프레임 내부에서 진행되는 컷과 숏의 연속이 시퀀스(sequence)를 구성한다. 시퀀스란 영화 내부의 여러 에피소드 가운데 하나를 이루는 장면의 연속이다. 예를 들어 영화 〈다크 나이트(Dark knight)〉의 첫 에피소드는 조커가 은행을 터는 이야기인데, 이 은행털이 에피소드의 처음과 끝, 즉 조커가 동료들과 은행을 털기 시작하고 그것이 성공적으로 종결되는 때까지가 바로 하나의 시퀀스를 이룬다고 생각하면 틀림없다. 그리고 이 시퀀스가 모여 하나의 이야기, 즉 영화 전체를 구성한다고 할 수 있다.

이때 이 영화 전체란 시간적으로 처음과 끝이 있다. 이 점 또한 처음이나 끝이 없이 부단히 지속되는 현실 세계의 시간과 차이가 있다. 또한 그 시작과 끝, 즉 영화의 스토리는 나름대로 의미 있는 인과적·논리적 구조에 의해 구성되어 있다. 영화 〈식스센스〉의 반전은 그러한 정교한 구성의 결과라고 해도 좋다. 영화의 각 구성 요소들은 이와 같은 영화의 장면 및 이야기라는 전체로 귀결된다. 이러한 구성이 없다면 영화의 스토리는 현실 세계와 거의 차이가 없게 되며 따라서 재미가 없어진다. 이러한 장치들은 일일이 거론하기 어려울 정도로 무수히 많다. 그러나 무엇보다도 이것이 우리가 경험하는 일상세계의 질서와는 전혀 다른 논리로 구성된다는 사실을 유념해야 한다.

2. 장르의 기원

영화를 위한 이러한 논리와 장치들은 물론 원래부터 있었던 것이 아니라 여러 선구자들의 노력에 의해 발명된 것이다. 영화는 1895년 프랑스의 뤼미에르 형제에 의해 최초로 상업적으로 상영되었다. 최초로 상영된 영화란 수십 초 동안, 공장 문 앞에 근로자들이 퇴근하는 모습만을 보여준다든가, 역에 기차가 진입하는 영상을 촬영하여 보여준다든가 하는 영상들이었다. 이러한 영상에서 카메라는 완전히 고정되어 있고 컷도 없으며 조명 역시 자연광에만 의존하고 있는, 대단히 단순한 영상에 지나지 않았다. 그럼에도 불구하고 실제와 동일한 움직이는 영상을 볼 수 있다는 것은 당대 많은 사람들에게 상당한 놀라움이었다. 실제로 기차가 역으로 진입하는 영상을 보았던 많은 관객들이 열차에 치일까 두려워 의자 밑으로 숨었다는 일화는 유명하다.

이때부터 많은 사람들이 영화의 가능성에 주목하기 시작했는데, 특히 프랑스의 많은 사람들이 영화를 제작하는 데 본격적으로 뛰어들기 시작했다. 지금 우리가 알고 있는 기본적인 영화의 형식적 장치들이 이때에 무수히 고안되어 쏟아져 나왔다. 실제로 영화의 각 장면을 편집한다는 개념이라든가 사람이 갑자기 사라졌다가 등장하는 식의 특수 효과 또한 이 당시 발명되었다. 하지만 기본적으로 이 당시의 영화는 스튜디오에서 공연한 한 편의 연극을 한 대의 카메라로 촬영하는 형태로 제작되었다고 할 수 있다. 따라서 이런 영화들에는 컷이 그다지 많지 않으며 등장인물들 또한 대개 화면의 좌우로만 이동했다. 또한

뤼미에르 형제, 〈열차의 도착〉(1895)

위의 〈열차의 도착〉에서 나타나는 것과 같은 화면의 원근감과 깊이를 살리는 연출이 거의 없었다. 조르주 멜리에스의 〈달세계 여행〉(1902)은 독특한 상상력에 기초한 대단히 혁신적인 장치를 도입했던 초기 영화의 걸작이지만 적어도 이 점에 있어서만큼은 다른 영화들과 차이가 없었다.

이 영화는 20세기 초반에 일반적인 사람들이 달세계를 어떤 모습으로 상상했는지를 흥미롭게 보여주고 있지만 기본적으로 당시 성행했던 연극적인 연출로부터 그다지 자유롭지 않았다. 제한된 스튜디오 안에 무대와 배경을 설치해놓고 배우들은 한 대의 카메라 앞에서 그야말로 연극을 공연하듯이 제한된 동선 안에서 연기했다. 또한 화면의 좌우에서 출연하였거나 퇴장하였으며 화면의 전면과 후면으로의 이동은 상당 부분 제한되어 있었다. 장면과 장면의 연결, 특수 효과 등에서 탁월한 장치를 계발한 영화였음에도 불구하고 지금의 영화의 스타일과는 상당

조르주 멜리아스, 〈달세계 여행〉(1902) 모든 등장인물은 대개 좌우로 이동한다.
배경 또한 다분히 연극적인 연출을 사용하고 있다.

한 차이가 있었던 셈이다. 당시의 프랑스 영화는 이 점에 있어서만큼은
대개 대동소이했다. 그러나 앞서 언급했다시피 현대 영화적 연출에 필
요한 많은 기술과 장치를 발명해내고 있었다는 점을 부인할 수는 없다.

그러나 오늘날과 같은 영화의 스타일을 정립하는 데 크게 기여했
던 것은 동시대의 미국 영화였다. 1920년대 로스앤젤레스 근교의 할
리우드를 영화 촬영장소로 개발하면서 할리우드 영화로 불리게 된 미
국 영화는 당시 위에 설명한 것과 같은 연극적인 연출과는 조금 다른
독특한 영화의 스타일을 계발하고 있었다. 예를 들어 에드윈 포터의
〈대열차강도〉(1903)는 〈달세계 여행〉과 달리 야외 로케이션을 활용했
으며 이 과정에서 많은 흥미로운 스펙터클을 계발해 냈다.

다음은 강도와 열차 인부 사이의 격투를 촬영한 장면이다. 원근감

에드윈 포터, 〈대열차강도〉(1903)

이 역력히 살아있는 이 화면에서 강도는 화면 하단으로부터, 인부는 화면 중간의 기관차 안에서 등장하여, 전방으로 질주하고 있는 기차 위에서 엎치락뒤치락 격투를 벌인다. 최근 영화에서도 많이 등장하는 열차 위 격투 씬의 원조라고 할 수 있을 이 장면의 박진감은 동시대 연극 연출 기반의 영화들과는 비교가 되지 않는다. 뿐만 아니라 야외를 배경으로 한 만큼 등장인물들의 동선이 훨씬 크고 생동감이 넘치며 배경과 인물을 리얼하게 보이게 하는 데 있어서 현대 영화에 보다 근접해 있다고 할 수 있다. 특히 보안관과 강도의 추격 씬에서 그러한 박진감이 유감 없이 잘 살아나 있다. 요컨대 화면의 깊이를 활용하는 연출 방식을 본 격적인 형태로 정립시켰다는 것이다.

그러나 〈대열차강도〉가 현대 영화에 동원되는 모든 장치와 기교를 모두 완성시켰다는 것은 아니다. 현대 영화는 특히 20세기 전반에 프랑스·독일·미국·소련·일본 등지에서 다양한 형태의 발전을 이룩했으며 유성영화와 총천연색 영화가 발명되면서 그 진보는 더욱 혁신적으로 이루어졌다. 다시 말해 현대 영화의 중요한 성취는 장기간에 걸쳐 여러 나라에서 동시다발적으로 이루어졌다는 것이다. 뿐만 아니라 실제로 〈대열차강도〉에도 스튜디오 촬영분이 있으며 그것은 예외 없이 연극적인 연출을 행하고 있었다. 다만 중요한 것은 이 영화가 영화를 인간 일반이 세계를 보는 방식에 가까운 형태로 연출하는 방식을 고안해 냈다는 것이다. 원근법에 기초하여 영화 화면의 심도를 활용하는 이런 방식은 물론 이 이전의 영화들에도 부분적으로 존재했지만 〈대열차강도〉에서 가장 두드러지게 그리고 효과적으로 사용되었다고 해도 틀리지 않다. 이것은 고전 할리우드 영화에서 중요한 것으로 성립된 이른바 '환영주의'의 기초가 되었다.

고전 할리우드 영화에서 대단히 중요한 것으로 간주되었던 환영주의의 강조는 간단히 말해서 "스크린 위에서 벌어지는 모든 일들이 진짜 일어나는 일처럼 생각"할 수 있도록 관객을 착시에 빠뜨리는 것이다. 영화를 보는 관객은 영화를 가상의 이야기로 여겨서는 안 되고 마치 눈앞에서 실제로 일어난 사건처럼 몰입해야 한다는 것이다. 관객의 입장에서 이렇게 몰입하지 못한다면 영화는 지루하고 재미없는 것이 된다. 따라서 그 영화는 실패한 것이 된다.

영화의 상영 과정에서 영화의 모든 규칙과 관습은 매우 당연한 것처럼 여겨지므로 눈에 보이지 않는다. 뿐만 아니라 그러한 규칙과 관습을 드러내는 영화 생산/제작을 위한 과정과 노동을 숨기지 않으면 안 된다. 이러한 과정을 통해 사실 환영에 불과하지만 그 사실을 끊임없이 감추려 드는 영화는 관객으로 하여금 영화라는 환영을 마치 실제처럼 인식하도록 빠져들게 한다. 그 과정에서 관객은 자연스럽게 자신이 관객의 위치에 있다는 사실을 망각하고 실제로 일어나는 사건의 관찰자로 존재하는 것처럼 스스로를 인식하도록 하는 것이다.

우리가 영화를 쉽게 보고 이해할 수 있는 것은 영화라는 형식 자체가 이와 같은 환영주의를 끊임없이 부추기고 고양시켰기 때문이다. 따라서 성공적인 영화는 이것이 영화인지 현실인지에 대한 구분을 어렵게 한다. 이러한 환영주의로 인해 앞서 언급한 바 있었던 영화의 초현실적인 성격이 오히려 현실과 구별이 되지 않는 역설이 발생하기도 한다. 따라서 많은 영화들의 일차적인 목적은 어떤 의미에서는 이러한 환영주의의 고취에 있다고 해도 크게 틀리지 않다. 특히 미국의 할리우드 영화는 이러한 환영주의의 성취를 위해 많은 기술과 장치를 개발해 왔다. 최근의 할리우드 영화는 그러한 노력의 수혜를 누리고 있다고 볼 수 있다. 분명한 것은 초창기 영화가 부단히 계발했던 환영주의를 위한 장치들이 없었다면 아마도 영화는 지금과 사뭇 다른 모습을 하고 있었을 것이다.

우리는 어렸을 때부터 영화나 드라마, 애니메이션 등을 접하며 성장해 왔다. 따라서 부지불식간에 영화와 같은 영상예술이 갖추고 있는 장치라든가 기술 등에 익숙해져 있다고 해도 과언이 아니다. 일반적인 대중이 영화를 쉽게 이해하는 이유 중의 하나가 여기에 있다. 누가 가르쳐주지 않아도 영화의 독특한 형식적 장치들 및 그것이 의미하는 바를 이미 잘 알고 있기 때문이다.

3. 영화와 시나리오
─ 〈릴리 슈슈의 모든 것〉

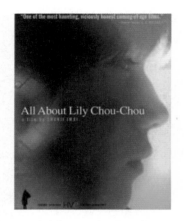

〈릴리 슈슈의 모든 것〉

이와이 슌지 감독의 영화 〈릴리 슈슈의 모든 것〉은 열세 살에서 열네 살, 그리고 열다섯 살로 넘어가는 사춘기 아이들을 다룬 작품이다. 이 시기는 바로 사춘기의 정점을 이루는 중학교 시절이다. 그래서 이 영화를 보면 왕따, 폭력, 원조교제 등의 충격적인 소재가 자연스럽게 등장한다. 특히 호시노 패거리가 밤중에 주인공 유이치를 불러서 자위행위를 시키는 모습, 역시 호시노 패거리에 의해 쿠노가 집단 강간을 당하는 모습은 사춘기 소년들이 지닌 폭력성이 과연 얼마나 공격적이고도 파괴적으로 분출될 수 있는가 하는 점을 충격적으로 보여준다. 물론 극적 과장이 있기는 하지만 우리가 지나온 사춘기를 떠올리거나 지금 십대들의 현실을 둘러보아도 특별히 비현실적인 이야기라고 단언할 수 없다는 데에 이 영화를 보는 우리들의 불편함이 존재한다. 도대체 사춘기, 우리에게는 어떤 일이 벌어지는 것일까.

기드는 발달중인 뇌를 약 150회에 걸쳐 스캔했는데, 그 데이터들은 모두 똑같은 결과를 보여주었다. (······) 그것은 다수의 십대들을 대상으로 한 최초의 장기적인 연구였으며 이제껏 과학자들이 생각해온 것보다 훨씬 늦게까지 뇌가 지속적으로 성장한다는 것을 밝혀냈다.

그는 십대들의 대뇌피질 중에서도 다수의 핵심 영역에서 지속적인 성장을 포착하였는데 (……) 뇌의 경찰관 또는 CEO로 불리면서 사전에 계획을 세우고 충동을 억제하는, 말하자면 어른다운 역할을 하는 전두엽에서 복잡하면서도 지속적인 성장을 계속하면서 여자아이의 경우 열한 살, 남자아이의 경우 열두 살 내외인 사춘기 때 정점을 이룬다는 사실을 발견했다. 청소년기의 뇌의 크기는 성인 이상으로 커졌다가 돌연 방향을 바꿔 가파르게 내리막길을 걷기 시작한다. 같은 아이의 뇌를 반복해서 스캔하는 과정에서 기드는 전두엽, 십대들이 옳은 행동을 하도록 도와주는 바로 그 영역이 뇌에서도 맨 마지막에야 안정된 성인의 단계에 도달한다는 것을 발견했는데, 어쩌면 스무 살이 훌쩍 넘어서야 발달이 완료되고 완전한 상태에 이르게 되는지도 모른다. (……) 넬슨은 이렇게 말했다.

"간단히 말해서, 엄마한테 아무것도 모르는 늙은 할망구라고 말하기 전에 열까지 세라고 지시하는 게 바로 이곳이에요."

— 바버라 스트로치, 강수정 역, 『십대들의 뇌에서는 무슨 일이
벌어지고 있나?』, 해나무, 2004, pp.36~50.

『십대들의 뇌에서는 무슨 일이 벌어지고 있나?』라는 책에 따르면 사춘기에는 몸만 자라는 게 아니라 실제로 우리의 두뇌도 자란다. 그것도 아주 급속하게 자란다는 것을 주목해야 한다. 그래서 우리 행동에 브레이크를 걸어주는 전두엽이 제대로 작동하지 않아 행동 통제가 잘 안된다는 것이다. 또한 뉴런과 뉴런을 연결시키며 뇌의 접착제라고 할 수 있는 '미엘린'이라는 물질도 이 시기에 집중적으로 만들어진다. 미엘린이 덮

인 축색돌기는 그렇지 않은 축색돌기에 비해 전기 신호를 백배나 더 빠르게 전달하고 그 속도는 시속 320km에 달한다. 십대 시절, 여전히 미엘린은 만들어지는 중이다. 이 몇 년 사이에 미엘린은 100% 증가하기도 한다. 따라서 십대 시절은 모든 것이 진행되는 시기이며 여전히 불완전한 시기이기 때문에 십대들은 자신의 행동을 쉽게 통제하지 못하고 남의 충고를 받아들이는 데에 시간이 지체된다는 것을 이해할 수 있다.

십대들의 정신적 뒤범벅이라고 부를 만한 단서를 포착한 또 다른 연구가 최근에 발표됐다. 샌디에이고 주립대학의 로버트 맥기번과 그의 동료들은 사춘기가 시작되는 11~12세 즈음에 감정 파악 속도가 심하게는 20퍼센트나 떨어진다는 사실을 발견했다. 느려진 반응 시간은 몇 년간 지속되다가 18세가 되어서야 정상 수준을 회복하는데, 맥기번은 리모델링—시냅스의 폭발적인 성장에 따른 감축과 정리 작업—이 진행되는 동안 청소년들의 "전두엽 회로가 상대적으로 비효율적"으로 변한다는 것을 보여주는 발견이라고 말했다. 이런 일련의 발견들은 십대들이 성인들과는 전혀 다른 시각으로 세상을 본다는 현실적인 가능성을 제기한다. 그들에겐 사회적 신호를 정확하게 분류할 경험이 부족하고, 제 기능을 완전히 수행해서 전후의 맥락(저 사람이 나한테 인상을 쓰는 건 내가 싫기 때문이 아니라 머리 모양이 마음에 안 들거나 상사한테 꾸지람을 들었기 때문일 거야)을 제공해줄 전전두엽 피질이 없기 때문에 세상을 늘 정확하게 이해하지 못할 수도 있다. 위르겔런—토드는 이렇게 말했다.

"아이들이 우리가 하는 말을 우리가 의도한 대로 듣지 않을 수도 있다는 걸 염두에 두어야 합니다."

— 위의 책, p.110.

실제로 십대들은 성인에 비해 다른 사람의 말을 그의 의도와는 전혀 상관없이 이해할 수 있다는 점이 흥미롭다. 반면 이 시기에는 대뇌의 쾌감물질인 도파민이 현저하게 늘어서 충동적인 행동을 하기 쉽다는 것도 특이하다. 충동적인 행동에서 얻어지는 쾌감이 성인보다 월등한 수준이라는 것이다. 이상의 논의를 정리하자면 사춘기의 이 모든 불안과 충동과 과격함은 사실 뇌가 급속도로 성장하면서 수반되는 성장통이라는 결론이 가능하다. 이렇게 되면 우리가 겪었던 사춘기, 소위 질풍노도의 시기였던 청소년기를 조금 더 이해할 수 있게 된다.

이와이 순지가 〈릴리 슈슈의 모든 것〉을 처음 구상한 것은 홍콩에서 왕정문의 콘서트를 보고 감동한 1999년이라고 한다. "정신을 차려보니까 나는 한 소년의 시점으로 왕정문을 보고 있었다"고 회상하지만 스스로 이야기 장악이 덜 됐다고 판단하고는 크랭크 인 직전에 포기한다. 하지만 얼마 뒤에 다시 이 이야기를 인터넷 소설로 발표해 시나리오화하고 결국 영화로 만들게 되었다. '소녀적인 감수성'을 대표하는 영화를 만들어온 이 감독은 자신이 소녀들의 세계에 초점을 맞춘 작품을 계속 만들어온 이유에 대해 이렇게 말한다. "그것이야말로 남자들이 볼 때 최고의 미지의 세계가 아닐까. 그 부분만큼 본 적이 없는, 그런 식의 인과관계. 물론 남자 단짝 친구로 하는 편이 경험도 있고 소재가 잔뜩 있지만 그런 것은 어쩐지 찍고 싶다는 의욕이 생기지 않는다. 그곳에는 환상이라는 것이 없으니까."[1] 그럼 이쯤에서 이와이 순지의 사춘기는 어땠는지 살펴보기로 하자.

1975년 전후, 그야말로 사춘기의 절정이었다. 그런 내가 학교

생활에서 가장 견딜 수 없었던 것은 포크 댄스였다. 여자와 손을 잡는다니, 생각만으로도 부끄럽고 낯간지럽고 근지러워서 무조건 싫었다.

그런데 모든 남자 아이들이 같은 심정이었냐 하면 그렇지도 않았다. 같은 반 아이들 중에도 창피한 줄 모르고 훨훨 댄스를 추는 아이들도 있었다. 이런 타입은 조숙하기보다는 뭔가가 결여된 듯했다. 예를 들어, 수학여행을 가서 밤중에 "좋아하는 여자가 누구니?" 같은 이야기에 말려들었을 때 조숙한 녀석은 눈을 번쩍이며 "난, 나즈나"라는 한마디를 던지며 어색한 웃음을 띠지만, 뭔가가 모자란 놈은 "난 큐가와"라고 의연하고 거리낌 없이 말해버린다.

사춘기의 가슴을 까맣게 태우는 안타깝고 초조한 충동이 완전히 결여돼 있다고밖에 생각할 수 없는 녀석. "너, 좋아한다는 말의 의미를 알고 있기는 한 거냐!"며 멱살을 쥐고 싶어지는 녀석. "그래 그래, 사춘기 같은 건 너에겐 어울리지 않지." 하고 초를 치고 싶은 녀석. 이런 녀석이 반 인기투표에서 언제나 넘버원인 큐가와 나즈나(가명)와 함께 하교하는 것을 목격하면 우리는 그 억울하고 분함을 문방구 게임기에 풀어대곤 했다. (……) 그리고 어쩌다 짝사랑하는 큐가와 나즈나가 "우리 데이트 좀 할까?"라고 말을 걸어오며 교무실에 프린트 받으러 가는 것을 도와달라고 하면 교무실에서 교실까지 돌아오는 몇 분간을 나즈나와 함께 할 수 있다는 기쁨에 흠뻑 젖어들었다. 다른 친구들이 눈치 채지 못하는 단 몇 분간의 데이트 아닌 데이트. 사춘기는 그냥 그것만으로도 충분했던 것이다.

— 이와이 순지, 남상욱 역, 「혹성 탈출」,
『쓰레기통 극장』, media2.0, 2003, pp.136~138.

이 글을 통해 우리는 실제로 그가 굉장히 여성적이고 섬세한 감수성

의 소유자였음을 알 수 있다. 그
런데 사춘기를 다룬 이와이 순지
의 작품들 중에서도 이 〈릴리 슈
슈의 모든 것〉은 소년의 관점에
서 이야기를 다루고 있다는 점
이 특이하다. 〈언두〉, 〈피크닉〉,
〈4월 이야기〉, 〈하나와 앨리스〉,
〈러브레터〉가 모두 소녀, 여자
들의 이야기라면 이 영화에는
분명 쿠노(이토 아유미)도 나오고
쉬오리(아오이 유우)도 등장하지
만 결국은 유이치(이치하라 하야

유이치와 호시노

토)와 호시노(오시나리 슈고)의 이야기로 전개된다. 표면적으로는 분명
유이치의 이야기이고 그의 절망과 분노를 다루고 있지만, 호시노의 이
야기로 이해하는 경우 영화는 조금 달라진다.

호시노는 원래 초등학교 5학년까지 왕따를 당하다가 6학년 때 전학
가서 새로운 학교의 전교 회장을 한다. 그리고 중학교 1학년 입학식 때
는 신입생 대표로 학생들 앞에 서서 자신의 존재감을 드러내기도 한다.
호시노는 유이치 등의 절친한 친구들과 함께 여름방학 여행으로 오키
나와를 다녀온 뒤에 급속도로 변한다. 개학날 머리 물들인 친구한테 의
자를 집어던지고 칼로 머리카락을 자르는 장면은 호시노의 극적인 변
화를 보여준다. 호시노는 도대체 왜 이렇게 변한 것일까.

결론부터 말하자면 호시노는 '강해지고 싶어서' 변했다고 할 수 있

다. 호시노는 중학교에 입학하고 처음 검도부에 들 때 왜 검도부에 들었느냐는 선배들의 질문에 "강해지고 싶어서 지원했습니다"라고 말한다. 그러면서 찾아오는 것이 자신에 대한 불만이다. 호시노는 유이치를 자기 집에 데려와 함께 잠을 자면서 사실 자신의 입학 성적은 1등이 아니라 7등이라고 고백한다. 그러면서 "모두들 나에 대해 잘못 알고 있어"라고 말한다. 그러니까 그는 아이들의 오해가 부담스럽고 현재의 자신을 인정할 수 없어한다는 것을 알 수 있다. 무엇보다도 호시노가 자기 스스로를 인정하지 못하는 이유는 바로 초등학교 때 왕따를 당했던 일 때문이다. 그는 중학교 소풍 뒤에 집에 돌아오는 역에서 초등학교 친구들을 만난다. 그 친구들은 호시노에게 너 아직도 왕따냐는 식의 말을 건네며 그를 무시한다. 게다가 이 친구들은 깡통을 던져 호시노를 놀린다. 호시노는 유이치를 비롯해 가장 친한 친구들 앞에서 공개적인 망신을 당한 셈이다. 이렇게 감추고 싶었던 호시노의 과거는 모두 들통난다. 이때의 마음이 어땠을지는 쉽게 짐작할 수 있다. 호시노는 강해지고 싶었을 것이다. 그래서 영화 상에서는 우발적인 행동으로 처리되어 있지만 오키나와 여행을 위해서 돈을 훔치는 등 호시노는 서서히 자신을 과시하기 시작한다. 호시노가 훔친 돈 덕분에 아이들은 오키나와 여행을 가는데 사실 이 영화에서 오키나와 여행 장면은 상징적이고 중요한 의미를 지닌다. 이와이 순지 역시 "이 오키나와 씬을 생각하지 못했다면 이 영화는 완성 못했을 것이다"라고 말할 정도다.

여행에서 호시노는 두 번 죽는다. 한밤에 날카로운 이빨을 가진 '시쟈'라는 물고기에게 찔려 죽을 뻔하고, 신성(新成)이라고 하는 아라구스크 섬 얘길 듣고 그곳에 가기 위해 바다에 들어갔다가 물에 빠져 죽을

극중 아오이 유우가 자살하는 철탑

뻔 한다. 영화에서는 이 모든 불행이 호시노가 돈을 훔치는 부정을 저질렀기 때문이라는 친구들의 쑥덕거림을 통해 해결된다. 결국은 호시노 대신 소년들의 무리를 뒤따르며 도움을 구했던 젊은 탐험가 청년이 대신 죽음을 맞이한다. 이 남자는 물에 빠져 죽어가는 호시노를 발견해서 살려준 남자인데 허망하게도 교통사고로 죽어버린다. 이 모든 과정을 거치면서 호시노는 두 번 죽은 셈이고 자신의 부정한 짓 때문에 자신을 살려준 남자가 허망하게 죽어버린 장면까지 목격한다. 하지만 호시노는 이 일을 계기로 반성을 하는 것이 아니라 오히려 자신의 나약함을 자각하고 힘에 대한 동경을 가속화한다. 뇌가 급속도로 성장하는 사춘기 시절, 호시노는 더 교활해지고 더 난폭해지고, 더 폭주하여 '힘'을 손에 넣기로 결심하는 것이다. 영화에서는 부유하던 호시노네 집이 망해서 호시노가 이렇게 변했다는 식의 암시가 깔려 있지만 사실 이러한 감정 근거가 없더라도 호시노의 변화는 '사춘기'라는 특정 시기의 결과로도 충분히 이해가 가능하다. 도파민은 넘치고 미엘린 막은 제대로 생성되지 않은 채 전두엽이 제기능을 하지 못하는 시절의 사춘기 풍경이 호시노를 통해 드러난다.

이제 호시노는 악행을 서슴지 않는다. 호시노의 이러한 변화는 인상적이다. 사춘기 소년들이 가진 무의식적 욕망을 너무 잘 보여준다고 하는 편이 옳을 것이다. 힘을 추구하는 호시노에게 무능력하고 모자랐던 시절의 기억을 떠올리게 하는 유이치는 이제 친구가 아니라 짓밟아 없애야 할 대상으로 전락한다. 자위행위를 시켜 수치심을 안겨주고 쉬오리(아오이 유우)가 원조교제하는 걸 감시하게 만든다. 이제 유이치는 호시노의 수하가 된다. 호시노는 유이치를 철저하게 몰락시키기 위해 쿠노(이토 아유미)를 불러오도록 시킨다. 유이치는 호시노의 지시에 그가 마음속으로 좋아하는 여자인 쿠노를 공장으로 데려간다. 호시노는 밑의 아이들을 시켜서 쿠노를 성폭행하도록 만든다. 공장 밖에서 이 모든 광경을 감지하고 있던 유이치는 무기력하고 절망적인 눈물을 흘린다. 유이치가 할 수 있는 것은 아무 것도 없다. 유이치는 나약한 소년에 불과하다.

여기서 중요한 또 한 명은 쿠노다. 영화에서 선명하게 드러나지는 않지만 사실 쿠노와 호시노는 서로 좋아했던 관계다. 영화 초반부에 호시노네 집에서 유이치가 잘 때, 둘은 잠들기 바로 직전 벽에 걸린 '릴리 슈슈'라는 가수의 포스터를 본다. 원래 릴리 슈슈는 호시노가 먼저 알았고 나중에 유이치한테 소개해주어 유이치가 좋아하게 된 인터넷 상의 가상 아이돌이다. 그런데 영화에서는 이 장면이 끝난 다음에 바로 씬이 바뀌면서 "나에게 릴리를 가르쳐준 사람이 있다. 그 사람은 드뷔시를 좋아했다. 그녀는 쭉 나의 옆자리에 앉아 있었다. 초등학교 5학년 때 내가 전학갈 때까지"라는 독백이 등장하는 데 사실 이것은 유이치가 아니라 호시노의 목소리다. 그러니까 호시노와 쿠노는 초등학교 때 짝이었던 것이다. 호시노가 전학가는 날 그녀는 필리아의 '매닉&디프레시브'라는 음반을 선물로 주는데 필리아는 릴리 슈슈의 초창기 그룹 활동 시절의 이름이다. 당시 호시노는 쿠노의 마음을 전달 받으면서도 어떻게 대답해야 할지 몰라 자신의 불분명한 감정을 표현 못하고 쿠노와 헤어지는데 나중에 중학교에 들어가면서 그 음반을 꺼내 듣는다. 독백은 계속되며 "그 당시는 잘 몰랐는데 중학교에 들어가자 다시 듣고 싶었다. 중학교 때 그녀와 다시 만났기 때문일까. 하지만 지금은 내 옆자리도, 같은 반도 아니고 대화를 할 기회도 없는 완전 남이다"로 독백은 끝난다. 하지만 이 독백을 통해 우리는 호시노도 쿠노를 좋아하고 있음을 알아챌 수 있다. 결국 호시노와 쿠노는 서로 좋아하는 관계이며 유이치는 홀로 쿠노를 짝사랑하고 있는 관계임을 알 수 있다. 이들은 모두 '릴리 슈슈'라는 가수로 연결된다. 그와 동시에 가상공간의 가수이자 소년들의 구원자인 '릴리 슈슈'를 대신하는 현실의

성폭행을 당한 뒤 머리를 자르고 나타난 쿠노

'릴리 슈슈'는 바로 쿠노가 된다.

그렇다면 왜 호시노는 쿠노를 집단 강간하게 만든 것일까. 우리는 다시 영화의 앞 부분으로 돌아가볼 필요가 있다. 소풍 뒤의 비오는 날, 지하철 역에서 호시노가 초등학교 친구들과 만나 모욕을 당했던 장면이 있다. 이때는 아직 폭주하기 전의 호시노를 볼 수 있는데 이 씬에서 사실 초등학교 때 친구들을 만나기 전, 쿠노와 부딪쳤던 것을 기억할 수 있을 것이다. 그러면서 서로 좋아했던 호시노와 쿠노는 어색한 재회를 나누고 서로 엇갈려 지나간다. 바로 이때 호시노가 왕따였다는 게 알려진다. 역 안에 있는 모든 사람들이 쳐다볼 정도로 소란스러운 신경전이었기에 쿠노 역시 보고 있었음이 분명하다. 하지만 영화에서는 이러한 관계가 두드러지게 처리되고 있지는 않다. 그러니까 호시노는 자신이 가장 좋아하는 여자애 앞에서 자기가 제일 연약하고 힘없었을 때를 들켜버린 셈이다. 결국 우리는 호시노가 쿠노를 파멸시킨 것은 쿠노를 왕

따시킨 여학생의 부탁 때문이기도 하지만 사실은 쿠노를 파멸시켜 자신의 나약함을 지워버리고 싶었기 때문이었다는 것을 알 수 있다. 호시노라는 소년의 자존심으로서는 이제 더 이상 쿠노 앞에서 강한 척 할 수 없으니까 아예 이 소녀를 파괴해버리는 것이다. 게다가 이 일에 유이치까지 동원시켜 유이치의 영혼까지 파괴하려고 했음을 이해하는 것은 어려운 일이 아니다.

이렇게보면 〈릴리 슈슈의 모든 것〉은 자신이 가장 좋아하는 소녀를 파괴하는 영화라고 할 수 있다. 하지만 호시노의 입장에서 이것은 다시 말하면 자기 스스로를 파괴하는 것과 같은 일이다. 왜냐하면 자신의 첫 사랑, 즉 유일한 구원자인 '릴리 슈슈'를 파괴한 것이기 때문이다. 따라서 영화의 마지막에 '릴리 슈슈'의 공연날 호시노가 유이치에게 살해당하는 것은 예정된 결과라도 해도 과언이 아니다. 구원자가 사라진 세상에서 호시노 역시 더 이상 살아갈 힘이 없기 때문이다. 호시노의 소개로 '릴리 슈슈'를 좋아하게 된 유이치가 시삽이 되어 만든 '릴리 슈슈 팬클럽' 사이트에서 닉네임 '푸른 고양이'로 활동하며 자신의 분열과 고통을 고백했던 호시노가, 사이트 내에서 유일하게 자신의 고통에 공감해주었던 '필리아' 즉 유이치의 손에 죽는다는 것은 참으로 아이러니한 일이 아닐 수 없다. 이와이 슌지는 결국 이 영화를 통해 '릴리 슈슈'는 없다고 말하는 것일까. 하지만 역설적으로 너무 아름다운 화면 때문에 우리는 망설인다. 특히 유이치가 온통 녹색으로 가득한 논 한가운데서 CD플레이어를 듣는 장면은 참으로 인상적이다. 어쩌면 이렇게 화사하면서도 우울할 수 있을까. 이 아름다운 색채감 때문에 우리는 이와이 슌지의 의도와는 반대로 내밀한 희망을 가져보는 것인지도 모른다.

우리는 이 폭발적인 성장의 기간을 어떻게 견뎌온 것일까. 그래서 지금 이렇게 태연한 얼굴로 여기에 앉아 있는 것일까. 그런 면에서 우리는 우리 스스로를 대견해하고 칭찬해줄 만하다. 하지만 방심은 금물이다. 아직도 우리의 뇌는 자라고 있는 중인지도 모르니까. 지금 우리 곁에서 여전히 성장통을 앓고 있는 친구들을 보면 가만히 응원을 보내주는 것이 어떨까. 그의, 그리고 우리의 뇌는 아직도 자라고 있는 중인지도 모르니까.

4. 한국 TV드라마의 특성

1. 한국 TV드라마의 법칙

잘 알려져 있는 우스개지만 한국의 TV드라마에는 일종의 공식 같은 것이 있다. 이에 대해서는 전문적인 학자보다 일반적인 네티즌이 훨씬 더 잘 알고 있을 뿐 아니라 코미디의 소재로까지 활용되고 있다. 심지어 한국의 드라마가 세계적으로 인기를 얻게 되면서 중국이나 일본의 네티즌들까지 그러한 법칙에 대해 공공연하게 이야기하고 있을 정도이다. 언제 누구로부터 이런 이야기가 시작되었는지는 정확히 알 수 없지만 대략 다음과 같은 이야기의 공식이나 법칙들로 정리할 수 있다.

1) 가난한 여자 혹은 남자에게 배신당한 미혼모를 사랑하는 재벌2세
2) 집안의 반대를 무릅쓰고 결혼하여 온갖 시련과 장애에 직면
3) 두 여자 사이에서 고민하는 남자, 두 남자 사이에서 고민하는 여자

4) 극심한 고부 갈등. 이 경우 악역은 항상 시어머니, 혹은 시누이

5) 교통사고로 인한 불의의 사고나 죽음

6) 기억상실로 인해 사랑하던 사람을 기억하지 못함

7) 불치병에 걸려 시한부 인생을 선고받은 비련의 여주인공

8) 유년 시절의 형제나 자매간의 이별. 성장한 후에 연인으로 다시 만나게 되는 운명의 장난

또한 다음과 같은 클리셰(cliche, 반복적으로 등장하는 상투적인 장면)도 많이 발견된다. 예를 들어 "내 눈에 흙이 들어가기 전에는 두 사람 결혼, 안 돼."라든가 "나다운 게 뭔데?"와 같은 상투적인 대사라든가, 가증스러운 상대의 얼굴에 컵에 든 물을 뿌린다든가, 심각한 갈등에 사로잡힌 남자 주인공이 갑작스럽게 운전하던 차의 방향을 180도 전환한다든가, 계모 또는 아버지나 어머니가 다른 형제·자매의 악의적인 박해에 시달리는 주인공의 모습 등등 한국의 TV드라마에서 일반적으로 쉽게 찾아볼 수 있는 클리셰는 이외에도 무수하다.

언론이든 시청자든 이런 법칙이 반복되는 데에 대해 비판을 가하거나 불만을 토로하지 않는 사람은 거의 없다. 한국 TV드라마의 발전을 위해서는 선진국의 우수한 TV드라마의 사례를 참조하여 참신한 소재·치밀한 구성에 의거한 새로운 형태의 드라마를 지속적으로 계발·공급해야 한다고 흔히 주장한다. 시청률을 지고의 기준으로 삼지 말고 드라마 제작에 있어서 작가와 PD의 미학적 소신을 관철시킬 수 있어야 한다고도 말한다. 또한 한국의 열악한 드라마 제작 환경 및 상대적으로 저급한 시청자의 수준을 개탄하는 이도 있다.

그럼에도 불구하고 한국에서 항상 인기를 얻는 것은 이와 같은 법칙과 클리셰에 의존한 TV드라마들이다. 언론도 비판을 하기는 하지만 드라마의 인기가 높아질수록 지속적으로 관심을 기울이게 된다. 간단히 말해서 누구나 이런 드라마를 지겨워하면서도 막상 또 보게 되고 몰입하는 것이다. 심지어 뭔가 새로운 시도를 하고 있는 드라마들조차도 일정부분 이런 식의 법칙과 클리셰에 의존하기도 한다. 예를 들어 클래식이라는 새로운 소재를 드라마로 끌어들인 드라마 〈베토벤바이러스〉의 후반부는 정작 러브스토리와 삼각관계의 이야기 구조에 상당부분을 할애하고 있었다. 한국 TV드라마의 새로운 지평을 연 것으로 알려진 〈네 멋대로 해라〉 또한 따지고 보면 사실 지고지순한 러브스토리의 기본 구조를 갖고 있다.

우리는 이러한 법칙과 클리셰에 충실한 한국의 드라마를 가리켜 흔히 멜로드라마 혹은 멜로물이라고 부른다. 또는 신파라고 다소 폄하하기도 한다. 그런데 왜 우리는 이런 남녀 간의 사연 많은 연정과 극단적인 정념, 운명의 방해, 고부간의 갈등 등을 그야말로 진부한 형식으로 다루는 신파·멜로에 의존하지 않으면 안 되는 것일까. 그것이 진부하다는 것을 모르는 사람은 거의 없다. 그럼에도 불구하고 우리는 심지어 병원을 배경으로 한 전문직 드라마를 시청할 때조차 남·녀 주인공간의 러브스토리를 요구한다. 그렇다면 이런 진부한 이야기 내부에 도저히 거부할 수 없는 매력이 존재하는 것은 아닐까? 실제로 이런 종류의 이야기는 100여 년 전 신소설에서도 유사한 형태가 발견될 정도로 오랫동안 한국인의 사랑을 받아 왔다. 그러므로 이런 이야기에 대해 느끼는 한국인 일반의 싫증은 사실 진정한 의미의 싫증이 아닐지도 모른다는 것이다.

2. 익숙한 이야기의 근본 구조

TV드라마를 제작할 때 동원되는 여러 가지 형식적 장치들은 기본적으로 영화와 유사하다고 해도 좋다. 그러나 영화와 드라마를 보는 관객과 시청자의 자세에서 가장 큰 차이가 나타난다. 9장에서 언급한 것처럼 영화는 일부러 시간을 내서 영화관에 찾아가야 하며 특정한 시간 동안 제한된 자세로 화면에 집중해야 하는 수고를 감수해야 한다. 실제로 영화를 보고 있는 동안 휴대전화로 통화를 한다든가 시끄럽게 코를 곤다든가 하면 주변 사람들의 곱지 않은 시선을 받아야 한다. 영화는 분명 여가를 즐기기 위한 수단이지만 그것을 즐기기 위해서는 상당한 제약과 부자유를 감내해야 한다. 영화란 어떤 의미에서는 상대적으로 불편한 여가선용의 수단이다.

그러나 TV드라마를 시청한다는 것은 이것과는 조금 차이가 있다. 집이라는 사적 공간에서 시청이 이루어지는 만큼 TV드라마에 집중하느냐 집중하지 않느냐, 어떤 자세로 시청하느냐 등은 전적으로 시청자 마음에 달려 있다. 통화를 하거나 대화를 나누거나 심지어 인터넷 서핑 등을 하면서 보는 둥 마는 둥 해도, 그저 TV를 켜두었을 뿐 시청하지 않아도 누가 뭐라고 할 사람이 없다. 요컨대 TV드라마의 시청은 시청자의 전적인 행동의 자유가 보장된 상태에서 이루어진다고 할 수 있다. 실제로 시청률에 비해 시청자들의 실제 집중도가 현저하게 떨어진다는 것은 방송업계의 불문율로 알려져 있다.

"부담 없음"이라는 측면이 한편으로 편하게 TV드라마를 보게도 하면서 이와는 반대로 그것에 몰입하도록 방해하는 양가적인 측면을 갖고 있다는 것은 분명하다. 주의를 끌지 못하는 프로그램에 대해 시청자들은 채널을 돌려버리거나 쉽게 무관심해져 버린다. 그만큼 TV드라마로 시청자들의 주의를 유도하기란 쉽지 않다. 따라서 TV 드라마를 제작하는 당사자들은 시청자들의 주의를 끌기 위해 여러 수단을 동원하며 특히 1회, 즉 도입부의 제작에 상당한 정성을 기울인다. 도입부에 화려한 스펙터클을 제공하거나 등장인물 간 첨예한 갈등을 제시하는 것 등은 모두 이러한 노력의 일환이다.

그러나 그것이 지나치게 낯선 형태로 제시되면 일반적인 시청자들은 혼란을 느낀다. 따라서 기존의 드라마에서 사용되어 왔던 일반적인 형태의 도입부를 채택하게 된다. 이것을 위해 동원되는 존재가 대중에게 친숙한 스타 연기자(KBS 사극드라마의 주인공을 한동안 특정 배우가 독점했던 것을 상기해 보라)이며 시기와 드라마에 따라 다르지만 빠르고 감각적인 영상 및 스펙터클을 강조하는 카메라 워킹과 편집이다.

예를 들어 드라마 〈조강지처클럽〉의 서두는 아내를 기만하면서 동시에 냉정한 태도로 일관하는 남편들을 등장시켜 (주로 여성)시청자들의 공분(公憤)을 유도하는 방식을 택한다. 이것은 간단히 말해서 선-악의 극렬한 대립이라는 구도를 제시하여 몰입을 유도하는, 대단히 낯익은 도입 형식이다. 여기에서 중요한 것은 이것이 이미 일반 시청자들에게 친숙해진 형태의 도입이라는 것이다. 다시 말해 일반적인 시청자들은 낯선 이야기를 바라는 것이 아니라 사실 그들에게 이미 익숙해져 있는 형식의 이야기를 다시 한 번 반복해서 보기를 원한다고도 할 수 있다. 매주 새로운 에피소드를 소개하지만 실상 거의 같은 구조의 이야기가 반복되는 〈사랑과 전쟁〉을 보면 단적으로 알 수 있다. 다시 말해 TV드라마의 제작자들은 이미 시청자들이 익숙해져 있는 이야기 구조를 다시 한 번 제시하는 식으로 그들의 기시감에 의존하여 주의를 환기한다고 해도 좋다. 이러한 형식이야말로 어떤 긴장도 부담도 주지 않고 시청자들을 끌어들이는 방식이라고 할 수 있다.

물론 어떤 TV드라마든 새로운 이야기를 시작하면 주연배우는 교체된다. 스타일과 소재에 있어서 시시콜콜한 변화가 있는 것도 사실이다. 하지만 그러한 드라마들이 내장하고 있는 근본적인 이야기 구조 및 연출의 스타일은 좀처럼 변하지 않는다. 한국에서 가장 큰 성공을 거둔 드라마 작가인 김수현의 드라마들을 보면 이 점은 더욱 분명해진다. 그렇다면 시청자들이 드라마에서 보고자 하는 것은 어쩌면 그러한 시시콜콜한 변화 속에 잔존해 있는 불변의 구조일지도 모른다. 따라서 법칙이 반복될 수밖에 없는 것이다.

3. 연속이라는 스타일

한국의 경우, 우세한 TV드라마의 형식은 60분 분량의 한 편이 하나의 완결된 이야기로 종결되지 않는다. 각각의 서로 다른 에피소드가 하나의 시리즈를 이루는 것이 아니라, 하나의 이야기가 전체 시리즈에 걸쳐 연속되어 있는 형태이다. 미국의 경우 전자가 활성화되어 있으며 일본의 TV드라마 역시 전자의 비중이 만만치 않다는 것을 감안해 보면 이것은 한국만의 독특한 성향이라고 해도 좋겠다. 실제로 한국에서는 에피소드 위주의 단막극 혹은 소위 '시즌제 드라마'들이 큰 성공을 거두지 못했다. 시즌제 드라마를 표방했던 〈옥션하우스〉나 〈비포&애프터

성형외과〉 등은 시청률도 저조한 편이었고 후속편도 기획되지 않았다. 심지어 오랫동안 명맥을 유지해 왔던 단막극 전문 프로그램도 폐지되고 있는 추세이다.

달리 말하면 이것은 한국에서 일반적으로 선호되는 TV드라마의 형식이 후자라는 것이다. 보통 16부작이든 24부작이든 그 이상이든 간에 한국의 드라마는 기본적으로 주인공이 중심이 되는 단일한 이야기가 수개월에 걸쳐 방영되는 형식을 취하고 있다. 각 회의 이야기는 이전 회, 다음 회의 이야기와 긴밀하게 연결되어 있다. 뿐만 아니라 인기 높은 TV드라마는 종종 몇 회 정도가 연장되는 경우도 있다. 그렇다면 한국인들은 일반적으로 TV드라마를 통해 자신이 좋아하는 이야기가 가급적 지속되기를 기대하는 성향이 있는지도 모른다. 이것은 기본적으로 수십 분 분량의 이야기를 한 편으로 완결시키지 않으면 안 되는 영화의 특성과 비교해 보았을 때도 다분히 독특한 현상이다. 다시 말해 한국의 TV드라마는 연속물, 즉 부단히 연장되는 이야기라는 형식에 상당부분을 의존하고 있는 셈이 된다.

동아시아의 전통적인 소설 형식에 '장회소설'이라는 것이 있다. 요즘의 연재소설에 해당하는 것으로 오늘날의 드라마처럼 각 장 혹은 각 회 단위를 기본으로 하고 있다. 이 소설은 흥미진진한 이야기를 전개해 나가다가 등장인물의 갈등이 최고조에 이르는 가장 흥미로운 상황에서 돌연 이야기를 중단해 버린다. 여기에 "다음 회를 기대하시라"라는 문장을 덧붙여 다음 회의 이야기에 대한 독자들의 호기심을 환기한다. 다음 회에서 문제가 해결되기는 하지만 또 다른 갈등이 제시되고 그것이 최고조에 이른 상황에서 "다음 회를 기대하시라"라는 문장으로 또다시 중단, 이것을 무한 반복하는 형식으로 독자의 인기를 얻었던 소설의 형식이다. 다음 회의 이야기가 어떻게 진행될까에 대한 독자의 궁금증을 한껏 유발하는 방식이다.

알다시피 이것은 최근의 한국 TV드라마가 취하고 있는 일반적인 스타일이다. 이것은 잘 만들어진 한 편의 이야기 자체의 완성도에 의존하는 것이 아니다. 오히려 TV드라마 이야기 바깥에 존재하는 시청자의 호기심에 많은 부분을 의존하고 있다. 그러나 다음 회의 내용은 반드시 어느 정도는 예측 가능한 것이 되어야 하며 대개는 갈등을 권선징악이라는 도덕적 해결의 방식으로 해소하는 것이 일반적이다. 따라서 TV드라마 이야기 자체의 완결성은 그리 중요한 것이 되지 못한다. 중요한 것은 이러한 호기심 유발의 무한 반복 구조에 대한 시청자들의 중독을 얼마만큼 이끌어 내느냐에 있다고 해도 크게 틀리지 않는다.

간단히 말해서 한국의 TV드라마를 시청하는 우리는 드라마의 이야기가 재미있어서 보는 것이 아니라 다음 회의 내용이 궁금해서 매주 같은 시간에 TV 앞에 앉게 되는 것이다. 하지만 우리는 다음 회의 내용이 우리 일반의 상식이나 기대를 벗어나는 것 또한 바라지 않는다. 선악의 갈등이 최고조에 다다랐다고 해도 다음 회에서 악인이 승리한다든가 주인공이 악인이 된다는 식의 의외의 전개가 제시되면 우리는 미련 없이 채널을 돌려버린다. 다음 회에 대한 호기심은 반드시 익숙한 형태의 즐거움에 의해 보상받지 않으면 안 되는 것이다. 이것이야말로 한국의 TV드라마가 이야기 자체의 힘보다 장회소설적인 TV드라마의 형식에 대한 시청자 일반의 중독에 의존하고 있다는 것을 단적으로 보여주는 예이다. 우리가 이야기의 구조적인 완결성보다 지속 그 자체 및 도덕적 해결에 집착하게 되는 것은 바로 이 때문이다.

미국의 TV드라마 〈로스트〉는 이러한 연속물의 특성을 미스터리와 결합시켜 성공을 거두었지만, 한국에서 이러한 류의 발전은 아직 요원해 보인다. 기존의 구조에서 벗어나는 예외가 없는 것은 아니지만 그럼에도 불구하고 한국 TV드라마의 법칙과 클리셰는 당분간 지속될 것임에 분명하다.

제10장

미디어 문학의 형성

1. 미디어와 장르문학

1990년대에 접어들게 되면 PC통신의 발달과 함께 콘텐츠 소비 환경이 일대 변혁을 맞이하게 된다. 네트워킹의 발달은 출판을 통해 발간된 책이 아니더라도 콘텐츠를 생산하고 소비자에게 공급할 수 있는 새로운 방법론을 제시하였다. 이러한 환경에서 대중문학은 이전까지와는 다른 양상으로 발전하기 시작한다. 이전까지 대중문학, 혹은 대중소설로 불리던 텍스트들이 주로 로맨스, 혹은 무협, 혹은 정치소설 일색이었던 것에서 벗어나 다양한 소재와 주제들을 내포한 작품들로 발표되기 시작한 것이다. 이는 대중들의 소비 욕구. 그중에서도 새로운 것에 대한 욕구를 충족시켜주게 된다.

이 시기의 대중문학이 이전까지와는 다른 전환점을 제시할 수 있었던 것은 PC통신 동호회, 즉 팬덤을 바탕으로 판타지와 SF, 그리고 추리물들이 활발하게 발표되고, 공유되었다는 데 있다. 당시에 결성된 각종 매체나 대중문학 장르별 팬덤들은 이전 시기에 결성되었던 움직임에 비해 능동적이었고, 생산적이었다. 그리고 그러한 그들의 영향력은 현재 한국의 대중문학과 관련 매체 산업 전반에 걸쳐서 이어지고 있다. 장르문학이 무엇보다 팬덤을 통해서 고정 독자를 형성했다는 것은 영상 매체의 발달과 함께 제기되던 문학의 위기 시대에 문자를 기반으로 하는 다양한 방식의 서사 소비가 여전히 경쟁력을 가지고 있다는 것을 나타내는 것이기도 했다. 이러한 변화의 모습들은 네트워크의 발달로 사이버스페이스 내에서 시공간을 초월하여 모임을 갖고, 작품을 올리고 소비하며, 의견을 공유할 수 있게 된 결과라고 할 수 있다. 대중문학이 팬덤을 통해서 고정 독자를 마련하고, 이후 안정적인 독자층 확보와 지면의 등장으로 정체성을 확립하는 형태를 보였던 것을 보면, 이전 시기까지 한국에서 명확하게 나타나지 않았던 대중문학 발전의 형태가 사이버스페이스의 등장으로 인해 이 시기에 비로소 분명해졌던 것이다.

이러한 모습은 1990년대 후반으로 접어들어 PC통신에서 인터넷으로 네트워크 발달이 심화되자 더욱더 구체적인 모습으로 전개된다. 발달된 인터넷 서비스와 개인용 컴퓨터의 비약적인 발달, 이를 활용하는 데 적극적인 한국의 분위기는 2000년대를 지나오면서 이전까지의 대중문학에 대한 비하적인 시선이 무색할 정도로 활발한 변화의 모습을 보여주게 된다.

이렇게 급격한 변화를 겪으면서 대중문학을 정의하는 용어에도 변화가 생겨나게 되었는데, 이는 한국의 대중문학의 현주소를 명확하게 파악할 수 있는 좋은 잣대가 된다. 1990년대 후반으로 접어들면서 이전까지 대중문학, 혹은 상업주의 문학, 통속문학과 같은 용어로 정의되던 일련의 문학 형태는 '장르문학(gerne literature)'이라는 용어로 통섭되는 양상을 보인다. 이는 학제적 접근을 할 때뿐만 아니라 산업적으로 갈래를 규정할 때도 동일하게 나타나는 현상이었다. 이러한 용어의 변화는 단순히 이전 시대까지 통용되던 용어가 가진 부정적 함의를 탈피할 수 있다는 것 외에도, 대중문학의 정체성을 소비 형태의 차원에서 규정하는 것이 아니라 텍스트 자체가 가지고 있는 형태에 따라 규정하려고 했다는 데서 그 의미가 크다고 할 수 있다.

물론 이는 순수문학과의 차이를 여전히 내포하고 있는 것이지만 단순히 이항 대립의 개념으로 존재하기 위한 것이 아니라, 기존의 순수문학에서 제시하던 방법론이 아닌, 고유한 방법론을 통해서 작품을 형성하고 그 가치를 가늠하기 위한 것이라고 할 수 있다. 그리고 이러한 용어의 변화는 PC통신 시대를 지나면서 이전 시대에 비해 다양한 주제와 소재를 가지고 나타나기 시작한 모습들이 추동한 결과라고 볼 수 있다.

하지만 한국에서 대중문학이라는 용어에 대한 가치판단과 그 연구가 여전히 명확하게 이루어지고 있지 않은 것처럼 장르문학이라는 용어에 대해서도 그 활용에 비해 이론적이고 학술적인 접근이 부족하다. 현재 한국에서 장르문학이란 용어를 명확하게 정의하고 있는 것은 조성면이 제시한 "고유한 서사 규칙과 관습화한 특징들이 있어서 독자들에게 별다른 정보가 제시되지 않고 또 특별한 노력을 기울이지 않아도 누구든지 책을 펼쳐드는 순간 그것이 어떤 장르에 해당되는지 알게 되는 작품"이라는 문장이다. 여기에 이해를 돕고자 장르라는 단어가 가지고 있는 의미를 명확하게 해주는 정의인 "수많은 에피고넨(epigonen)을 탄생시킬 수 있는 힘을 가진 코드"라는 우지연의 정의를 종합해보면 현재 한국에서 통용되고 있는 장르문학이라는 단어에 대한 의미의 짐작이 가능해진다.

정의를 명확하게 하려면 장르라는 단어에 대한 이해가 좀 더 필요해지는데, 그 이유는 이미 문학에서 장르라는 단어를 "역사, 사회적 맥락을 내포한 양식의 하위 갈래"라는 의미로 사용하고 있기 때문이다. 장르문학이라는 용어가 장르와 문학이라는 단어를 함께 사용하고 있기 때문에 자연스럽게 장르를 문학에서 정의하는 그것이라 이해할 수 있게 되는데, 그렇게 접근하게 되면 장르문학이 가지고 있는 특성으로부터 오히려 멀어지게 된다. 문학에서 정의하는 장르는 형태의 차이에 좀 더 무게를 둔 정의이기 때문이다. 하지만 장르문학에서 이야기하는 장르는 오히려 영화에서 사용하는 장르의 의미에 가깝다고 볼 수 있다. 영화에서는 장르에 대해 "플롯이나 캐릭터, 세트, 촬영 기법, 주제 등이 관객들에게 즉각적으로 인지될 수 있는 관습(convention)으로 나타나는 것"으로 정의한다. 위에서 언급된 장르문학의 정의들을 보면 문학에서 정의하는 장르의 의미보다 영화에서 정의하는 장르의 의미들이 장르문학이라는 용어를 설명하는 데 좀 더 적확하다는 것을 알 수 있다.

이와 같은 사실들을 종합해보면, 장르문학은 수많은 에피고넨을 탄생시킬 수 있을 만큼의 힘을 가진 코드들이 관습화되어 나타나고 있어서 작품을 읽으면서 자연스럽게 수용자들에게 그 특성이 인지될 수 있는 문학의 형태라고 정의해볼 수 있다. 기존의 정의가 장르문학의 특성을 정의하는 데 정확한 지점을 제시하고 있는 것을 부정할 순 없다. 하지만 시대의 변화에 따라 장르문학 내에서의 장르의 특성들이 서로 혼종 양상을 띠고 있는 현실을 볼 때, "책을 펼쳐들자마자"라는 즉각성을 지나치게 부각시키는 건 이후로의 정의에 부담스러운 부분이 될 수도 있다. 때문에 기존의 정의에서 즉각성에 대한 의미에 완화를 두는 것이 장르의 혼종이 빈번하게 일어나는 슬립스트림(Slipstream) 시대의 장르문학을 이해하는 데 좀 더 유연한 지점을 제시할 수 있을 것이라 생각된다.

이러한 용어의 변화는 무엇보다 대중문학에 대한 이해의 방향을 달리할 수 있는 단초를 제공했다고 볼 수 있다. 수용자 중심에서 정체성을 판단하던 것을 벗어나 작품이 가지고 있는 특성에 집중하면서 이전 시대에 대중문학의 영역과 순수문학의 영역에 뒤섞여 혼재되고 있던 작품들의 발굴도 가능해졌다. 근대를 거치면서 서구로부터 다양한 형태들로 유입되었던 장르들의 정리가 이루어지면서 단순히 가볍고, 흥미 위주의, 미학적 가치가 없는 단순 소비재로 여겨졌던 작품들에 대한 재평가의 가능성이 주어진 것이다. 이를 통해 각자의 고유한 가치와 서사 방법론을 가진 장르들이 정립되기 시작했고, 이들에 대한 세분화된 팬덤의 형성은 대중문학에 대한 인식 자체의 변화를 요구하게 되었다.

대중문학이 장르문학으로 변화하게 된 것은 갑자기 생겨나거나 발명된 개념이 아니다. 사실 이것은 그람시가 처음 대중문학에 속하는 형식들을 언급하면서 이념과 정치를 다루는 유형, 추리나 범죄소설 유형, 감성을 이야기의 중심으로 하는 유형, 음모론을 다루는 유형, 역사소설 유형, 지리공상과학소설 유형, 신비와 고딕소설 유형으로 구분한 것과 다르지 않은 모습이다. 이들은 현재로 보면 각각 정치소설, 추리소설,

로맨스소설, SF, 판타지소설로 구분할 수 있고 이것은 현재 장르문학을 구성하고 있는 대표적인 장르의 갈래들이라고 할 수 있다. 때문에 장르문학은 대중문학이 현대에 이르러 변화된 의미를 획득하면서 도달한 형태라고 할 수 있다. 그러기 때문에 현대 한국에서 대중문학을 이해한다는 것은 이러한 장르들의 특성을 이해한다는 것이기도 하다. 그리고 그것은 각 장르마다 각기 다른 방법론이 필요하다는 이야기가 되기도 한다. 대중문학에 대한 의미 재고의 새로운 국면이 펼쳐지게 된 것이다.

장르는 실용적인 것을 추구한다. 에피고넨을 양산할 수 있어야 장르가 형성된다는 것은 장르는 안정적인 서사의 방법론을 확보하고 있다는 것과 같은 말이기도 하다. 때문에 장르의 특징을 파악하고 이를 규명한다는 것은 안정적인 이야기를 확보하는 방법이기도 하다. 또한 그렇게 형성된 장르적 특징은 국적을 불문하는 보편성을 가지고 있다. 장르가 확보되고 나면 국적을 불문하고 활용이 가능하다. 장르소설의 경우 무협을 제외하면 대개 서양에서 장르의 형성이 이루어지지만 그 관습을 그대로 유지하면서 세계 각국에 전해져 일종의 현지화(現地化, localizing)를 통해 자체적인 발전이 일어나는 것을 확인할 수 있다. 그렇게 현지화된 장르는 다시 보편성을 가지고 외부로 확산될 수 있는 가능성을 가지고 있다. 일본의 SF가 만화적 상상력 및 환상성과 적극적으로 혼종되면서 고유한 개성을 확보했고, 이를 할리우드 등 서구권에서 적극적으로 활용하고 있는 모습은 이와 같은 부분들을 증명하는 것이라 할 수 있다. 장르는 국적을 불문하는 언어라고 할 수 있다. 그러기 때문에 장르문학은 국가 간의 경계가 모호해지고 있는 현대사회에 어울리는 서사의 모습 중 하나라고 할 수 있다.

2. 미디어 문학의 새로운 지평과 가능성

이렇게 의미론적인 가치 외에도 대중문학, 그러니까 새롭게 정의된 한국의 대중문학인 장르문학은 문학의 새로운 지평을 제시할 중요한 단서가 될 수도 있다. 기술문명의 비약적인 발달로 인해 멀티미디어 시대를 관통하고 있는 지금, 문화는 향유의 개념보다는 소비의 개념이 강해진 형태를 하고 있다. 헤게모니를 확보하고 있는 문화의 형태도 이전 시대의 그것들에 비하면 모호한 모습이고, 일정한 기간 동안 목격되는 흐름이나 주류의 개념들도 희박해지고 있는 실정이다.

그리고 문학이 대중들과의 간격을 좀처럼 좁히지 못하고 있는 동안, 대중문학은 끊임없이 대중들의 관심 영역에 머물러 있었다. 멀티미디어 시대, 스마트 시대에 활자 매체의 경쟁력이 현저히 줄어들었다는 한탄의 목소리들이 들리지만 역설적이게도 웹 소설들은 이제까지와는 비교할 수 없을 정도의 지면을 확보하고 있는 실정이다. 대형 서점에서 기존의 문학 관련 서가들이 몸집을 줄이는 중임에도 불구하고, 웹 소설들 가운데에는 몇십억 뷰를 기록하는 작품들이 쏟아져 나오고 있고, 개중에는 이미 영화나 드라마 등으로 OSMU(One Source Multi Use)된 작품들도 있다. 기존의 문단에서 전혀 관심을 주지 않고 있는 동안, 웹 소설로 억대의 수입을 올리는 이들도 생겨났다. 이는 문학이나 활자 매체에 대한 소비 자체가 위축되었기 때문에 앞으로 소비재로서 문학의 전망을 논하기 어렵던 세태에서 나타난 역설적인 현상이라고 할 수 있다. 더군다나 최근에는 각 장르별 팬덤들이 이전에 유례 없이 그 영역을 확장하고 있다. 장르별로 출간되는 무크지와 웹진들이 늘어나고 있으며, 장르문학만을 엮어서 출간하는 경우들도 부침을 겪긴 하지만 꾸준히 늘어나고 있다. 장르문학만을 전문적으로 취급하는 출판사들이 생겨나고, 중소형 서점들은 생존 전략으로 특정한 장르만 취급하는 모습을 보이기도 한다. 문학, 넓게는 문자로 된 예술 양식이 변화를 도모하는 모든 경우에 장르문학이 관여하고 있다. 이는 문학에 대한 새로운 가능성을 제시할 단서들이 장르문학에 있다는 사실을 인정하고 있다는 것이라고 할 수 있다.

이는 사실 새로운 시도라고 할 수도 없는 것이다. 앞서 언급했던 것과 같이 대중문학이 문학의 주변에 머물면서 제대로 된 평가를 이렇게 오래도록 받지 못했던 것은 한국의 문학이 가지고 있는 특징이라고 할 수 있다. 서구에서는 이미 추리문학이 오래전부터 주류문학 내에서 영향력을 행사해왔다. 로맨스의 경우에는 소설의 근간과 그 궤를 같이하고 있기 때문에 소설의 오랜 관습과 함께해온 것이 사실이다. 칙릿과 같이 장르에 대한 낮잡음이 형상화된 용어가 존재하긴 하지만 이는 장르 자체에 대한 평가이기보다는 여성 독자 혹은 작가들, 서사에서 작용하는 여성들에 대한 몰이해와 시대적인 오류가 발생시킨 현상이라고 볼 수 있다. SF의 경우에는 유럽에서 발생해, 미국에서 1950년대를 거치면서 가장 영향력 있는 서사 형태로 자리잡기도 했다. 할리우드 등에서 영화화되는 서사 중에 SF가 상당 부분을 차지하고 있는 것은 단순히 시각적인 즐거움 때문이 아니다. 판타지 역시 현대에 와서는 가장 경쟁력 있는 서사의 위치를 점유하고 있는 것이 사실이다.

더욱이 우리와 비슷하게 순문학 중심주의를 가지고 있는 일본에서도 추리는 일찌감치 그 가치를 인정받아 발전했고, SF와 판타지의 경우에

는 만화적 요소들과 결합하여 활발하게 창작되고 있다. 특히 일본의 SF
와 판타지는 만화의 발표에서 그치지 않고, 소설화된 형태인 라이트노
벨(ライトノベル)로 나타나고 있는 것이 이러한 특징을 단면적으로 보
여주는 것이라고 할 수 있다. 중국조차도 문화혁명을 거치면서 발전이
멈추었던 장르문학에 대해 새로운 시각에서의 발전이 활발하게 모색되
고 있다. 특히 국가적인 정책으로 내세운 우주굴기(宇宙倔起)의 일환으
로 SF에 대한 발전이 두드러져서, SF 작가에게 주어지는 가장 명예로운
상인 '휴고상(Hugo Award)'을 2015~16년, 2년 연속 중국 작가가 수상하
는 성과를 거두기도 했다. 이는 자연스럽게 세계적으로도 중국 문학에
대한 새로운 시각들이 형성되는 계기를 제공했다.

이러한 사실들을 보았을 때 장르문학이 문학의 새로운 지평을 열 수
있을까에 대한 질문들은 사실 불필요한 것일지도 모른다. 장르문학은
한국문학이 이제까지 견지하지 않고 있었던 부분일 뿐이지 존재하지
않았던 영역이 아니다. 그것이 문학의 범주 내에서 어떤 영향력을 가질
수 있을지에 대한 의구심은 사실 이제까지 가보지 못했기 때문에 존재
하는 미지의 영역일 뿐이다. 이미 세계 곳곳에서는 오래전부터 이들을
문학의 영역에서 함께 논의해왔고, 최근에 정책적으로 시도한 모습들
을 보더라도 그 가능성에 대해 지나치게 신중한 진단을 내리는 것은 불
필요한 일일지도 모른다.

물론 웹 소설 등으로 나타나는 한국의 장르문학이 당장에 새로운 가
능성을 열 수 있다고 확신하는 것도 위험한 일이다. 여전히 우려스러
운 부분들이 존재한다. 서구에서도 그랬고, 일본에서도 지금과 같은 가
능성이 한순간에 만들어진 것은 아니다. 우선, 장르문학의 경우 아마추

어리즘(amateurism)의 해결 문제가 남아 있다. 콘텐츠의 생산자로서 작가의 영역이 예전과 같이 아우라(aura)를 필요로 하는 것은 아니지만 글을 쓴다는 것은 명백하게 전문가의 영역에 속하는 것이라고 할 수 있다. 전문가라는 의미는 일정 수준 이상의 결과물을 꾸준하게 내어놓을 수 있다는 의미이기도 하다. 그리고 그래야만 콘텐츠의 가치 형성과 유지가 용이해진다. 가치의 문제는 곧 소비의 문제와도 긴밀하게 연결된다. 가치를 획득하지 못하거나 유지하지 못하는 콘텐츠는 소비를 유발할 수 없다. 현대사회에서 소비가 증발된 콘텐츠는 그 생명력을 잃게 된다. 그리고 소비 욕구의 변화가 빈번한 현대에서는 이러한 변화에 능동적으로 대처할 전문가의 필요성이 더욱더 중요해진다. 이렇게 전문가가 부족한 상태에서 현재 확보하고 있는 대중들의 소비 욕구 부합은 미래의 지속성을 보장할 수 없는 것이다.

물론 기술의 발달로 인한 디바이스의 변화, 특히 SNS의 등장으로 인해 작품의 생산부터 유통까지를 개인이 담당할 수 있는 시대가 열린 것이 사실이다. 능동적 소비자(prosumer)의 시대에는 전문 창작자의 개념이 이전과 다르게 나타날 수도 있다. 하지만 이러한 형태들은 여전히 안정을 담보할 수 없는 것이다. 좀 더 명확한 시스템 내에서 장르문학이 발전하여 기존 문학이 보여주지 못했던 새로운 지평을 보여주기 위한 시도들이 있어야 한다. 그 단서를 한국보다 먼저 대중문학의 의미 변화를 이룩한 곳들을 통해서 짐작해볼 수 있는데, 바로 전문 편집자와 비평가의 등장이라고 할 수 있다. 유럽의 추리소설이나 미국의 SF, 일본에서의 판타지가 그 가치를 인정받는 데는 이론가들이나 비평가들의 공헌이 결정적이었다. 장르문학이 아마추어리즘을 극복하기 위해서,

창작자의 아마추어리즘을 극복하기 위해서는 담론에 접근해서 그 가치를 명확하게 형상화할 전문 비평가 집단이 필요하다. 기존의 방법론으로는 그 가치를 제대로 헤아릴 수 없기 때문에 새로운 시각을 갖춘 인재들의 등장이 절실하다.

장르문학이 대중문학으로 규정되는 현대사회에서는 소설만이 콘텐츠의 원작이 되는 것은 아니다. 영화가 먼저 만들어지고, 그 시나리오가 소설화되어서 출간되는 경우도 있고, 라이트노벨의 경우에는 게임을 원작으로, 혹은 애니메이션을 원작으로 하고 있기도 하다. 이러한 시대에 문학이 단순히 원작으로서의 가능성, 서사의 근간이 되는 형태라는 논리만 가지고 있다면 문학에 대한 시대에 걸맞은 가치판단은 어려울 것이다. 때문에 현대의 문학은 여타 매체들에 대한 이해와 함께 통섭적으로 이루어져야 한다. 영화나 만화, 애니메이션, 게임 등을 단순히 공부한 것이 아니라 어릴 적부터 향유해온 세대들이 새로운 방법론을 제시할 수 있어야 한다. 그것이 아마도 문학이 가지고 있는 새로운 가능성에 대한 실질적인 모색이 될 것이다. 그리고 그 모색에 있어서 장르문학은 가장 중요한 열쇠를 쥐고 있을 것이다.

문학과 미디어의 이해

초판 발행 · 2012년 3월 05일
재판 발행 · 2017년 8월 30일

지은이 · 조형래 · 김원호 · 박상수 · 이지용 · 황영경
펴낸이 · 한봉숙
펴낸곳 · 푸른사상사

주간 · 맹문재 | 편집 · 지순이 | 교정 · 김수란
등록 · 1999년 7월 8일 제2-2876호
주소 · 경기도 파주시 회동길 337-16 푸른사상사
대표전화 · 031) 955-9111(2) | 팩시밀리 · 031) 955-9114
이메일 · prun21c@hanmail.net / prunsasang@naver.com
홈페이지 · http://www.prun21c.com

ⓒ 조형래 · 김원호 · 박상수 · 이지용 · 황영경, 2012
ISBN 978-89-5640-894-1　93810
값 17,000원

이 도서의 국립중앙도서관 출판예정도서목록(CIP)은 서지정보유통지원시스템 홈페이지
(http://seoji.nl.go.kr)와 국가자료공동목록시스템(http://www.nl.go.kr/kolisnet)에서 이용하실
수 있습니다.(CIP제어번호: CIP2012000732)

문학과 미디어의 이해